U0097433

古典詩歌研究彙刊

第十五輯

龔鵬程 主編

第 11 冊

宋代祝頌詞研究

梁葆莉 著

國家圖書館出版品預行編目資料

宋代祝頌詞研究／梁葆莉 著 — 初版 — 新北市：花木蘭文化
出版社，2014〔民 103〕
目 2+208 面：17×24 公分
（古典詩歌研究彙刊 第十五輯；第 11 冊）
ISBN 978-986-322-599-7（精裝）
1. 宋詞 2. 詞論
820.91 103001200

ISBN-978-986-322-599-7

9 789863 225997

古典詩歌研究彙刊
第十五輯 第十一冊 ISBN：978-986-322-599-7

宋代祝頌詞研究

作 者 梁葆莉
主 編 龔鵬程
總 編 輯 杜潔祥
副總編輯 楊嘉樂
編 輯 許郁翎
出 版 花木蘭文化出版社
社 長 高小娟
聯絡地址 235 新北市中和區中安街七二號十三樓
電話：02-2923-1455／傳眞：02-2923-1452
網 址 http://www.huamulan.tw 信箱 hml 810518@gmail.com
印 刷 普羅文化出版廣告事業
初 版 2014 年 3 月
定 價 第十五輯 20 冊（精裝）新台幣 30,000 元

宋代祝頌詞研究

梁葆莉　著

作者簡介

　　梁葆莉，女，1977 年 5 月生，陝西長武人。國家圖書館研究院副研究館員，主要從事中國古代文學與文化研究。

　　2007 年畢業於北京師範大學，獲文學博士學位，2007 ～ 2010 年在中國社會科學院文學所博士後流動站工作，研究工作報告獲第四十四批中國博士後科學資助基金。

　　主要研究成果有：

1. 《論宋室南渡時期祝頌詞的創作》，獨撰／寧夏社會科學，2009 年第 4 期
2. 《宋代壽詞的結構模式及其變化》，獨撰／新亞論叢，2007 年卷
3. 《祝頌詞與蘇軾之前詞體詩化關係探析》，第一作者／求索，2006 年第 11 期
4. 《論葉嘉瑩「感發」說對〈人間詞話〉「境界」說的接受》，第一作者／雲南社會科學，2006 年第 6 期
5. 《祝頌詞的涵義及其分類》，第一作者／貴州文史叢刊，2006 年第 4 期
6. 《淺探葉嘉瑩對〈人間詞話〉「境界說」的闡釋》，獨撰《北斗京華有夢思——葉嘉瑩先生八十壽辰暨學術思想研討會文集》／文化藝術出版社 2006 年
7. 《讀詩有智慧，伴隨我的一百首詩》，參與撰寫／中國對外翻譯出版社 2005 年
8. 春秋後期越國華夏化的精神歷程及《左傳》的「隱含敘述」第一作者／西北師範大學學報（社會科學版），2011 第 6 期
9. 春秋後期巫臣使吳及《左傳》的歷史敘述，獨著／江西社會科學，2011 年第 7 期
10. 春秋中期北方部族融入華夏國家的精神歷程，獨著／貴州民族研究，2011 年第 5 期
11. 《從秦始皇巡行看秦代的精神探索和文學表現》，獨撰／文學遺產，2008 年第 5 期
12. 《從重耳流亡看春秋前期戎狄與晉國融合的精神軌跡》，獨撰／徐州師範大學學報，2009 年第 4 期
13. 《吳國華夏化的精神歷程》，獨撰／杭州師範大學學報，2009 年第 4 期
14. 《〈詩經〉大小雅創作年代之比較》，獨撰／湖南科技學院學報，2006 年第 4 期
15. 《〈左傳〉中的古代音樂美學思想淺探》，第一作者／常州工學院學報，2006 年第 1 期
16. 《〈詩經〉大小雅音樂風格之比較》，第一作者／邢臺學院學報，2006 年第 4 期
17. 《〈詩經〉大小雅題材及作者之比較》，第一作者／懷化學院學報，2005 年第 6 期

18.《試論莊子的創作運思觀》，獨撰／懷化學院學報，2003 年第 4 期

19.《嵇康的人生特質》，獨撰／懷化學院學報，2001 年第 1 期

另外，在《中國圖書商報》、《鄭州大學學報》發表若干學術專著評論文章。

提　　要

　　第一章依時代順序，探析祝頌詞在北宋初興的原因。論述了宋初鼓吹樂和詩壇唱酬風氣對祝頌詞寫作的催化作用；宋眞宗「天書」事件對祝頌詞的刺激；北宋中後期黨爭過程中，文字之禍嚴重，文人因畏禍而寫作祝頌詞；北宋後期徽宗個人喜好也影響了祝頌詞的創作。第二章則主要探析南宋時期祝頌詞繁盛的原因。因政局變化，南渡初期，抗戰派以祝頌詞互相激勵抗金鬥志，議和之風遍及朝廷後，又借祝頌詞彼此互慰；蔡京專權後，全國興起諛頌之風，一些近臣不免寫作祝頌詞，而隱逸派詞人的祝頌詞則更多沉緬於家庭天倫，有意抵制著諛頌之風；「隆興和議」以後，宋金對峙局面形成，但以辛棄疾爲中心的文人，在群體的互相祝頌中激勵著自己和同道恢復家國的理想；南宋後期，恢復事業無望，文人整體心態萎縮，在互相祝頌中，安慰著失落的靈魂。

　　後兩章主要探討祝頌內容和形式方面的特點。在內容方面，主要抓住祝頌詞比較突出的交際功能，根據祝頌對象不同，將祝頌詞分爲祝頌皇室詞、祝頌朋僚詞、祝頌家人詞及其他祝頌詞四類，探討在作爲實用文體時，詞所承擔的交際功能。在形式方面，根據祝頌內容的不同，將祝頌詞分爲歌功頌德詞、壽詞、賀婚詞及賀生子詞，力圖避免簡單的藝術成就高下的判斷，分析祝頌詞在作爲交際手段時，形成自身固定的表現套路，同時，爲了給祝頌對象留下突出印象，又力求在固定模式的基礎上有所突破，展示出程序化中有新變的自覺追求。最後，還分析了祝頌詞中藝術成就最高的一類詞——辛派祝頌詞的藝術成就。

目

次

緒　論

第一節　祝頌詞的文本界定

　　宋代祝頌詞，是從宋詞題材分類的角度所確定的研究對象。王重民在《敦煌曲子詞集・敘錄》中對敦煌詞的內容作了概括，指出「佛子之讚頌」〔註1〕這一祝頌題材在敦煌詞中大量存在。任二北對此作了進一步補充，他的《敦煌曲初探》把其所校錄的敦煌曲545首，分為二十類，劃出「頌揚」類題材25首〔註2〕。

　　對詞較早進行分類的是北宋的万俟詠，王灼《碧雞漫志》卷二載：

> 雅言初自集分兩體，曰雅詞，曰側豔，目之曰《勝萱麗藻》。後召試入宮，以側豔體無賴太甚，削去之。再編成集，分五體：曰應制、曰風月脂粉、曰雪月風花、曰脂粉才情、曰雜類，周美成目之曰《大聲》。〔註3〕

應制詞是祝頌詞的一個重要組成部分，万俟詠的分類，說明最晚在北宋文人已經非常重視這類詞作，並表現出明確的寫作意識。胡雲翼在1925年完成的《宋詞研究》中，將宋詞分為婉約類（含豔情閨情詞、

〔註1〕 王重民《敦煌曲子詞集・敘錄》，商務印書館 1956 年，頁 17。
〔註2〕 任二北《敦煌曲初探》，上海文藝聯合出版社 1954 年，頁 267。
〔註3〕 岳珍《碧雞漫志校正》，巴蜀書社 2000 年，頁 35。

鄉思愁別詞、悼亡歎逝詞、寫景詠物詞四類）、祝頌詞和豪放類（含詠懷詞、懷古詞兩類）〔註4〕。從現代宋詞研究的角度來看，他的分類失之簡單，但值得重視的是，這種分類第一次明確地將祝頌詞作爲一個獨立的題材類型提了出來。近幾年，許伯卿在其博士畢業論文《宋詞題材論》〔註5〕中，將宋詞題材分爲三十六類，其中明確地將祝頌詞作爲獨立的題材類型。這些對宋詞題材所作的系統性的分類研究閃爍著現代科學思維的火花。他們的研究成果，讓宋詞中的祝頌題材得到研究者的重視，也成爲本書研究的起點。

　　《說文解字》對「祝」的解釋爲：「祝，祭主贊詞者，從示，從人口，一曰從兌省，易曰兌爲口」；可見「祝」的本義是祭祀中主持祝告的人。《說文解字》對「頌」的解釋爲：「頌，皃也，從頁公聲。」詩有六義，其六爲頌，周禮注云：「頌之言誦也，容也，誦今之德廣以美之。」毛詩序曰：「頌者，美盛德之形容，以其成功告於神明者也。」宋代朱熹概括「頌者，宗廟之樂歌〔註6〕」。可見「頌」是祈禱天地鬼神，祭祀山川、祖先的樂歌。「祝」、「頌」本義都與祭祀有關。「祝」「頌」二詞連用，其涵義爲歌頌、祝願，如南宋陸游《天申節進奉銀狀》中有：「效頌祝於萬年，適逢盛際」；清代嚴有禧《漱華隨筆・先文靖》中有：「嘗構小樓於室之南北隅，即落成矣，賓朋酒酣，相爲頌祝」。後人則以「祝頌」爲常用，實則頌祝、祝頌兩詞意思相同。本書依今人習慣，選擇使用「祝頌」一詞。

　　本書探討的祝頌詞，在定義上不含主觀感情色彩，凡是以表達對人祝賀、祝福、祝願、歌頌、頌揚意圖爲主的詞作，都劃爲本書研究的對象。據此特徵，縱觀《全宋詞》中的祝頌之作，可以劃出以下幾類祝頌詞：

　　第一類：凡是爲皇室歌功頌德，比如太平盛世、國泰民安、繁華

〔註4〕　胡雲翼《宋詞研究》，巴蜀書社1989年，頁65。
〔註5〕　許伯卿《宋詞題材論》，南京師範大學2001屆博士學位論文。
〔註6〕　〔宋〕朱熹注《詩經集傳》，中國書店1994年，頁234。

富庶等的詞作，以及爲由此產生的各種良好景象表達歌頌、頌揚意圖的詞作，均爲祝頌詞。這種祝頌作品，行文不免誇大，有著明顯的阿諛色彩，有學者稱其爲諛頌詞〔註 7〕或諛聖詞〔註 8〕。凡是呈現出這類意圖的詞作，均稱爲祝頌詞。

　　第二類：凡是爲人的生日而寫的詞作，均爲祝頌詞；一些詞作並不是專爲祝賀生日，而是寬泛意義的祝壽，即廣義的壽詞作品，這些也歸類爲祝頌詞。

　　第三類：凡是對人仕途順利、建功立業、應試成功等表達祝賀、良好祝願、爲人祈福的詞作，均歸類爲祝頌詞。

　　第四類：凡是對人婚姻、生子、生女、得孫、新居落成等人生大事表達祝願、祝賀之意的詞作，均歸類爲祝頌詞。

　　第五類：其它對人的功德、能力、才情、儀容、氣質、品行、情趣、惠政、家世等進行頌美的詞作，包括對已逝人物的頌揚之作，也歸類爲祝頌詞。但爲了和閨情、豔情等題材不致混淆，對妓女容貌、才情進行讚美的詞作則不計入內。

　　事實上，由於《詩經》的雅、頌傳統的長期影響，大部分詞作行文中或多或少都會表達祝頌之意，要嚴格的量化詞作中「祝頌」之意是非常困難的，祝頌之意是這樣的普遍和廣泛，以致於任何基於表面的「文字」或者內在的「氣質」的劃分方法都難免漏收一些祝頌詞，也難免將一些非祝頌詞劃入其中。上述的界定和分類，目的是形成一個粗略的邏輯關係，以方便對這類特定的詞作進行全面研究。

第二節　宋前祝頌文學發展的大致情況

　　《詩經》存有相當數量的祝頌之作，《小雅·蓼蕭》就是典型的臣民歌頌君主，並爲之祈福壽的作品：

　　　　蓼彼蕭斯，零露湑兮。既見君子，我心寫兮。燕笑語

〔註 7〕 諸葛憶兵《徽宗詞壇研究》，北京出版社 2001 年，頁 32～56。
〔註 8〕 陶爾夫、諸葛憶兵《北宋詞史》，黑龍江人民出版社 2005 年，頁 243。

> 兮，是以有譽處兮。蓼彼蕭斯，零露瀼瀼。既見君子，爲
> 龍爲光。其德不爽，壽考不忘。蓼彼蕭斯，零露泥泥。既
> 見君子，孔燕豈弟。宜兄宜弟，令德壽豈。蓼彼蕭斯，零
> 露濃濃。既見君子，鞗革沖沖。和鸞雝雝，萬福攸同。

朱熹認爲：「諸侯朝於天子，天子與之燕以示慈惠，故歌此詩」〔註9〕。詩中頌揚君子「其德不爽」，並祝願君子「令德壽豈」、「萬福攸同」，語言質樸，感情眞摯，是一首優秀的祝頌作品。此外還有《小雅·南山有臺》頌美德行並祝其長壽，《小雅·鴛鴦》祝願君主福祿長存，《大雅·既醉》頌美君主恩惠並表示祝福之意，《大雅·常武》歌頌君主武功，《周頌·桓》頌武王之功，《魯頌·有駜》在燕飲中互相祝願，《商頌·烈祖》頌美祖宗並祈福，等等。

漢時的郊廟歌辭中也有多首祝頌作品，如《安世房中歌》、《練時日》、《帝臨》、《青陽鄒子樂》、《朱明》等。明帝時，白狼王唐菆作有《遠夷樂德歌》：

> 大漢是治。與天合意。吏譯平端。不從我來。聞風向
> 化。所見奇異。多賜繒布。甘美酒食。昌樂肉飛。屈申悉
> 備。蠻夷貧薄。無所報嗣。願主長壽。子孫昌熾。〔註10〕

此詩頗有《詩經》中雅頌祝頌詩的遺風。另外，漢賦中也多有祝頌之作，如揚雄的《趙充國頌》：

> 明靈惟宣，戎有先零。先零昌狂，侵漢西疆。漢命虎
> 臣，惟後將軍。整我六師，是討是震。既臨其域，諭以威
> 德。有守矜功，謂之弗克。請奮其旅，於罕之羌。天子命
> 我，從之鮮陽。營平守節，妻奏封章。料敵制勝，威謀靡
> 亢。遂克西戎，還師於京。鬼方賓服，罔有不庭。昔周之
> 宣，有方有虎，詩人歌功，乃列於《雅》。在漢中興，充國
> 作武，赳赳桓桓，亦紹厥後。〔註11〕

〔註9〕 〔宋〕朱熹注《詩經集傳》，中國書店1994年，頁116。
〔註10〕 逯欽立輯校《先秦漢魏晉南北朝詩》，中華書局1983年，頁164。
〔註11〕 〔漢〕班固撰、〔唐〕顏師古注《漢書》，卷六十九，中華書局1962年，頁2971。

歌頌了趙充國的神武之勇，氣勢宏大，語言古雅，顯示出盛世文人的
心境。漢代以祝頌爲主要內容的各體文學比較繁盛，後代相沿不衰。

　　魏晉南北朝、隋唐時期，詩文中均有祝頌之作，如唐太宗的《帝
京篇》、魏徵的《奉和正日臨朝應詔》等，初唐四傑亦有此類作品傳
世。中晚唐，祝頌內容進入詞體，典型如敦煌詞中的一首《獻忠心》：

　　　臣遠涉山水，來慕當今。到丹闕，御龍樓。棄氈帳與
　　弓劍，不歸邊地。學唐化，禮儀同，沐恩深。見中華好，
　　與舜日同。垂衣理，教花隆。臣退方無珍寶，願公千秋住。
　　感皇澤，垂珠淚，獻忠心。〔註12〕

詞中「見中華好，與舜日同」表達了頌揚之情，「願公千秋住」，則爲
祝願之意。敦煌詞中還有《感皇恩》四首、《拜新月》（國泰時清宴）、
《菩薩蠻》（再安社稷垂衣理）、《獻忠心》御製曲子二首，均爲祝頌
之作。敦煌詞保存了一些外族表達歸附漢族心願、歌頌邊將功勳的作
品。由於詞體在當時屬於新生文體，數量不多，故祝頌題材的詞作表
現也不突出。

　　宋代以來，以詩、文來寫祝頌內容的傳統依然延續，但隨著詞體
不斷成熟，祝頌詞大量湧現，成爲宋詞創作過程中最引人注目的現象
之一。

　　祝頌題材可謂是最古老的題材之一，不僅可入於詩，亦可入於
賦，入於文，還可入於詞。用詞來寫祝頌之意，在宋代蔚然成爲一種
風氣。

第三節　　祝頌詞的研究價值

　　由於樂譜失傳，宋詞漸成一種案頭文學，後世的詞人和學者越來
越重視宋詞的文本內容。對於宋詞題材的研究，則順理成章地成爲我
們把握宋詞文本內容的重要途徑之一。宋詞題材的整體研究，可以幫

〔註12〕曾昭岷、曹濟平等編撰《全唐五代詞》，中華書局 1999 年，頁 883。

助我們全面地瞭解宋詞；宋詞題材的分類研究，有助於我們細緻地瞭解宋詞。近年來，隨著電子檢索工具的不斷使用，人們對《全宋詞》題材的研究更加客觀而全面，被忽視已久的祝頌詞開始進入學者的研究視野。

　　從數量上來看，祝頌詞是《全宋詞》中數目最多的一個題材類型。徐調孚在為唐圭璋編的《全宋詞》所寫的《前言》中，已經注意到了祝頌詞中的賀喜祝壽之作〔註13〕。許伯卿在其博士學位論文《宋詞題材論》中，統計出祝頌詞占《全宋詞》總數目的 15.81%，其數量大致為 3330 首左右。通過對《全宋詞》逐篇進行文字和內容上的辨識，也可劃出祝頌詞大約 3330 首左右，這麼多的作品說明祝頌詞是詞體發展過程中的客觀存在，不容迴避。

　　一提起祝頌詞，很多學者都會想到思想內容低下，藝術水準不高的既成觀點，認為不具有研究價值。仔細研讀祝頌詞，我們可以發現，宋代祝頌詞反映了當時廣闊的社會生活。從祝頌對象來看，上至皇室，中至各級士大夫官吏，下至平民百姓、販夫走卒和歌兒舞女；從祝頌內容來看，祝長壽、祝發財、祝官運、祝富貴、賀生子、賀中舉、賀新居落成、賀婚娶、頌惠政、頌德行、頌勳業等等，既涉及了國家的政治生活、文人士大夫的社交生活，還涉及到當時的民風民俗；從創作者來看，有晏殊、柳永、蘇軾、辛棄疾、張孝祥、陸游、姜夔、吳文英等詞家巨擘，也有魏了翁、李曾伯、陳著等一般詞人，有宰臣公卿，有清客寒士，也有各種身份的民間詞人。由此可見，祝頌詞涉及到宋代各個階層社會生活的諸多方面。通過研究祝頌詞，我們不但能夠瞭解宋代政治生活、時代風氣及文人士大夫的社交生活，而且可以真切地瞭解宋代社會中，各個文化階層對詞體創作的推動和影響，由於祝頌詞比「豔情」、「閨情」等傳統題材包含了更多的社會信息，因而也更有研究價值。

〔註13〕徐調孚《全宋詞‧前言》，中華書局 1965 年，頁 3。

　　祝頌詞在詞體發展過程中，有其獨特的存在意義，諸葛憶兵先生在其專著《徽宗詞壇研究》中，對此有充分的論列，參考其觀點，可歸納出祝頌詞對詞體發展的意義大致有：第一，在道統、文統、詩教這種長期佔據主導地位的文藝觀支配下，詞這種文體，向來都被斥爲鄭聲、小道、小技，甚至詞人自己，也不看重所作之詞。然而，祝頌詞和其它題材的詞作有所不同，它具有較強的「政治性」、「時事性」，在創作和互相吟詠的過程中，根深蒂固的參與政治的入世心理得到滿足，使詞能夠直接服務於現實政治，與詩文一起肩負起社會使命，發揮了歌詞的社會和政治效用。第二，有效地彌補了詞在言志方面的「弱勢地位」，一直以來，「詩言志」、「詞言情」似乎是一條不成文的規定，束縛了詞的發展，而祝頌詞，因其內容的祝頌性質，所以，其思想無形之中與統治者所代表的國家意志和處於正統地位的儒家思想方面是一致的，祝頌詞所傳達的信息，是被他們所認可的，這在一定程度上，突破了慣有的詩詞分工所帶來的狹隘性。第三，祝頌詞的創作實際，擴充了《花間集・序》所建立的傳統詞體觀念，在純審美和純娛樂的功能基礎上，將明確的交際功能賦予詞體，擴充了詞的實用功能，提高了詞在統治者和士大夫心目中的地位。第四，作爲一種以交際爲目的的應用文體，祝頌詞爲了達到良好的人際溝通效果，形成了求新、求變、求工的美學追求，給詞的發展注入了新的藝術精神。

　　綜上所述，研究祝頌詞，可以使我們超越對詞體內在的自足型、封閉型的觀照，在更廣闊的文化視域中研究詞，開拓了研究詞的視野，活躍了思路，爲深化宋詞的研究，提供了新的思想和方向。因此，本選題對宋代祝頌詞進行系統研究和深入探討確屬非常必要，無疑具有相當高的學術價值，不僅可以推動宋詞題材分類研究的進程，亦可以完善宋詞研究的結構體系。

第四節　祝頌詞的研究現狀及本書的研究思路

查閱宋詞研究的各種資料可以發現，迄今為止，還沒有出現一部以祝頌詞為研究對象的專著，甚至也沒有單篇論文，可以說，這是宋詞題材分類研究的一項空白，亟待填補。為什麼會出現無人問津祝頌詞的研究現狀呢？原因大致有二：第一，長期以來，受「詞為艷科」傳統詞學理念的束縛，總以為「詞言情」，很難在詞與祝頌意圖之間建立起有機的聯繫，因而，對《全宋詞》中比比皆是的祝頌詞不大注意；第二，大多數的研究者，受中國特殊社會思想體系的影響，在深層文化心理上，對祝頌詞不加分辨，視其全部為歌功頌德之作，充滿庸俗情調，當作封建思想的糟粕予以摒棄，由於這種武斷地學術態度，導致至今仍無全面研究祝頌詞的學術成果，實為一大遺憾。

值得慶幸的是，近年來，隨著宋詞題材整體研究的不斷深入，題材分類研究日趨細化，占《全宋詞》中數目最多的祝頌詞也逐漸露出冰山之一角，祝頌詞中的某些分支，如壽詞、諛頌詞開始引起學界的關注，這為我們全面系統的研究祝頌詞，奠定了良好的學術基礎，提供了學術可能性。下面，對這些研究成果作較為簡單的綜述。

諸葛憶兵先生近幾年出版的專著《徽宗詞壇研究》，以文史結合的研究方法，從大晟府詞人的創作活動、徽宗年間俗詞的創作情況和徽宗年間詞壇「詩化」傾向的深入三個方面全面展示了徽宗年間的詞壇狀況。在第一章即大晟詞人創作活動這一部分，諸葛先生專闢一節，較為詳細地論述了「『太平盛世』中的大晟諛頌詞」，先從具體的史料入手，描述了百官齊頌於廷的社會風氣，再介紹了大晟詞人專事寫作諛頌詞的目的，那就是通過在詞中粉飾現實，討取皇帝歡心，博取優厚的俸祿。他從晁端禮入手，通過詳備的考證，指出晁端禮正是通過《並蒂芙蓉》、《黃河清》這兩首詞，贏得徽宗歡心，謀得了大晟府按協聲律的任命。他還指出，其他大晟詞人如万俟詠、江漢等都有諛頌之作。大晟詞人以外，王安中、曹組等御用文人也有諛頌之作。

另外，諸葛先生還分析了諛頌詞的實踐和認識意義。鑒於諛頌詞

的內容貧乏、藝術成就不高，很少有學者思考其在詞史上的意義，所以，諸葛先生的這個分析顯然頗有開創之功。他指出大晟詞人的諛頌詞創作，其實當爲「雅化」努力的一種具體實踐；另一方面，諛頌詞不自覺地突破了詞爲豔科的狹小範圍，直接服務於現實社會政治，與詩文一起肩負起社會使命，改變著詞的內質成分，爲南宋詞的更大轉移做好了鋪墊。辛派詞人以歌詞爲抗金鬥爭的號角，最大程度地發揮歌詞服務於現實社會的功效，這樣的創作表現並非突如其來。從歌詞內部，也可以尋覓其嬗變演化的軌跡，這便是大晟詞人諛頌詞的實踐意義。除了這兩方面的實踐意義之外，諸葛先生還總結諛頌詞的認識意義：諛頌詞再現了北宋末年都市的繁榮和經濟的發達；反映了大晟府音樂、詞曲創作的繁盛；表現了時人對軍功的一定向往之情。反映了國際間的某些交往。可見，諸葛先生對大晟諛頌詞的分析全面而深刻，以詳實的資料和精到的分析展示大晟諛頌詞的概貌，爲我們全面研究宋代祝頌詞提供了很好的個案。

　　沈松勤的《唐宋詞社會文化學研究》是從社會文化學的角度來研究唐宋詞的一部力作。在論述唐宋詞的社會文化功能時，作者分別以應歌詞、應社詞，酒詞、茶詞，節序詞、壽詞這幾類詞爲例來具體加以分析，其中的壽詞屬於祝頌詞的範疇。沈著認爲兩宋祝壽風氣之盛超乎前代，考察了大量的壽作，指出壽詞雖然主題一直爲長壽富貴，但詞人們並未以此爲嫌，而是爭相染指其間，沈著分析其原因：一是創作和進獻壽詞，是宋人諸多社交活動中不可或缺的「禮數」之一，具有重要的社交功能；一是在祝壽活動中，激發了自我生命的欲望和律動，表現了個體的生命意識和價值。所以沈著總結「壽詞創作並非純粹的藝術活動，更主要的是一種風俗行爲」﹝註14﹞。沈著雖然只涉及到祝頌詞中的壽詞，也沒有全面研究宋代壽詞的創作情況，但它將研究對象置於當時的社會文化大背景下的方法，爲我們研究祝頌詞提

﹝註14﹞沈松勤《唐宋詞社會文化學研究》，浙江大學出版社 2000 年，頁 275。

供了新的思路。

楊海明在其《唐宋詞史》中，認為北宋前期出現歌頌帝皇生活和帝皇氣派的詞作，原因在於北宋商業經濟高度發展的基礎之上，所產生的兩種生活面貌：「一種是士大夫文人（以及貴族官僚）的享樂生活，還有一種是上層市民階層的冶遊生活——而對於某一部分文人來講，則又同時過著這兩種生活」〔註15〕。他還提到大晟詞人所作的歌功頌德之作。在分析南宋詞「極盛」時，認為表現之二是品種多，並且提到「專職」的祝壽詞。

吳熊和先生在《柳永與宋真宗「天書」事件》一文中，以《宋史·樂志》和李燾《續資治通鑑長編》真宗部分為依據，確定《樂章集》卷上的五首《玉樓春》，均為頌真宗所作；同時，還指出《樂章集》卷中的五首《巫山一段雲》，亦為獻真宗之作；則《御街行》是專為南郊盛典寫的頌辭。吳先生的考證綿密細緻，令人信服。

劉尊明是較早撰寫壽詞單篇論文的學者，在發表於《文史知識》1998 年第 3 期上的論文《宋代的祝壽風氣與壽詞的創作》中，論述了在宋代濃厚的祝壽風氣下，產生了大量的壽詞，為以後的壽詞研究揭開了序幕。近年來，劉先生繼續研究宋代壽詞，其《宋代壽詞的文化內蘊與生命主題》是對宋代壽詞較深入的一篇論文。首先，通過壽詞之多、作者隊伍之大，說明壽詞寫作在宋代是一種極其普遍而流行之社會風氣。接著，作者梳理了宋代壽辭文學曲折的歷史演進過程，從《詩經》中祭神頌聖、祈禱福壽寬泛意義上的壽辭，到漢代朝廷宴享配用的「上壽」、「食舉」樂歌，到晉代《王公上壽酒歌》、梁代上壽酒奏《介雅》、隋代《上壽歌辭》，到唐代時，一方面，祝壽樂曲開始興盛，另一方面，配合祝壽樂曲演唱的歌詞亦開始出現。接下來，作者論析了宋代壽詞的文化生成機制，認為，宋代祝壽風氣興盛的文化因素有以下幾個方面：「與宋代整個社會的遊樂風氣有關；與宋代

〔註15〕楊海明《唐宋詞史》，江蘇古籍出版社 1987 年，頁 151。

特異的社會心理有關；與宋代理學的興盛有關」〔註16〕。接下來，作者又進一步探討了宋代壽詞創作繁興的內在機制，指出詞本身具有的音樂屬性、娛樂功能和「應社」的外部需求與「自壽」的主體需求是形成壽詞繁興的內部機制。最後，作者還揭示了宋代壽詞的生命主題：「宋代壽詞以祝頌為主調，表現為生命本身就是一種有價值的存在；在壽親詞中，則主要表現了人倫親情的溫馨；在一些自壽詞中，則表現出一種對生命的反思探索意識與悲劇意識；在所有的壽詞中，又存在由普泛化到個性化的一個演進規律」〔註17〕。經過以上深刻地分析，作者指出我國古代壽辭文學至宋代趨於成熟。這是一篇頗有份量的壽詞研究研究論文，為祝頌詞研究提供了具體的資料，也提供了思路和方法。

　　還有一些研究壽詞的學術論文。李紅霞在其《文化學角度解讀南宋壽詞的勃興》一文中，從南宋朝野上下的祝壽風尚、理學思潮的影響、文人結社酬唱等外部環境和詞體文學自身特點出發，論述了南宋壽詞繁盛的社會文化成因。在其另一文《論南宋壽詞的分型及特徵——兼論祝壽文學的歷史演進》中，通過考察祝壽文學的歷史演進，指出：南宋以前壽詩、壽詞其創作多限於廟堂，頌揚對象多為王卿貴族，內容風格單一。南宋壽詞創作普遍流行，其類型可分為壽聖壽官詞、壽親壽友詞和自壽詞三大類，壽聖壽官詞因其應制酬唱之目的而帶有諛美色彩和模式化特徵；壽親壽友詞雖不免有一些功利需求，但因其表現了人倫真情的溫馨和生命意義的美好，因而具有一定的思想意義和審美價值；自壽詞擺脫了他壽的功利目的，審視並探索生命的價值與意義，深刻揭示詞人深婉細膩的心迹，帶有濃烈的個性化色彩，風格少有他壽詞的喜慶歡愉而多以悲憤激

〔註16〕劉尊明《宋代的祝壽風氣與壽詞的創作》，《唐宋詞綜論》，中國社會科學出版社 2004 年，頁 148。

〔註17〕劉尊明《宋代的祝壽風氣與壽詞的創作》，《唐宋詞綜論》，中國社會科學出版社 2004 年，頁 152～162。

越爲基調。賀慧宇在《略論宋代壽詞的歷史流程》一文中指出宋代壽詞在發展的過程中，由祝頌走向抒情。吳永江在《宋代壽詞初論》一文中指出他壽詞多祝頌而自壽詞多感傷，並說明壽詞易作而難工的特點。以上幾篇文章是從整體上論述壽詞的。還有幾篇關注辛棄疾壽詞的文章，如劉佳宏、段春楊、李雪蘭《論辛派壽詞中的抗金情結》。多慶《試論辛棄疾的祝壽詞》，張秀成、陳素君《辛稼軒壽詞簡論》，李兵、聶巧平《論辛棄疾壽詞中的「三國情結」「桃園情結」》，顧寶林《淺論辛稼軒另類祝壽詞》，這些文章都以辛棄疾某些優秀的壽詞爲例，指出辛棄疾借壽詞來勉勵對方建功立業，同時表達了自己的襟懷，超越了一般壽詞的思想境界和審美價值。

通過以上對祝頌詞相關研究成果的述評，我們可以看出，目前，學術界只關注了某個階段的祝頌詞，或者祝頌詞中的壽詞，還沒有專著和論文來研究整體的祝頌詞，這是一個亟待填補的研究空白。我們向來重視宋詞裏的閨情詞、詠物詞等，導致部分讀者以爲這就是宋詞的全部內容，現有的詞史著作，對祝頌詞往往廖廖數語，並不多涉，很多一流詞人，我們只注重其名作，忽視了他們所寫的祝頌詞，還有一些並不著名的詞人所作的大量祝頌詞作，長期以來也一直被研究者所忽視，這對客觀地構建詞學史和文學史都是不全面的。所以，有必要對占現存宋詞七分之一的祝頌詞作全面系統的研究。

祝頌詞在宋代興起繁盛，這是個非常值得仔細考察的問題，那些浮在表面上的原因肯定是遠遠不夠的，本書打算將研究的視野向廣義的文化擴展，以宋代的政治、經濟、社會風氣、文人群體、士人心態等彙聚而成的社會歷史狀況爲大背景，以宋代不同歷史階段中祝頌詞的創作實踐爲依據，探尋當時某些文化層面和祝頌詞之間關係，深入探討兩宋祝頌詞初興和繁盛的外部原因。另外，作爲數目最多的一類詞，祝頌詞在內容和表現形式方面的特點，至今亦無人涉及，本書立足祝頌詞作，總結祝頌詞在內容及形式方面相對穩定的特點。總之，

本書採用動態和靜態研究相結合、縱向的流變研究和橫向的文化觀照相結合的方法，力圖對宋代祝頌詞作系統而全面的探討。

第一章　北宋：祝頌詞的初興

通過《緒論》中的回顧，我們知道，祝頌詞在宋前並不陌生，詞一出現，祝頌題材自然被納入其中，在敦煌詞和晚唐五代詞中都有所體現。隨著詞體的發展，祝頌詞在北宋得到初步興盛，本章主要探討祝頌詞在北宋時期初興的原因。

第一節　宋初鼓吹樂和詩壇唱酬風氣與祝頌詞的創作

趙宋甫一建國，詞壇沉寂，有人曾作過統計：太祖、太宗、眞宗三朝 62 年的時間裏，只有 13 位詞人的 39 首詞作流傳下來〔註1〕，這主要就作者可考的詞作而統計的，其中，大致有 10 首左右的祝頌詞；統計分析發現，宋初以宗廟祭祀內容爲主的祝頌詞有 30 多首。可見，宋初祝頌詞構成了當時創作的主要題材。對這些作品進行分析，結合宋初的社會、文化狀況，我們發現，宋初的鼓吹樂和詩壇上的唱和風氣對祝頌詞的創作間接的起了很大的推動作用和影響，本節旨在分析、挖掘兩者與祝頌詞之間潛藏的關係。

〔註1〕 廖泓泉《北宋前期詞研究》，華東師範大學 2003 屆博士學位論文。

一、鼓吹樂雅俗適中的音樂性質

宋代建國之初，統治者爲了強化思想統治，重視儒家倫理社會秩序的重建，《續資治通鑑長編》記載，太祖詔「有司增葺祠宇，塑繪先聖、先賢、先儒之像」並「自贊孔、顏，命宰臣兩制以下分撰餘贊，車駕一再幸焉」〔註2〕；又據《宋史》記載，「太宗尹京日，維爲屬邑吏，頗以經術受知。即位後，維始陞郎署。自以通經術求爲司業，即以授之」〔註3〕。太宗對儒學的重視可見，太宗後又詔孔維「校定《五經疏義》，刻板行用」〔註4〕。在音樂上，恢復宮廷雅樂就是舉措之一：

> 先是，王樸、竇儼洞曉音樂，前代不協律呂者多所考正。樸、儼既沒，未有繼其職者。會太祖以雅樂聲高，詔峴講求其理，以均節之，自是八音和暢，上甚嘉之。〔註5〕

「雅樂聲高」不和儒家「中和」的標準，只有經過調整，達到「八音和暢」的程度，皇帝才會滿意，這是儒家正統音樂觀的明確反映。雅樂用於祭祀儀式和朝會儀式，如建隆、乾德朝會樂章中群臣舉酒第二盞畢，所奏《天下大定》一曲的歌詞：

> 皇猷敷八表，武誼肅三邊。蘭錡韜兵日，靈臺偃伯年。奉珍皆述職，削衽盡朝天。功德超前古，音徽播管絃。伐叛天威震，恢疆帝業多。削平佇肅殺，涵煦極陽和。蹈屬觀周舞，風雲入漢歌。功成推大定，歸馬偃琱戈。〔註6〕

這首歌詞顯然是歌頌太祖統一全國的「功德」，體裁是五言詩。雅樂曲調莊嚴宏大、中規中矩，歌詞多爲四言、五言的詩，內容多爲歌功頌德，古奧晦澀。統治者極力提倡雅樂，就是爲了給自己歌功頌德，這是宋初音樂的大背景。但是雅樂對民眾的影響力有限，他們的目的如何實現呢？

〔註2〕　〔宋〕李燾撰《續資治通鑑長編》，中華書局 1980 年，卷三，頁 136。
〔註3〕　〔元〕脫脫等撰《宋史》，中華書局 1977 年，卷四百三十一，頁 12811。
〔註4〕　〔元〕脫脫等撰《宋史》，中華書局 1977 年，卷四百三十一，頁 12812。
〔註5〕　〔元〕脫脫等撰《宋史》，中華書局 1977 年，卷四百三十九，頁 13013。
〔註6〕　〔元〕脫脫等撰《宋史》，中華書局 1977 年，卷一百三十八，頁 3248。

　　我們再看宋初的燕樂。燕樂是俗樂，統治者雖然內心喜歡，但是因為要重振雅樂，他們對燕樂的態度有所節制。《宋史》載：「太宗洞曉音律，前後親製大、小曲及因舊曲創新聲者，總三百九十」〔註7〕。然而，這些新聲樂曲並不全部公開演出的，有些是專用於宴享的：「《平晉普天樂》者，平河東回所製，《萬國朝天樂》者，又明年所製，每宴享常用之」〔註8〕。可見太宗在宴享中常常使用的是表現政治生活的曲調，「然帝勤求治道，未嘗自逸，故舉樂有度」〔註9〕，太宗對燕樂的態度總有所保留。後來的帝王也繼承這一審美特徵：「真宗不喜鄭聲，而或為雜詞，未嘗宣佈於外」〔註10〕，對燕樂同樣有戒備心。

　　統治者對燕樂的態度，無疑影響了文人給燕樂配詞的熱情，儘管民間「作新聲者甚眾」，但是「教坊不用也」〔註11〕，宮廷樂人對民間音樂是有所抵制的。這對民間的小曲、小調轉化為詞調也造成了一定程度的阻礙。由此可見，只有能為統治者接受，又能為民眾喜愛的音樂形式，才能激發起大家為之配詞的積極性，宋初的鼓吹樂剛好符合這個特點。

　　鼓吹樂興起於漢初民間，在當時屬於俗樂，如我們熟知的《鐃歌‧上邪》、《鐃歌‧戰城南》等。經過歷代的演變，至宋初，鼓吹樂主要有兩種用途：第一，像前代一樣，用於宮廷宴會中，作為朝會音樂；第二，在皇帝出行時，用於儀仗中間，作為軍樂。後者是我們考察的重點。

　　首先，我們來看鼓吹樂工的構成。在皇帝儀仗隊中，有鼓吹、鈞容直和東西班三種樂隊互相配合演出，宋初，鈞容直和東西班是與教坊並列的燕樂機構，由軍隊裏擅長音樂的人員構成，演奏的都是燕

〔註7〕　〔元〕脫脫等撰《宋史》，中華書局1977年，卷一百四十二，頁3351。
〔註8〕　〔元〕脫脫等撰《宋史》，中華書局1977年，卷一百四十二，頁3356。
〔註9〕　〔元〕脫脫等撰《宋史》，中華書局1977年，卷一百四十二，頁3356。
〔註10〕　〔元〕脫脫等撰《宋史》，中華書局1977年，卷一百四十二，頁3356。
〔註11〕　〔元〕脫脫等撰《宋史》，中華書局1977年，卷一百四十二，頁3356。

樂。與鈞容直及東西班一樣，鼓吹樂工也來源於軍隊和民間：

> 太常鼓吹署樂工數少，每大禮，皆取之於諸軍。一品
> 已下喪葬則給之，亦取於諸軍。又大禮，車駕宿齋所止，
> 夜設警場，用一千二百七十五人。奏嚴用金鉦、大角、大
> 鼓，樂用大小橫吹、觱栗、簫、笳、笛，角手取於近畿諸
> 州，樂工亦取於軍中，或追府縣樂工備數。歌《六州》、《十
> 二時》，每更三奏之。〔註12〕

這些樂工來源於軍隊、「近畿諸州」、「府縣」，並非宮廷裏的專業樂
工，在皇帝出行之前，由太常寺的鼓吹署負責，從軍隊和民間臨時
征集。

接下來，我們看鼓吹樂的音樂性質：

> 鼓吹五曲（御製《奉禋歌》，舊有《六州》、《十二時》、
> 《導引》、《降仙臺》。真宗崇奉真聖，亦設儀衞，故別有《導
> 引》二曲也），其餘大小鼓、橫吹曲，悉不傳。唐末大亂，
> 舊聲皆盡。國朝惟大角傳三曲而已，其鼓吹四曲，悉用教
> 坊新聲。車駕出入，奏《導引》及《降仙臺》；警嚴，奏《六
> 州》、《十二時》，皆隨月用宮。〔註13〕

這四首鼓吹曲，即《六州》、《十二時》、《導引》、《降仙臺》，「悉用教
坊新聲」，宋初的「教坊新聲」是什麼樣的音樂效果呢？

> 宋初循舊制，置教坊，凡四部。其後平荊南，得樂工
> 三十二人；平西川，得一百三十九人；平江南，得十六人；
> 平太原，得十九人；餘藩臣所貢者八十三人；又太宗藩邸
> 有七十一人。由是，四方執藝之精者皆在籍中。〔註14〕

> 又宋初置教坊，得江南樂，已汰其坐部不用。自後因
> 舊曲創新聲，轉加流麗。〔註15〕

〔註12〕〔元〕脫脫等撰《宋史》，中華書局1977年，卷一百四十，頁3302。

〔註13〕〔元〕馬端臨撰《文獻通考》，浙江古籍出版社影印本1988年，卷
一百四十七。

〔註14〕〔元〕脫脫等撰《宋史》，中華書局1977年，卷一百四十二，頁3347
～3348。

〔註15〕〔元〕脫脫等撰《宋史》，中華書局1977年，卷一百四十二，頁3345。

宋初教坊裏，收羅到了西蜀和南唐這兩個詞曲中心的樂工，他們帶來
了豐富的音樂技術，所創的「新聲」，自然「轉加流麗」。至此，就可
知道，這幾首鼓吹樂演奏的是比較動聽的教坊新聲，鼓吹樂的音樂性
質也就很清楚了：

> 至唐宋則又以二名合爲一，而以爲乘輿出入警嚴之
> 樂。然其所用鑲鼓、金鉦、鐃鼓、簫、笳、橫吹、長鳴、
> 臛篥之屬，皆俗部樂也。故郊祀之時，太常雅樂以禮神，
> 鼓吹嚴警以戒眾，或病其雅、鄭雜襲，失齋肅寅恭之誼者
> 此。……〔註16〕

這段話從所用的樂器指出鼓吹樂的俗樂本質，結合上面鼓吹樂演奏
的教坊新聲，於此可知，宋初，鼓吹樂在音樂本質上確是一種俗樂，
所以教坊樂工製作燕樂的同時，也製作鼓吹樂曲：

> 建隆中，教坊都知李德昇作《長春樂曲》；乾德元年，
> 又作《萬歲昇平樂曲》。明年，教坊高班都知郭延美又作《紫
> 雲長壽樂》鼓吹曲，以奏御焉。〔註17〕

知道了這一點，就能夠理解元豐年間，當有人說鼓吹樂妨害雅樂，楊
傑在反駁時，指出鼓吹樂與雅樂的不同：

> 國初以來，奏大樂則鼓吹備而不作，同名爲樂，而用
> 實異。雖其音聲間有符合，而宮調稱謂不可淆混。故大樂
> 以十二律呂名之，鼓吹之樂則曰正宮之類而已。〔註18〕

這段話有兩個方面值得注意：第一，鼓吹樂與雅樂，其宮調稱謂是
不相同的，即雅樂以十二律呂命名，鼓吹樂以正宮命名，「而用實
異」指的就是雅俗本質不同；第二，從楊傑的這段話裏，又可以看
出，鼓吹樂儘管本質上是俗樂，可實際上，它和雅樂又有著密切的
關係──「音聲間有符合」，可見，鼓吹樂與雅樂有其融合之處。
乾德元年，翰林學士承旨陶穀等奉詔撰定祀感生帝之樂章、曲名，

〔註16〕〔元〕馬端臨撰《文獻通考》，浙江古籍出版社影印本 1988 年，卷
一百四十七。
〔註17〕〔元〕脫脫等撰《宋史》，中華書局 1977 年，卷一百四十二，頁 3351。
〔註18〕〔元〕脫脫等撰《宋史》，中華書局 1977 年，卷一百四十，頁 3304。

由於「五代以來，樂工未具，是歲（乾德元年）秋，行郊享之禮，詔選開封府樂工八百三十人，權隸太常習鼓吹」〔註19〕，要「行郊享之禮」，自然是需要雅樂的，而讓選來的樂工「習鼓吹」，表明鼓吹樂和雅樂在音樂上有相通之處，因此，在朝會儀式中，鼓吹樂和雅樂在一起演奏。據《宋史》記載，乾德四年，和峴建議「依舊典，宗廟殿庭設宮縣三十六架，加鼓吹熊羆十二案，……並從其議」〔註20〕，其核心是將鼓吹「熊羆十二案」與雅樂放在一起演奏，得到了皇上的認可。「熊羆十二案」的內容和形式可從《隋書》中得到一點說明，北周武帝「以梁鼓吹熊羆十二案，每元正大會，列於懸間，與正樂合奏」〔註21〕。可見，作爲一種鼓吹演奏形式，鼓吹熊羆十二案一開始就與雅樂樂懸並列合奏，此制度歷隋、唐、五代，宋初依然延用。爲什麼鼓吹樂可以和雅樂放在一起呢？這是因爲鼓吹熊羆十二案是是梁武帝蕭衍根據饒歌設計的，鐃歌在唐宋以前是屬於雅樂的：

> 按《漢志》言，漢樂有四，其三曰黃門鼓吹樂，天子宴群臣之所用：四曰短簫鐃歌樂，軍中之所用。則鼓吹與鐃歌，自是二樂，而其用亦殊。然蔡邕言鼓吹者蓋短簫鐃歌，而俱以爲軍樂，則似漢人已合而爲一。但短簫鐃歌，漢有其樂章，魏晉以來因之，大概皆敍述頌美時主之功德；而鼓吹則魏晉以來以給賜臣下，上自王公，下至牙門督將皆有之，且以爲葬儀。蓋鐃歌上同乎國家之雅頌，而鼓吹下儕於臣下之鹵簿，非惟所用尊卑懸絕，而俱不以爲軍中之樂矣。至唐宋則又以二名合爲一，而以爲乘輿出入警嚴之樂。〔註22〕

可見，構成鼓吹熊羆十二案的鐃歌，因其「敍述頌美時主之功德」，

〔註19〕 〔元〕脫脫等撰《宋史》，中華書局1977年，卷一百二十六，頁2904。
〔註20〕 〔元〕脫脫等撰《宋史》，中華書局1977年，卷四百三十九，頁13013。
〔註21〕 〔唐〕魏徵等撰《隋書》，中華書局1973年，卷十四，頁342。
〔註22〕 〔元〕馬端臨撰《文獻通考》，浙江古籍出版社影印本1988年，卷一百四十七。

所以，「上同乎國家之雅頌」。當鼓吹熊羆十二案作爲一個相對穩定的制度保留下來時，附著其上的雅樂因素也就自然留存下來了。

至此，鼓吹樂兼有雅俗兩面性的特點就非常清楚了：鼓吹樂使用「教坊新聲」，本質上是俗樂，與燕樂一樣「流麗」，具有美聽效果；同時，它具有雅樂因素，適合在重大莊嚴的場合演奏。可以說，鼓吹樂既能能滿足統治者對世俗音樂的感官享受的需求，又能迎合他們在宋初重建雅樂的想法。於是，把鼓吹樂的曲調轉化爲詞調就顯得順理成章，當然，所填的歌詞無非「敘述頌美時主之功德」，宋初三十首左右的祝頌詞，其詞牌都是由鼓吹樂的曲牌轉化而來，它們在音樂上屬於鼓吹樂系統。我們看和峴爲開寶元年南郊鼓吹歌曲《導引》所填的詞：

> 氣和玉燭，睿化著鴻明。緹管一陽生。郊禋盛禮燔柴畢，旋軫鳳凰城。森羅儀衛振華纓。載路溢歡聲。皇圖大業超前古，垂象泰階平。（和聲）　　歲時豐衍，九土樂昇平。睹寰海澄清。道高堯舜垂衣治，日月並文明。嘉禾甘露登歌薦，雲物煥祥經。兢兢惕惕持謙德，未許禪雲亭。

這首詞是在皇帝去南郊祭祀的路上由樂隊來演唱的，「氣和玉燭，睿化著鴻明」寫政治環境的清明，「緹管一陽生」、「森羅儀衛振華纓」顯示儀仗隊伍聲威的壯大，「載路溢歡聲」則刻畫君臣精神面貌的高揚，這幾句是實寫。從「皇圖大業超前古」到「雲物煥祥經」，這幾句泛寫，「歲時豐衍」、「寰海澄清」、「日月並文明」都是按照歌功頌德的常用模式來寫的，既有宏大之氣勢，又莊重穩妥。「兢兢惕惕持謙德，未許禪雲亭」則點明祭祀題旨。如此冠冕堂皇的歌詞，再加上「流麗」動聽又不失雅樂因素的樂曲，自然深合統治者心意。再看眞宗封禪時，無名氏爲鼓吹曲《六州》所填的詞：

> 良夜永，玉漏正遲遲。丹禁肅，周廬列，羽衛繞皇闈。嚴鼓動，畫角聲齊。金管飄雅韻，遠逐輕颸。薦嘉玉、躬祀神祇。祈福爲黔黎。升中盛禮，增高益厚，登封檢玉，時邁合周詩。（汾陰云：方丘盛禮，精嚴越古，陳牲檢玉，

時邁展鴻儀）　　玄文錫，慶雲五色相隨。甘露降，醴泉
湧，（汾陰云：嘉禾合）三秀發靈芝。皇猶播、史冊光輝。
受鴻禧。萬年永固丕基。吾君德、蕩蕩巍巍。邁堯舜文思。
從今寰宇，休牛歸馬，耕田鑿井，鼓腹樂昌期。

楊蔭瀏認爲，《六州》和《十二時》是皇帝出行期間，晚上戒嚴時樂
隊所演唱的歌曲〔註23〕，根據我們前面對鼓吹樂的音樂性質分析，
「金管」未必「飄雅韻」，但雅樂的色彩是有的；既然有「遠逐輕颸」
的音樂效果，「流麗」婉轉的俗樂成分也是少不了的。

二、唱和詩裏的祝頌意識

　　我們再來考察宋初詩壇唱和風氣與祝頌詞的關係。

　　趙匡胤黃袍加身後，就從石守信等大臣手中奪回了兵權，他的語
言很漂亮，「人生駒過隙爾，不如多積金、市田宅以遺子孫，歌兒舞
女以終天年，君臣之間無所猜嫌，不亦善乎」〔註24〕？其實所謂「多
積金、市田宅以遺子孫，歌兒舞女以終天年」，不過是技術上的細枝
末節的恩惠；「君臣之間無所猜嫌」才是他的心曲。在這樣一種政治
氛圍裏，君臣唱和、粉飾太平，自然成爲實現「君臣之間無所猜嫌」
的途徑之一，得到統治者的提倡。

　　太宗提倡酬唱贈答，每逢慶賞、宴會，便令大臣唱和。雍熙元
年（984 年），太宗「召宰相近臣賞花於後苑。上曰：『春風喧和，
萬物暢茂，四方無事，朕以天下之樂爲樂，宜令侍從詞臣各賦詩。』
賞花賦詩自此始」〔註25〕。次年春，太宗又「召宰相參知政事，樞
密三司使，翰林樞密直學士，尚書省四品，兩省五品以上，三館學
士，宴於後苑；賞花釣魚，張樂賜飲，命群臣賦詩習射，自是每歲

〔註23〕楊蔭瀏《中國古代音樂史稿》上冊，人民音樂出版社 1980 年版，第
　　　　408 頁。
〔註24〕〔元〕脫脫等撰《宋史》，中華書局 1977 年，卷二百五十，頁 881。
〔註25〕〔宋〕李燾撰《續資治通鑑長編》，中華書局 1980 年，卷二十五，
　　　　頁 575～576。

皆然」〔註26〕。皇帝張樂賜飲，是古之舊制，率群臣後苑賞花，亦是歷代習俗，率臣子賞花同時釣魚，也是南唐就有的現象，至於其中舉行的君臣賦詩活動，自然是免不了的。眞宗亦樂於唱和，「每著歌詩，間命宰輔、宗室、兩制、三館、秘閣官屬繼和，而資政殿、龍圖閣學士所和尤多」〔註27〕。

　　在具有傳統禮儀性質的宴會場合上，賦詩活動與賞花釣魚、張樂賜飲一樣，是皇帝有意籠絡臣下的手段之一，通過應景應制之作，密切了君臣關係。楊億在《溫州聶從事〈雲堂集〉序》中指出：

　　　　若乃國風之作，騷人之辭，風刺之所生，憂思之所激，猶防決川泄流，蕩而忘返；弦急柱促，掩抑而不平。今夫聶君之詩，恬愉優柔，無有怨謗，吟詠性情，宣導王澤，其所謂越《風》《騷》而追二《雅》，若西漢《中和》《樂職》之作者乎。〔註28〕

在《廣平公唱和集序》中，楊億進一步指出：

　　　　昔者鄭國名卿，賦詩者七子；郢中高唱，屬和者數人。善歌者必能繼其聲，不學者何以言其志？故《雅》《頌》之隆替，本教化之盛衰。倘王澤之下流，必作者之間出。君臣唱和，廣載而成文；公卿宴集，答賦而爲禮。……蓋風化之所繫焉，豈徒緣情綺靡而已。〔註29〕

把唱和詩與「風化」聯繫起來，的確冠冕堂皇了些，但君臣互相唱和，「答賦而爲禮」，發揮了「詩可以群」的功能，實現了儒家要求的禮儀交往功能。

　　我們知道，宋初統治者旨在恢復儒家道德秩序，對詞的發展是不利的，但實際上包括皇帝在內的統治者內心又比較喜歡小詞。怎樣做

〔註26〕〔宋〕李燾撰《續資治通鑑長編》，中華書局 1980 年，卷二十六，頁 595～596。
〔註27〕〔宋〕李燾撰《續資治通鑑長編》，中華書局 1980 年，卷八二。
〔註28〕曾棗莊、劉琳主編《全宋文》第七冊，巴蜀書社 1994 年，卷二九四，第 713～714 頁。
〔註29〕〔宋〕楊億撰《武夷新集》，卷七，文淵閣四庫全書本。

到既能寫作小詞，又不違背儒家傳統的道德倫理規範呢？詩壇的唱和風氣給詞的發展以極大的啓示，即用詞來表達符合儒家倫理規範的內容，並且有助於實現君主期望的「君臣之間無所嫌猜」。在詩壇和唱風氣的影響下，以詞唱和本來是最自然的轉換，可是，宋初詞的寫作並不多，用詞唱和還不成熟，於是，用詞來表達對皇帝和對臣僚的祝頌之意就順理成章了，作爲詞固有的一種題材類型，既符合儒家倫理秩序，而且在互相祝頌的過程中，傳統的「君君，臣臣」的關係得到強化，傳統的臣僚之間的人倫交往關係也得到了鞏固。所以，在以詩互相唱和的過程中，丁謂寫出表達祝頌之意的《鳳棲梧》並不偶然：

> 朱闕玉城通閬苑。月桂星榆，春色無深淺。簫瑟篌笙仙客宴。蟠桃花滿蓬萊殿。　　九色明霞裁羽扇。雲霧爲車，鸞鶴驂雕輦。路指瑤池歸去晚。壺中日月如天遠。

「朱闕玉城通閬苑」，帝都的堂皇氣象撲面而來，「簫瑟篌笙仙客宴」，歌舞昇平，令人陶醉，「雲霧爲車，鸞鶴驂雕輦」，寫出皇帝的非凡氣勢。此詞完全符合儒家倫理規範，著力於帝都繁華景象和皇帝威嚴氣勢且飽含歌功頌德之意。再看丁謂在酬唱活動中，和劉筠的一首《梨》：

> 搖搖繁實弄秋光，曾伴青楟薦武皇。玄圃雲腴滋紺質，上林風馭獵清香。尋芳尚憶瓊爲樹，蹢渴因知玉有漿。多少好枝誰最見，冒霜煩丹倚隣牆。

這是一首典型的西崑詠物詩，與上面所舉的《鳳棲梧》一樣，也寫出了北宋統一全國的堂皇氣象，借古詠今，隱含著對皇帝功績的頌揚，客觀上起到了粉飾太平的效果。《西崑酬唱集》中粉飾太平的唱和之作很多，丁謂受西崑唱和風氣的影響，寫作祝頌詞的痕跡於此清晰可見。

我們再看看唱和詩的體性。太宗淳化四年（993 年），李昉在《二李唱和集》序中說：「南宮師長之任，官重而身閒。內府圖書之司，地清而務簡。朝謁之暇，頗得自適，而篇章和答，僅無虛日。緣情遣

興，何樂如之。」這個序給我們一個很重要的信息：當時寫作的唱和詩，實爲「緣情遣興」，這和詞體被公認的娛樂功能是一樣的。我們看一首西崑派詩人楊億的《無題》：

> 巫陽歸夢隔千峰，辟惡香銷翠被空。桂魄漸虧愁曉月，蕉心不展怨春風。遙山黯黯眉長斂，一水盈盈語未通。漫託鷦弦傳恨意，雲鬟日夕似飛蓬。

這首詩貌似李商隱的詩，但是少了李商隱詩中深微要眇的內在情思，所以，這裏表現出來的華美的文字、合諧的音律、貼切的典故和綺靡瑰麗的意象，都是一種語言運用的技巧，說到底就是憑藉「雕章麗句」來顯示才學，於是，詩也就成了他們娛樂和審美的工具。我們知道，詞在晚唐五代時期的主要功能也是娛樂和審美，而在唱和活動中，詩歌不自覺地承擔了詞的功能，表現出了詞體柔婉綺麗的外在特徵。

開寶元年（968 年），和峴將祭祀內容納入詞體。其後的詞作者如王禹偁、蘇易簡、寇準、錢惟演、陳堯佐、潘閬等，主要致力於詩文，詞作很少，這些爲數不多的詞作，其風格往往和作者的詩作相似。例如，王禹偁的《點絳唇》「水村漁市，一縷孤煙細」，清新淡遠，而「天際征鴻，遙認行如綴」，則將振羽高飛的人生志向含蘊其中，士大夫的主體意識強烈而分明。潘閬在《逍遙詞》附記中也說他自己的《酒泉子》詞具有「水榭高歌，松軒靜唱，盤泊之意，縹緲之情」，實則是用詩的標準來衡量詞。可見，宋初爲數不多的詞作亦有著詩體的色彩。

看來，宋初詩風詞風有著互融滲透的特點。丁謂參與了西崑唱酬活動，他的詞受西崑詩風的影響比較明顯，所以，唱和詩裏的祝頌意識自然進入其詞作中，我們看他的一首祝頌詞《鳳棲梧》：

> 十二層樓春色早。三殿笙歌，九陌風光好。堤柳岸花連複道。玉梯相對開蓬島。　　鶯囀喬林魚在藻。太液微波，綠鬥王孫草。南闕萬人瞻羽葆。後天祝聖天難老。

與前面所舉和峴的兩首宗廟祝頌詞相比，丁謂的這一首詞則淺近一

些，但可尋味處亦不少：「十二層樓」、「三殿」和「九陌」，用數字傳達出了整個皇宮都浸潤在無限春光之中的信息，「三」、「九」、「十二」都不是確指，而是約數，工穩妥貼，透露出西崑派詩人的雕琢之功力。「堤柳岸花連複道。玉梯相對開蓬島」，一個「連」字，一個「開」字，動感十足，非常明顯地體現出了西崑派詩人對語言精工的追求，「鶯囀」寫聲，「魚在藻」寫形，「太液微波」寫神，「綠鬥王孫草」寫色，這是一種不著痕迹地鋪排，蘊於其間的切磋用力不言而喻。「南闕萬人瞻羽葆」寫了一個壯大的場面，有了前面的鋪墊，「後天祝聖天難老」出現在最後就顯得格外水到渠成。通過以上的分析，我們可以看出，在宋初唱酬風氣的影響下，詩詞在功能和風格方面，有了一定程度的互相滲透，丁謂這首精緻的頌聖之作，既顯示出西崑「雕章麗句」的詩風特質，又將唱和詩裏的祝頌意識納入其中，可以明顯看出西崑唱酬風氣對祝頌詞的催化作用。

經過以上兩個方面的分析，我們看出，鼓吹樂是介於雅樂和燕樂之間，兼有雅俗兩種特點的音樂形式，既被統治者所接受，又為廣大民眾所喜愛，幾個常用的鼓吹樂曲調轉化為詞調，自然而然便為其配詞，鼓吹樂主要用於皇帝出行的儀仗隊伍中，所以歌詞的內容以祝頌為主；宋初詩壇，唱和詩盛行，內容以粉飾太平、歌功頌德的祝頌為主，在詩風詞風互融滲透的背景下，祝頌內容進入詞體。

第二節　宋眞宗「天書」事件與祝頌詞的創作

宋眞宗時，隨著城市商業經濟的發展，詞作數量漸多，祝頌詞的寫作自然延續，晏殊與張先等人有為數不多的祝頌詞，主要是昇平時代裏的歌詠之作，在這個時期，值得探討的是，圍繞宋眞宗「天書」事件產生的祝頌詞。

1004 年，宋遼訂立澶淵之盟，宋每年給遼絹 20 萬匹，銀 10 萬兩。為了挽回聲望，眞宗和王欽若等人合謀導演了一場政治鬧劇，這

就是「天書」事件。「天書」事件自大中祥符元年一直持續至天禧末年，在眞宗時期的國家政治生活中佔有重要地位。在這場君臣串通一氣的表演中，眞宗封泰山、祀汾陰；臣僚投其所好，造宮觀、建道場、虛報祥瑞、奉獻頌贊。後人評價：「及澶洲既盟，封禪事作，祥瑞沓臻，天書屢降，導迎奠安，一國君臣如病狂然，吁，可怪也」〔註30〕。在「天書」事件的影響下，向來以歌舞娛情爲主要目的的小詞創作，獲得很大的發展，並應政治要求而產生了大量祝頌詞。

> 大中祥符元年春正月乙丑，有黃帛曳左承天門南鴟尾上，守門卒塗榮告，有司以聞。上召群臣拜迎於朝元殿啓封，號稱天書。〔註31〕
>
> ……六月乙未，天書再降於泰山醴泉北。〔註32〕

這一年是大中祥符元年（1008），「天書」降世。綿延十多年的「天書」系列祭祀活動一詞作爲開端。當年十月，眞宗東封泰山：

> 辛亥，享昊天上帝於圓臺，陳天書於左，以太祖、太宗配。帝袞冕奠獻，慶雲繞壇，月有黃光；命群臣享五方帝諸神於山下封祀壇，上下傳呼萬歲，振動山谷。降谷口，日有冠戴，黃氣紛郁。壬子，禪社首，如封祀儀。紫氣下覆，黃光如星繞天書匣。縱四方所獻珍禽奇獸。〔註33〕

在這個隆重盛大的儀式中，自然少不了宋初以來廣泛用於帝王政治生活的鼓吹曲。《宋史》載有爲這次東封所作的《導引》、《六州》、《十二時》等共四首，均是爲鼓吹樂曲填詞。茲舉一首無名氏所作的《導引》爲例：

> 民康俗阜，萬國樂昇平。慶海晏河清。唐堯禹舜垂衣化，詎比我皇明。九天寶命垂丕貺，雲物效祥英。星羅羽衛登喬嶽，親告禪雲亭。（汾陰云：星羅羽衛臨汾曲，親享答資生）　我皇垂拱，惠化洽文明。盛禮慶重行。登封

〔註30〕〔元〕脫脫等撰《宋史》，中華書局1977年，卷八，頁172。
〔註31〕〔元〕脫脫等撰《宋史》，中華書局1977年，卷八，頁135。
〔註32〕〔元〕脫脫等撰《宋史》，中華書局1977年，卷七，頁136。
〔註33〕〔元〕脫脫等撰《宋史》，中華書局1977年，卷七，頁138。

降禪燔柴畢，（汾陰云：告虔睟上皇儀畢）天仗入神京。雲雷布澤遍寰瀛。迢遞振歡聲。巍巍聖壽南山固，千載賀承平。

詞裏充溢著歌功頌德之音，可以窺見，「巍巍聖壽南山固，千載賀承平」才是統治者煞費苦心製造「天書」事件的目的。到大中祥符六年，眞宗又鑄了聖像：

（三月）乙卯，建安軍鑄玉皇、聖祖、太祖、太宗尊像成，以丁謂爲迎奉使。……（五月）甲辰，聖像至。……乙卯，謁聖像，奉安於玉清宮。〔註34〕

玉清宮即玉清昭應宮的簡稱，聖像在玉清宮落成的儀式中，包括詠贊建安軍迎奉聖像的活動，《宋史》載有該儀式中使用的四首《導引》詞。當年十一月，又將「天書」進獻：

己巳，天書扶侍使趙安仁等上奉天書車輅、鼓吹、儀仗。壬申，獻天書於朝元殿，遂告玉清昭應宮及太廟。〔註35〕

大中祥符七年正月，又奉天書到亳州太清宮親祀老子，二十一日：

夜漏上五刻，天書扶侍使奉天書赴太清宮。二鼓，帝乘玉輅，駐大次。三鼓，奉天書升殿，改服袞冕，行朝謁之禮，相王元偓爲亞獻，榮王元儼爲終獻。〔註36〕

關於此次太清宮之行，《宋史》中保存關於奉祀太清宮的詞作共三首，茲舉一首《十二時》：

乾坤泰，帝祚遐昌。宇縣樂平康。眞遊降格，寶誨昭彰。宸躔造仙鄉。崇妙道、精意齊莊。款靈場。潔豆薦芬芳。備樂奏鏗鏘。猶龍垂裕，千古播休光。極襃揚。明號洽徽章。　　朝修展，春豫諧民望。睹文物煌煌。言旋羽衛，肅設壇場。報本達蕭薌。申嚴祀、禮備烝嘗。答穹蒼。純禧沾品彙，慶賚浹窮荒。封人獻壽，德化掩陶唐。保緜長。錫祐永無疆。

〔註34〕〔元〕脫脫等撰《宋史》，中華書局1977年，卷八，頁153。
〔註35〕〔元〕脫脫等撰《宋史》，中華書局1977年，卷八，頁154。
〔註36〕〔元〕脫脫等撰《宋史》，中華書局1977年，卷一百四，頁2538。

詞作對於莊嚴宏大的祭祀場面的描寫，流露出一派歌功頌德的聲氣。

天禧元年（1017 年）正月，「天書」降世十週年，國家上下又舉行了一系列慶典：

> 天禧元年春正月辛丑朔，改元。詣玉清昭應宮薦獻，上玉皇大天帝寶冊、袞服。壬寅，上聖祖寶冊。己酉，上太廟謚冊。庚戌，享六室。辛亥，謝天地於南郊，大赦，御天安殿受冊號。乙卯，宰相讀天書於天安殿，遂幸玉清昭應宮，作《欽承寶訓述》示群臣。〔註37〕

在這一系列的祭祀活動中，自然又產生了數量較多的祝頌詞，如亳州回詣玉清昭應宮《導引》詞一首，奉寶冊《導引》詞三首等等。如親享太廟的《導引》一首：

> 躬朝太室，列聖大功宣，彩仗耀甘泉。祕文升輅空歌發，一路覆祥煙。珠旒薦獻極精虔，列侍儼貂蟬。穰穰降福均寰宇，垂拱萬斯年。

最終奉天書合祭天地於南郊的儀式將慶典活動推向高潮，有天書《導引》七首專門歌頌此事。還有南郊恭謝的多首詞作歌頌此事，茲舉其中一首《六州》：

> 承天統，聖主應昌辰。寶籙降，颷遊至，瑞命慶惟新。崇大號，仰奉高眞。獻歲當初吉，天下皆春。謁祕宇、藻衛星陳。蕭籟極紛綸。瓊編焜耀，仙衣絟縡，垂旒俯拜，薦獻禮惟寅。　芬芳備，精衷上達穹旻。尊道祖，享清廟，助祭萬方臻。升泰畤、縟典彌文。侍群臣。漢庭儒雅彬彬。煙飛火舉畢嚴禋。天地降氤氳。高臨華闕，恩覃動植，慶延宗社，聖壽比靈椿。

將「天書」納入傳統南郊祭祀的體系之內，「天書」昭示「君權神授」的深意便凸現出來了。因祭祀活動而產生的祝頌詞，宋初太祖、太宗朝就已出現，眞宗時期因有「天書」這一特殊事件，祭祀活動所用的祝頌詞不僅數量多，而且具有特指色彩。

〔註37〕〔元〕脫脫等撰《宋史》，中華書局 1977 年，卷八，頁 161。

　　爲祭祀時鼓吹樂所寫歌詞的人，姓名不可考，大都是宮廷裏的官員們所填寫〔註38〕。眞宗朝以後，祭祀類型的祝頌詞漸漸減少。但是，頻繁地宗廟祭祀，特殊的政治情勢，作爲當時社會的重大事件，深刻地影響了文人的創作，使詞作在內容上大量雜入了政治氣象。這一特點，最具典型性的就是柳永的作品。

　　經吳熊和先生考證，柳永的《玉樓春》（昭華夜醮連清曙），「寫金殿設壇，通宵夜醮，眞宗親臨道場，迎候仙駕」〔註39〕。《玉樓春》（鳳樓郁郁呈嘉瑞）「寫夜醮的翌日舉行慶典，眞宗盛宴宮中，接受朝臣稱賀」〔註40〕。《玉樓春》（皇都今夕知何夕）及（星闈上笏金章貴）兩首詞「亦作於『天書封祀』期間」〔註41〕。此外，柳永的《巫山一段雲》爲一組詩，「明白地提到了『天書』『重到』之事，肯定與眞宗『天書』事件有關」〔註42〕；而其《御街行》（燔柴煙斷星河曙）是「專爲南郊盛典寫的頌辭，籠罩著『天書封祀』期間的時代氣氛」〔註43〕。

　　吳熊和先生對以上詞在內容方面所作的考證是準確的，然而柳永爲什麼要寫這些詞作？以柳永爲代表的詞人創作祝頌詞的根本原因是什麼？這個問題的答案有助於我們瞭解當時的社會文化背景，也有助於理解在柳永生活的那個時代，政治生活對於文人創作的影響。這對於研究眞宗朝及其後祝頌詞的發展、變化情況是極爲關鍵的。

　　吳熊和先生分析認爲：「天書」事件在正常的禮部考試外，造成

〔註38〕楊蔭瀏《中國音樂史稿》，人民音樂出版社1981年，頁408。

〔註39〕吳熊和《柳永與宋眞宗「天書」事件》，《吳熊和詞學論集》，杭州大學出版社1999年，頁182。

〔註40〕吳熊和《柳永與宋眞宗「天書」事件》，《吳熊和詞學論集》，杭州大學出版社1999年，頁183。

〔註41〕吳熊和《柳永與宋眞宗「天書」事件》，《吳熊和詞學論集》，杭州大學出版社1999年，頁185。

〔註42〕吳熊和《柳永與宋眞宗「天書」事件》，《吳熊和詞學論集》，杭州大學出版社1999年，頁187。

〔註43〕吳熊和《柳永與宋眞宗「天書」事件》，《吳熊和詞學論集》，杭州大學出版社1999年，頁191。

了「獻頌得第」的特例；同時，眞宗年間，又有權停貢舉和削減貢舉，苛待南人的現象；這幾方面的原因促使柳永「以詞諛聖，以冀一第」〔註44〕。

　　「天書」事件造成得第的特例，眞宗年間確實存在，其一是吳先生所說的「獻頌得第」，其二是特開的恩蔭補官制度。我們先來分析「獻頌得第」的情況，吳熊和先生提出眞宗年間，至少有四次獻頌賜第的現象，第一次在大中祥符二年六月：

> 　　東封歲獻文者甚觽，命近臣考第，得草澤許申、進士祖高洪矩，令兩制試所業差第以聞。壬辰，賜申進士及第，矩同出身，面賜袍笏。高以父吉坐贓伏法，補三班奉職。
> 〔註45〕

乍看這條材料，許申、祖高、洪矩三人，似乎因爲東封獻文而得第，尤其是許申，由一介平民獲得進士及第的身份，更顯得東封事件對士人命運的巨大影響，其實，仔細考究起來，遠不是這樣簡單：第一，獻文者很多，競爭激烈；第二，有近臣考第，要給文章評定等級；第三，兩制還要試其所業，評定等級。可以看出，東封事件只是在已成慣例的考試之外，多給士人增加了一次考試機會而已。所獻之文被看中後，還要通過一個試業考試：

> 　　太宗以來，凡特旨召試者，於中書學士舍人院，或特遣官專試，所試詩、賦、論、頌、策、制誥，或三篇，或一篇，中格則授以館職。景德後，惟將命爲知制誥者，乃試制誥三道。每道百五十字。東封及祀汾陰時，獻文者多試業得官，蓋特恩也。〔註46〕

參照《宋史》卷一百五十六可知，考察詩、賦、論、頌、策等內容，屬於制科考試的範疇，制科考試不限前資，但因其考察嚴格，難度很

〔註44〕吳熊和《柳永與宋眞宗「天書」事件》，《吳熊和詞學論集》，杭州大學出版社 1999 年，頁 193～195。

〔註45〕〔宋〕李燾撰《續資治通鑒長編》，中華書局 1980 年，卷七十一，頁 1610。

〔註46〕〔元〕脫脫等撰《宋史》，中華書局 1977 年，卷一百五十六，頁 3647。

高，要被錄取還是比較難：

> 乾德初，以郡縣亡應令者，慮有司舉賢之道或未至也，迺詔許士子詣闕自薦。四年，有司僅舉直言極諫一人，堪爲師法一人，召陶穀等發策，帝親御殿臨視之，給硯席坐于殿之西隅。及對策，詞理疏闊，不應所問，賜酒饌宴勞而遣之。〔註47〕

可以看出，從太祖時就開始的制科考試，雖然「見任職官，黃衣草澤，悉許應詔」〔註48〕，考試的限制條件不多，但很難考中，眞宗朝情況亦是如此：

> 景德二年，增置博通墳典達於教化、才識兼茂明於體用、武足安邊、洞明韜略運籌決勝、軍謀宏遠材任邊寄等科，詔中書門下試察其才，具名聞奏，將臨軒親策之。自是應令者寖廣，而得中高等亦少。〔註49〕

「應令者浸廣，而得中高等亦少」可謂道出了制科考試的特點。前面提到的草澤出身的許申，早在東封前就已參加過賢良方正能直言極諫科的考試，大中祥符元年四月：

> 中書試賢良方正能直言極諫，草澤劉若沖、周啓明才識兼茂，明於體用，大理寺丞呂夷簡草澤許申皆中等。詔以申等雖敏贍可賞，而理道未精，不復召對；若沖、啓明、申並許應舉，仍免取解；夷簡優與親民差使。〔註50〕

回過頭來我們再看前面東封獻文得第的那條材料，就可知道，許申雖爲草澤，但東封之前就已參加過制科考試，成績中等，得到了「敏贍可賞」的評價。祖高洪矩本已爲進士，三人在所業上應是有積累的，這才是他們能夠得第的最重要的條件。

第二次賜第是大中祥符四年西祀汾陰之後：

〔註47〕 〔元〕脫脫等撰《宋史》，中華書局 1977 年，卷一百五十六，頁 3646。
〔註48〕 〔元〕脫脫等撰《宋史》，中華書局 1977 年，卷一百五十六，頁 3646。
〔註49〕 〔元〕脫脫等撰《宋史》，中華書局 1977 年，卷一百五十六，頁 3646。
〔註50〕 〔宋〕李燾撰《續資治通鑑長編》，中華書局 1980 年，卷六十八，頁 1535。

> 汾陰路多獻文章者，庚辰，以前均州參軍許洞、前彰
> 武節度推官解旦等九人姓名付中書，令召試。中書言旦及
> 進士範本、陳矩詞學可採，授旦著作郎，本賜及第，矩出
> 身。〔註51〕

這次賜第主要面向汾陰地區，也是獻文章者很多，從中挑選出九人，再參加考試，因解旦、范本、陳矩三人「詞學可採」，最終被錄取。

第三次是大中祥符七年祀亳州太清宮老子之後：

> 上御景福殿，試亳州、南京路服勤辭學經明行修舉人，
> 得進士張觀等二十一人，諸科二十一人，賜及第，除官如
> 東封西祀例。〔註52〕

這次賜第也是面向亳州、南京路局部地區，得官的這些人，參加了服勤辭學科和經明行修科的考試，屬於諸科考試的範圍。

第四次賜第是天禧元年南郊之後：

> 壬午，賜進士楊偉及第，賈昌朝同出身。大禮之初，
> 貢舉人獻賦頌者甚觽，詔近臣詳考，惟偉及昌朝可採，故
> 召試學士院而命之。〔註53〕

對眾多貢舉人所獻賦頌詳細考察，選出楊偉及賈昌朝，再由眞宗親自面試，顯然，只有御試通過後才能獲第。

通過前面這些分析，我們得知：第一，獻文只是得第過程中一個表面的環節，獻文之後的考察，是一項嚴格且難度頗大的考試，對考生所業的精進程度要求很高。第二，所獻的文體爲文、賦或頌，因爲統治者所要求的是文章制誥方面的人才；第三，「天書」時期獻文、賦、頌，可以獲取得第的考試機會，柳永獻文、賦、頌與否，或未可知，但柳永所寫的歌詠東封的詞作，體裁不符合要求，當然不能獲取下一步考試機會。柳永當然知道當時進獻要求的文體，據此推斷，柳永的這些詞作並不用於「獻頌」，這些歌詠「天書」事件的詞作，並

〔註51〕〔宋〕李燾撰《續資治通鑑長編》，中華書局 1980 年，卷七十六，
　　　　頁 1741。
〔註52〕〔宋〕李燾撰《續資治通鑑長編》，中華書局 1980 年，卷八十三。
〔註53〕〔宋〕李燾撰《續資治通鑑長編》，中華書局 1980 年，卷八十九。

不是出於旨在通過其得第的目的而作。

當然，眞宗時期也存在因「天書」而恩蔭賜第的情況，柳永有沒有這種機會呢？我們再來分析一下。大中祥符元年十月：

> 癸丑，御朝覲壇之壽昌殿，受群臣朝賀。大赦天下，常赦所不原者咸赦除之。文武並進秩。賜致仕官本品全奉一季，京朝官衣緋綠十五年者改賜服色。令開封府及所過州軍考送服勤詞學、經明行修舉人，其懷材抱器淪於下位，及高年不仕德行可稱者，所在以聞。三班使臣經五年者與考課。兩浙錢氏、泉州陳氏近親，蜀孟氏、湖南馬氏、荊南高氏、廣南河東劉氏子孫未食祿者，聽敘用。〔註54〕

《續資治通鑒長編》卷七十記述與此相同。大中祥符元年十一月戊午朔：

> 翌日，又遣吏部尚書張齊賢等以太牢致祭，賜其家錢三十萬、帛三百匹。以四十六世孫、同學究出身聖祐爲奉禮郎，近屬授官及賜出身者六人。又追封叔梁紇爲魯國公、顏氏爲魯國太夫人、伯魚母並官氏爲郓國太夫人。〔註55〕

可以看出，東封後眞宗的賜第是有條件的，它是針對官員子弟而言的。宋眞宗大中祥符元年（1008 年）以前，郊祀大禮尙未形成爲官員蔭補子孫的定制，該年東封之後，郊祀大禮始有爲官員子弟蔭補官資之令：

> 眞宗大中祥符元年，始有東封禮畢推恩之令，則郊禋奏薦自此爲例。〔註56〕

《文獻通考》卷三十四也有此記載，基本原文引用。

大中祥符八年（1015 年），在制定承天節蔭補恩例的同時，也制定了「南郊奏蔭子弟恩例」，內容如下：

> 宰臣，樞密、節度使帶平章事，子授東頭供奉官，弟、

〔註54〕〔元〕脫脫等撰《宋史》，中華書局 1977 年，卷七，頁 138。

〔註55〕〔宋〕李燾撰《續資治通鑒長編》，中華書局 1980 年，卷七十，頁 1574。

〔註56〕〔宋〕章如愚編撰《山堂考索》卷十七，中華書局 1992，頁 557。

佺、孫左侍禁；樞密使，參知政事，樞密副使，宣徽、節
度使，子授西頭供奉官，弟、佺、孫右侍禁；左、右僕射，
太子三少，御史大夫，文明殿學士，資政殿大學士，諸行
尚書，子授左侍禁，弟、佺、孫左班殿直；三司使，翰林、
資政殿、翰林侍讀、侍講、龍圖閣、樞密直學士，左右常
侍，上將軍、統軍，太常、宗正卿，御史中丞，左右丞，
諸行侍郎，兩使留後，觀察使，內客省使，子授右侍禁，
弟、佺、孫右班殿直；給事，諫議，中書舍人，知制誥，
龍圖閣直學士、待制，三司副使，防禦、團練、客省引進、
四方館、合門使，樞密都承旨，子授右班殿直，弟、佺、
孫三班奉職；大卿、監，帶職少卿、監，諸州刺史，子授
三班奉職，弟、佺、孫借職。南郊，刺史以上如承天節例，
其諸衛大將軍，少卿、監，諸行郎中，帶職員外郎，內諸
司使，樞密諸房承旨，子授三班奉職，弟、佺、孫借職；
諸衛將軍，諸司副使，子授借職；樞密諸房副承旨，子初
命授同學究出身，再經恩授借職。〔註57〕

從這份具體詳細的名單中可以看出，「天書」所引起的一系列蔭補，
數量很多，範圍也很廣；同時，也能看出，對所「蔭」的對象的家庭
出身品級要求是很嚴格的。

柳永出身詩禮之家，其祖父柳崇乃是一處士，卒於宋太宗太平
興國五年十一月〔註58〕；其父柳宜，入宋後中進士，官至工部侍郎
〔註59〕，據《福建通志》記載：

雍熙二年乙酉（985年）梁灝榜：崇安縣柳宜，工部侍

郎。〔註60〕

《崇安縣志》亦載：

雍熙二年乙酉（985年）梁灝榜：柳宜，五夫（崇安縣

〔註57〕〔宋〕李燾撰《續資治通鑒長編》，中華書局1980年，卷八十四。
〔註58〕〔宋〕王禹偁《建谿處士贈大理評事柳府君墓碣銘並序》，《小畜集》
　　　　卷三十，《全宋文》第4冊，頁576。
〔註59〕謝桃坊《柳永》，上海古籍出版社1986，頁2。
〔註60〕《福建通志》卷三十三，文淵閣四庫全書本。

五夫里）人，戶部侍郎。〔註61〕

《福建通志》是乾隆年間所修，《崇安縣志》是民國年間所編，況且二者相互牴牾，讓人不知所從。明時《嘉靖建寧府志》：

> 雍熙二年乙酉（985年）梁灝榜：李寅、吳拱辰，俱建
> 安人；詹易知、張彝敘，俱甌寧人。〔註62〕

則根本未提柳宜的姓名，據常理，記載宋人事迹，明時所修的地方志要比清代和民國更接近事實些，看來柳宜中進士的說法，還有待進一步考證。王禹偁990年寫的《送柳宜通判全州序》或許可以給我們一些啓發：

> 淳化元祀，始以任城宰來抵闕下，攜文三十卷，叫閽
> 上書，且請以文章自試。天子壯之，下章丞相府，翌日召
> 試，且舉漢時以粟爲賞罰事，使析而論之。無疑援引剖判，
> 燦然成文。吾君吾相皆以爲識理體而合經義也，故改官芸
> 閣，通倅湘源。其官尚卑，其郡亦小，然由文藝而取，故
> 有識者榮之，……〔註63〕

羅忼烈認爲：「中進士是古代士人的平生大事，如果柳宜是太宗雍熙二年進士，五年之後王禹偁於淳化元年寫的《送柳宜通判全州序》斷無不說之理。不但隻字不提，還說他於淳化元年上書求自試，如果五年前已經中了進士，除非神經錯亂，否則誰也不會多此一舉；再說，果眞如此，不被申斥才怪！」〔註64〕

王禹偁在爲柳宜父親所寫的《建谿處士贈大理評事柳府君墓碣銘並序》中說：

> 其長子宜爲太子校書郎、江寧尉，宰貴溪、崇仁、建
> 陽三邑，拜監察御史。次子宣試大理評事，迎公於建康。
> 時以宜貴，當得致仕官，切誡宜曰：「不可奏請，以卒吾志。」

〔註61〕《崇安縣志》卷六，崇安修志委員會民國卅年。
〔註62〕〔明〕范嵩纂修《嘉靖建寧府志》卷十五，上海古籍書店影印寧波
　　　　天一閣藏明嘉靖刻本1964。
〔註63〕〔宋〕王禹偁《小畜集》卷二十，《全宋文》第4冊，頁397。
〔註64〕羅忼烈《柳永六題》，《詞學雜俎》，巴蜀書社1990，頁226。

太祖平吳，宜爲費宰，宣以校書郎爲濟州團練推官，公始
渡江省諸子。自沂至濟，自濟至京師。得疾，肩輿以歸，
以太平興國五年十一月某日終於濟之官舍，享年六十三。
嫡夫人丁氏先公而亡，追封某縣太君，宜、宣之母也。宜
今爲國子博士，宣終於大理司直、天平軍節度推官。今夫
人虞氏封范陽縣太君，生子四人：寘、宏舉進士，寀、察
並以辭學自立。有後之慶，爲可知也。女五人，皆得嘉壻。
〔註65〕

記述死者子嗣的舉業官職，也是墓碣銘中的一項常有內容，這則材
料中提到了柳宜弟柳寘、柳宏中進士，卻未提及柳宜中進士的經歷，
所以，唐圭璋說：「《墓碣銘》中未記柳宜中進士，不知志書所據」
〔註66〕。看來，柳宜中進士的說法，還需要進一步查證。

至於柳宜的最後官職，《福建通志》和《建寧府志》中記載爲工
部侍郎；《崇安縣志》中載爲戶部侍郎，互相牴觸。羅忼烈進而認爲：
「如果眞的官至六部侍郎，按照常理一定和當時的達官貴人、文人學
士多所交遊，但除在小畜集裏一現以外，其他宋人雜事筆記中並無消
息，看來也跟雍熙二年進士之說一樣，不免令人十分懷疑」〔註67〕。
查閱《宋史》及相關史書，並無柳宜任工部侍郎及其事述的記錄，他
到底有無任職工部侍郎，這個問題無從證明，柳永在眞宗「天書」事
件期間到底有無蔭補的機會呢？

我們假定柳宜官至工部侍郎，工部侍郎在宋初屬於從三品〔註68〕，
柳永作爲工部侍郎之子，在眞宗郊祀恩蔭的制度下，理論上具有蔭補
得官的條件，那事實是怎樣的呢？我們來看王禹偁的表述：

河東柳宜，開寶末以江南僞官歸闕，於後吏隱者二十

〔註65〕王禹偁《建谿處士贈大理評事柳府君墓碣銘並序》，《小畜集》卷三
十，《全宋文》第4冊，頁576。
〔註66〕唐圭璋《〈小畜集〉中關於柳永家世的記載》，《詞學論叢》，頁597。
〔註67〕羅忼烈《柳永六題》，《詞學雜俎》，巴蜀書社1990，頁227。
〔註68〕俞鹿年編著《中國官制大辭典》，黑龍江人民出版社1992，頁424。

年，年五十有八矣〔註69〕。

如果開寶末年（約996）柳宜58歲，那麼大中祥符元年（1008）時，柳宜應爲70歲左右。按照宋制70致仕的規定，柳宜應到了致仕的年齡。根據前面所列的大中祥符元年郊祀期間致仕的待遇條件來看，只是多了一季的俸祿，並無蔭及子弟的可能。

我們再假定柳宜官至工部侍郎，在大中祥符元年，受到特殊優待，可以給其子弟蔭補，那麼柳永是否有機會呢？

柳宜有三子，彼時，長子和次子均未及第，如果蔭補，也應是長子享受此機會，再假設三子都有蔭補入官的機會，他們果眞願意嗎？我們知道，從宋初開始，即重用進士及第出身人，而不重用恩蔭任子爲官者，蔭補人「補授品階低，差遣陞遷慢」〔註70〕，另外，「宋政府大力改進科舉制度，並重用科舉所錄取的士人。迫使士大夫子孫中有才華學識者，不屑於因父祖官爵恩蔭入仕，而是積極參加科舉。」〔註71〕大中祥符元年，柳永還未參加禮部試，正值胸懷入仕理想的時期，果眞願意接受恩蔭這個並不意味著青雲直上的前途嗎？他有篇《勸學文》：

> 父母養其子而不教，是不愛其子也；雖教而不嚴，是亦不愛其子也。父母教而不學，是子不愛其身也；雖學而不勤，是亦不愛其身也。是故養子必教，教必嚴，嚴則必勤，勤則必成。學，則庶人之子爲公卿；不學，則公卿之子爲庶人。〔註72〕

此文簡短，中規中矩，模仿程文痕迹較濃，可看出是其早期的習作；「學，則庶人之子爲公卿；不學，則公卿之子爲庶人」展示出柳永對通過勤學科舉入仕道路的清醒認識與篤定，其進取之心可見。

〔註69〕〔宋〕王禹偁《柳贊善寫眞並序》，《小畜集·外集》卷十，《全宋文》第4冊，頁504。

〔註70〕苗書梅《宋代官員選任和管理制度》，河南大學出版社1996，頁66。

〔註71〕苗書梅《宋代官員選任和管理制度》，河南大學出版社1996，頁69。

〔註72〕〔明〕范嵩纂修《嘉靖建寧府志》卷三十三，上海古籍書店影印寧波天一閣藏明嘉靖刻本1964。

　　可見，在「天書」造成的恩蔭特例中，無論柳宜是否官至工部侍郎，柳永基本上不具有蔭補得官的機會；即使柳宜受到特殊優待，柳永當時也未必願意側身蒙受蔭補的行列。

　　通過以上兩方面的分析，我們得知，柳永在「天書」事件中寫作祝頌詞，既無關獻頌得第，也不爲恩蔭得官，那他寫這些祝頌詞的眞實意圖到底是什麼呢？我們回到柳永的詞作本身進行分析，以《玉樓春》爲例：

> 星闈上笏金章貴，重委外臺疏近侍。百常天閣舊通班，九歲國儲新上計。　太倉日富中邦最。宣室夜思前席對。歸心怡悅酒腸寬，不泛千鍾應不醉。

此詞處處洋溢著對強盛國力的自豪感，其「太倉日富中邦最」可通過當時的糧食儲備情況來印證。大中祥符三年八月：

> 三司使丁謂進曰：「唐朝江、淮歲運米四十萬至長安，今乃五百餘萬，府庫充牣，倉庫盈衍。」上曰：「民俗康阜，誠賴天地宗廟降祥，而國儲有備，亦自計臣宣力也。」謂再拜謝。〔註73〕

所以倉廩充實，君臣因此感激神靈，這才是柳永此詞祝頌之意的源頭，而決非「天書」降世。柳永的另一首《玉樓春》寫道：

> 鳳樓郁郁呈嘉瑞。降聖覃恩延四裔。醮臺清夜洞天嚴，公宴淩晨簫鼓沸。　保生酒勸椒香膩。延壽帶垂金縷細。幾行鵷鷺望堯雲，齊共南山呼萬歲。

「天書」期間，眞宗降延恩殿日爲降聖節，此詞寫他盛宴臣下的情景，也可從其它記載中印證：

> 十月二十四日爲降聖節，並休假五日。兩京、諸州，前七日建道場設醮，假內禁屠、輟刑，聽士民宴樂，京城張燈一夕。〔註74〕

〔註73〕〔宋〕李燾撰《續資治通鑑長編》，中華書局 1980 年，卷七十四，頁 1683。

〔註74〕〔宋〕李燾撰《續資治通鑑長編》，中華書局 1980 年，卷七十九，頁 1801。

> 以其人煙浩穰，添十數萬不加多，減之不覺少。所謂
> 花陣酒池，香山藥海，別有幽坊小巷，燕館歌樓，舉之數
> 萬，不欲繁碎。〔註75〕

到眞宗大中祥符年間，社會財富已經積累較多，物豐民富，史書多有
記載，我們不過通過柳永之筆再一次回味了當時盛況而已。也只有在
這樣的經濟背景下，耗資巨大的「天書」系列祭祀活動才能開展，所
以，大中祥符年間的昇平景象，是柳永「天書」事件期間寫作祝頌詞
的物質基礎。

　　宋王朝優待文人士大夫，官僚階層生活優裕，汴京繁華富庶，在
此基礎上，以娛樂爲目的的詞獲得了空前的繁盛。而「柳永稟賦有一
種浪漫的天性和音樂的才能」〔註76〕，進行詞作的創作是極爲自然的
事情，但他與完全沉浸於市民社會的專業樂工不同：作爲儒宦子弟，
他關心時事，並將其題材納入詞體，在詞裏描述祭祀活動，也自然蘊
含祝頌之意。大中祥符三年：

> 十一月庚寅，遣內臣奉安宣祖、太祖聖容於二陵。乙
> 未，甘州回鶻來貢。己亥，幸太一宮。陝州黃河清。十二
> 月，陝州黃河再清。庚戌，集賢校理晏殊獻《河清頌》。
> 〔註77〕

柳永也有《巫山一段雲》來頌河清現象：

> 閬苑年華永，嬉遊別是情。人間三度見河清。一番碧
> 桃成。金母忍將輕摘。留宴鼇峰眞客。紅猋閒臥吠斜陽。
> 方朔敢偷嘗。

將「河清」現象與碧桃宴鼇峰寫入詞中，顯示了柳永獨特的視野，這
也爲祝頌詞的內容開闢了一個新的空間。

　　羅忼烈認爲：柳永「不是達官貴人，也不是翰林學士或文學侍
從，根本沒有『應制』的資格，更非眞個『奉聖旨塡詞』，爲什麼每

〔註75〕〔宋〕孟元老撰《東京夢華錄》，鄧之誠注，中華書局 1982 年，卷
　　　　五，頁 131。
〔註76〕葉嘉瑩《唐宋詞名家論稿》，河北教育出版社 2000，頁 67。
〔註77〕〔元〕脫脫等撰《宋史》，中華書局 1977 年，卷七，頁 145。

逢佳節（如皇帝生日、祭祀祈福、京都元宵、開放金明池等），就自動填詞歌功頌德？原來是有企圖的，希望幸而通過教坊樂工或太監傳入宮禁，如果仁宗聽了演唱，『龍顏大悅』，富貴功名豈不指日可待？」〔註78〕這是對柳永所有祝頌詞寫作意圖的猜測，似可推敲。但其指出了一個事實：他沒有應制的資格。柳永初入汴京時，就擅填詞：

> 柳永，字耆卿，爲舉子時多遊狹邪，善爲歌辭。教坊樂工每得新腔，必求永爲辭，始行於世，於是聲傳一時。
> 〔註79〕

既善爲歌詞，必不願拘於男女之情，欲有所拓展也是自然心理，當此「天書」事件期間，他用詞來描寫這一系列的政治活動，其實，只是一個以詞擅名的人創作才能的表現而已。再深究一步，在天書事件持續十年左右時間裏（1008～1018 年），柳永在科考入仕中或有落第，但說他「希望幸而通過教坊樂工或太監傳入宮禁」，進而使得眞宗「龍顏大悅」，獲得功名，似未安當。宋初，士大夫文人內心雖喜愛小詞，但理智上又鄙視它，柳永詞名日盛，他客觀描摹昇平社會景象的同時，在詞中加上對皇帝及各地官員的祝頌之意，不過希冀在統治者及官僚群體裏獲得認可和接受，以此平衡他在寫詞過程中的社會價值缺失感。

經過以上的探究，我們可以認爲，「天書」事件期間，產生了很多祝頌詞，柳永的祝頌之作，是在當時社會昇平景象的物質基礎上，個人寫詞才能的自然外延，同時，因爲詞在當時被視爲小道、小技，柳永專力填詞，作爲仕宦子弟，內心不免失落，而將當時重大的「天書」事件納入詞中，則在一定程度上彌補了其社會價值的缺失感。

〔註78〕羅忼烈《柳永六題》，《詞學雜俎》，巴蜀書社 1990，頁 204。
〔註79〕〔宋〕葉夢得撰，徐時儀校點《避暑錄話》，卷三，《宋元筆記小說大觀》，上海古籍出版社 2001 年，頁 2628。

第三節　北宋中後期文字之禍與祝頌詞的創作

仁宗朝以後，關於祭祀宗廟的祝頌詞，作為國家政治生活的重要部分，繼續被文人寫作，並且貫穿整個宋代，鑒於前兩節已對這個問題作了分析，後面，就不再贅論了。

北宋中後期，詞體繼續發展，數量增多，詞體開始走向廣闊一路，題材廣泛，詞也可以像詩一樣表達更廣闊的社會生活內容，在詞體整體發展方向的影響下，祝頌詞亦不再只描寫宗廟祭祀生活了，而是將豐富的社會生活納入祝頌詞的創作，本節旨在挖掘北宋中後期的文字之禍與祝頌詞創作的關係。

一、變法過程中的快意祝頌

熙寧二年（1069）王安石在朝廷主持變法，蘇軾以上書論事、託詩以諷時事，或直接口舌譏刺時事等方式反對新法，但神宗堅決支持王安石變法，蘇軾遂自請外任，輾轉杭州、密州、徐州、湖州達十年之久，外任期間，蘇軾的參政意識依然強烈，繼續託詩以諷新法，但畏禍心理亦隨之滋生，如蘇轍在《亡兄子瞻端明墓誌銘》一文中所言：

> 初，公既補外，見事不便於民者，不敢言，亦不敢默視也。緣詩人之義，託詩以諷，庶幾有補於國。〔註80〕

熙寧四年，蘇軾離京赴杭州通判，途中作詩《遊金山寺》，整首詩在奇崛的景物描寫中，流露出的「羈愁畏晚」的心理，隱隱顯示了蘇軾對自身政治前途的憂慮；但「江神見怪驚我頑」等句仍然表現出輕鬆的情懷，說明他仍懷不渝的參政意識，因這種高揚的參政意識，他在外任期間與政見相同者的交往比較輕鬆，交往過程中以詞互相祝頌成了不可或缺的內容。如《減字木蘭花》（惟熊佳夢）一首祝頌詞，此詞序云：「蘇軾過吳興，李公擇生子，三日會客，作此詞戲之。」

〔註80〕〔宋〕蘇轍撰，曾棗莊、馬德富校點《欒城集》，卷二二，上海古籍出版社 1987 年，頁 1120。

據《蘇文忠公詩編注集成總案》載，此詞作於甲寅〔註81〕，即熙寧七年（1074 年），當時李公擇外任湖州。李公擇即李常，《宋史》卷三百四十四有傳，李公擇在熙寧初爲秘閣校理，後與王安石政見不合，落校理，通判滑州，歲餘復職，知鄂州，徙湖、齊州二州。二人均因不贊成新法而外任，政見相同；此詞筆調輕鬆詼諧，少了一般祝頌詞的刻板與老套，說明彼此關係非同一般士人交往，當時環境尚寬鬆，還可用文字與同道之人快意祝頌。

　　蘇軾外任期間，還作有一首祝頌詞《減字木蘭花・贈潤守許仲塗》，此詞亦寫於熙寧七年（1074 年），傅藻《東坡紀年錄》：「甲寅作，贈潤守許仲塗，作《減字木蘭花》。」許仲塗，《宋史》三百三十有傳，累典刑獄，強敏明恕，熙寧間，請知潤州。《東皐雜錄》中關於此詞的本事記載大致相同，所不同僅郡守爲林子中，毛本引之，清張宗橚《詞林紀事》亦引《東皐雜錄》。不管是許仲塗還是林子中，都是蘇軾在外任期間所接觸到的地方官，與上首詞一樣，洋溢著輕鬆幽默及戲謔色彩，可以看出，熙寧年間，蘇軾雖與王安石政見不合而外任，但內心並無多少頹唐之氣，所以，在與地方官員交往的過程中，才有快意的祝頌之詞。

二、烏臺詩案對詩文創作的抑制

　　元豐二年（1079 年），蘇軾在湖州任上，作《湖州謝上表》。此年三月，權監察御史裏行何正臣上奏曰：

> 知湖州蘇軾《謝上表》，其中有言：「愚不識時，難以追陪先進；老不生事，或能牧養小民。」愚弄朝廷，妄自尊大，宣傳中外，孰不歎驚。〔註82〕

七月，監察御史裏行舒亶繼續上書彈劾蘇軾：「近《謝上表》有譏切

〔註81〕〔清〕王文誥《蘇文忠公詩編注集成總案》，卷十二，巴蜀書社 1985 年。

〔註82〕〔宋〕朋九萬《東坡烏臺詩案》，叢書集成初編本，中華書局 1985，頁 1。

時事之言，流俗翕然，爭相傳誦，忠義之士，無不憤惋。」〔註83〕不但如此，他還將矛頭指向蘇軾熙寧以來的詩歌創作，從蘇軾《山村五絕》其三、其四，《八月十五日看潮五絕》其四，《戲子由》等作品中，尋章摘句地羅織出蘇軾反對新法的詩句：

> 蓋陛下發錢（指青苗錢）以本業貧民，則曰「贏得兒童語音好，一年強半在城中」；陛下明法以課試郡吏，則曰「讀書萬卷不讀律，致君堯舜知無術」；陛下興水利，則曰「東海若知明主意，應教斥鹵變桑田」；陛下謹鹽禁，則曰「豈是聞韶解忘味，邇來三月食無鹽」。其他觸物即事，應口所言，無一不以譏謗為主。〔註84〕

在御史臺官員的逼迫下，蘇軾被迫一一承認了上面所引的詩句均為諷刺新法。變法之初，蘇軾反對新法，雖口不敢言，還可借文字來表達政見，至此，文字則成了他被攻訐的藉口。從元豐元年開始，神宗的旨趣已從新法轉向「改制」，在元豐二年供認反對新法，已不能判重罪了，況且蘇軾一向受神宗賞識，但新黨及御史臺官員並不罷休，他們要藉此打擊整個舊黨團體，正如《宋史》所言：

> 徙知湖州，上表以謝。又以事不便民者不敢言，以詩託諷，庶有補於國。御史李定、舒亶、何正臣摭其表語，並媒蘗所為詩以為訕謗，逮赴臺獄，欲置之死，鍛鍊久之不決。〔註85〕

御史臺官員找出蘇軾寄贈他人的一系列詩作進行分析。熙寧十年（1077年），蘇軾寄保守派首領司馬光的《獨樂園》被勘為諷刺新法；元豐元年，蘇軾寄贈黃庭堅的《和韻答黃庭堅二首》，被勘為罵「新進」是小人；熙寧五年，蘇軾寄贈王銑的《湯村開運鹽河，雨中督役》，被定為「譏諷朝廷開運鹽河不當，又妨農事也。」〔註86〕還有《次韻

〔註83〕 〔宋〕朋九萬《東坡烏臺詩案》，叢書集成初編本，中華書局1985，頁1。

〔註84〕 〔宋〕朋九萬《東坡烏臺詩案》，叢書集成初編本，中華書局 1985年，頁2。

〔註85〕 〔元〕脫脫等撰《宋史》，中華書局 1977年，卷三百三十八，頁10809。

〔註86〕 〔宋〕朋九萬《東坡烏臺詩案》，叢書集成初編本，中華書局 1985

劉貢父李公擇見寄二首》之二，蘇軾也被迫供認「譏朝朝廷政事闕失，及新法不便之所致也。」〔註87〕更多沒有直接譏諷新法的詩歌，也被臺史曲解並因之羅織罪名，如《贈孫莘老》、《和述古冬日牡丹四首》之一、《祭常山回小獵》、《和劉道原》、《送李清臣》等。

十二月，案結，蘇軾責檢校尚書水部員外郎、黃州團練副使、本州安置。和蘇軾有文字來往的很多官員、文人也在這起文案中受到了牽連，計有：王詵：追兩官，勒停。蘇轍：謫監筠州酒稅務。王鞏：謫監賓州酒務。張方平、李清臣：各罰銅三十斤。司馬光、李常、孫覺、曾鞏、黃庭堅等人：各罰銅二十斤〔註88〕。比起後世的文字獄，他們所受的處罰並不重，但這對文人的心理影響是很大的。我們知道，中國文學創作從詩經開始，就形成了非常深厚的怨刺傳統，文人群體普遍具有強烈的社會責任感和歷史使命感，往往在作品中反映並批評社會現實，對於文人而言，文字是他們進行自我表達最重要的工具，所謂「託詩以諷，庶有補於國」，也就是「文章合為時而著，歌詩合為事而作」的詩文傳統，到了宋代，由於朝廷優待文人士大夫，更激發了他們的用世之心和參政意識。而烏臺詩案的發生，動搖了文人心目中的詩文傳統。

蘇軾被貶黃州以後，清楚地認識到詩文給自己帶來的災難，《十二月二十八日，蒙恩責授檢校水部員外郎黃州團練副使》詩云：

　　　平生文字為吾累，此去聲名不厭低。塞上縱歸他日馬，
　城東不鬥少年雞。

文字本是蘇軾最得意的表達手段，經過烏臺詩案，他不由地發出「平生文字為吾累」的感慨，於是，蘇軾不再多作與時事有關的詩文：

　　　某自竄逐以來，不復作詩與文字。所諭四望起廢，固

年，頁8。

〔註87〕〔宋〕朋九萬《東坡烏臺詩案》，叢書集成初編本，中華書局 1985年，頁20。

〔註88〕〔宋〕楊仲良《皇宋通鑒長編紀事本末》卷六十二，《蘇軾詩獄》，宛委別藏本。

宿志所願，但多難畏人，遂不敢爾。其中雖無所云，而好
事者巧以醞釀，便生出無窮事也。〔註89〕

某自得罪，不復作詩文，公所知也。不惟筆硯荒廢，
實以多難畏人，雖知無所寄意，然好事者不肯見置，開口
得罪，不如且已，不惟自守如此，亦願公已之。〔註90〕

作為以文字作為自我實現手段的封建士人，「不復作詩文」，內心的苦
楚不言而喻，蘇軾居黃州半年，嘗致書參寥子：

僕罪大責輕，謫居以來，杜門念咎而已。平生親識，
亦斷往還，理固宜爾。……此已焚筆硯，斷作詩，故無緣
屬和，然時復一開以慰孤疾，幸甚！幸甚。〔註91〕

「杜門」寫出了當時的生活狀態，關閉的不僅是社會交往之門，還有
揮灑文字的心靈之門，烏臺詩案，皆因詩文致禍，於是，文人對詩文
的態度則謹慎起來。

三、畏禍心理的產生及蔓延與祝頌詞的創作

如前所述，經過烏臺詩案，蘇軾信奉的詩文傳統遭受摧毀，最直
接的影響，就是產生了畏禍的心理：

前後惠詩皆未和，非敢懶也。蓋子由近有書，深戒作
詩，其言切至，云當焚硯棄筆，不但作而不出也。不忍違
其憂愛之意，故遂不作一字，惟深察。〔註92〕

舉動艱礙，憂畏日深。〔註93〕

平生不作負心事，未死要不食言，然今則不可。九死

〔註89〕孔凡禮點校《蘇軾文集》，中華書局 1986，卷五十七，《與陳朝請二
首》之二，P1709。

〔註90〕孔凡禮點校《蘇軾文集》，中華書局 1986，卷五十八，《與沈睿達二
首》之一，頁 1745。

〔註91〕孔凡禮點校《蘇軾文集》，中華書局 1986，卷六十一，《與參廖子二
十一首》之二，頁 1859～1860。

〔註92〕孔凡禮點校《蘇軾文集》，中華書局 1986，卷五十四，《與程正輔七
十一首》之十六，頁 1594。

〔註93〕孔凡禮點校《蘇軾文集》，中華書局 1986，卷五十，《與范元長十三
首》之二，頁 1458。

之餘，憂畏百端，想蒙矜察。〔註94〕

從宋人的作品和相關的筆記資料描述可以看出，北宋文人並不自我封閉，交往酬唱、詩文互贈是非常普遍的現象，這從文人會社和結盟活動中有所反映。然而，當文學創作給自己和他人帶來災難時，文字就變成了一種非常敏感的東西。出於潔身自好和明哲保身的願望，文字交往中自然而然的摒棄了容易招惹政治紛爭的形式和技法；更進一步，爲了避免不可知的政治厄運，處於黨政漩渦中的文人，將人情世故的手段施與文字，在交往中僅寫一些無關「怨刺」、內容四平八穩的祝頌作品應該是非常自然的事情。

同時，我們知道，中國文學向來有「文以載道」、「詩言志」的傳統觀念，詩文理所當然被視作言志載道的正統文體，文人一向看重自己的詩文作品，烏臺詩案審理中也以詩歌作品作爲羅織罪名的憑據，而對於詞，由於宋人對之有一種天然的遊戲心態，不會將詞體與文人內心的「志」與「道」聯繫起來，詞體也就不會成爲羅織罪名的藉口和憑據，所以，以詞的形式，寫一些不直接譏刺時事的作品則順理成章。

蘇軾熙寧年間外任時就有詞的創作，烏臺詩案後謫居黃州，詞的創作數量較大。一些詞作，如《定風波》（莫聽穿林打葉聲）、《念奴嬌·赤壁懷古》、《卜算子·黃州定惠院寓居作》等，這些作品雖也寫於蘇軾經歷文字之禍後，但它們寫得清曠超塵，是他內心獨白式人格的寫照，展示了蘇軾的理想人格。而烏臺詩案造成的畏禍心理，則在祝頌詞的創作上體現出來。蘇軾有首對王勝之表達祝頌之意的《漁家傲》（千古龍蟠並虎踞），王文誥《蘇文忠公詩編注集成總案》卷二十四：「元豐七年甲子八月十四日，與王益柔同赴儀眞，再和《蔣山》詩。」〔註95〕可知，此詞應寫於元豐七年（1084）。

〔註94〕孔凡禮點校《蘇軾文集》，中華書局 1986，卷五十，《與范元長十三首》之六，頁 1459。
〔註95〕〔清〕王文誥《蘇文忠公詩編注集成總案》，卷二十四，巴蜀書社 1985年。

王勝之，字益柔，據《東都事略》記載：王益柔少力學。尹洙見其文，曰『澹而不流，制而不窘，未可量也。』杜衍薦於朝，除集賢校理。蘇舜欽以祠神會客事除名，益柔坐奪職。久之，為開封推官，歷知制誥，遷龍圖直學士，除秘書監，出知蔡、揚、亳州、江寧、應天府〔註96〕。據《施注蘇詩》卷二十一，王勝之「至江寧才一日，移南都。」〔註97〕故東坡詩《同王勝之遊蔣山》中亦有「到郡席不暖，居民空惘然」之句，據《施注蘇詩》卷二十一，王勝之曾「作傲歌，中司與近臣合攻之，言其當誅」，由此可見，王勝之也是一個受新黨排擠的人物，與蘇軾在氣格上或有相近，所以，蘇軾寫詞表達稱頌之意，是出於內心的情感需求；然蘇軾已經遭遇過黃州之貶，對文字致禍的畏懼心理並未消除，與王勝之交往時，下意識地有所保留，詞中隱匿了個人情感、思想，詞中雖飽含稱頌之意，看不出蘇軾個人感情的流露，「江南父老留公住」，頌其惠政，不免誇張。「公駕飛車淩彩霧。紅鸞驂乘青鸞馭」，贊其氣度風神，亦流於形式化，仔細體會，蘇軾克制個人感情的流露，用語客套甚至空泛，用詞這種非詩文的體裁，向受新黨排擠的王勝之表達稱頌之意，對文字的慎重姿態可見。

王勝之是個處於政治鬥爭中的人物，蘇軾寫給他的祝頌詞不免小心謹慎。而對於和政治鬥爭無關的人物，蘇軾寫給他們的詞作則另是一番景象。如對王長官表達頌贊之意的《滿庭芳》（三十三年），此詞序云：「有王長官者，棄官黃州三十三年，黃人謂之王先生。因送陳慥來過余，因為賦此。」王文誥《蘇文忠公詩編注集成總案》卷二十二：「元豐六年癸亥五月，陳慥報荊南莊田，同王長官來，作《滿庭芳》。」可知此詞寫於元豐六年（1083年）。王長官棄官黃州三十三年，是一個遠離政治鬥爭的「隱士」形象，不會對處身於政治漩渦的蘇軾造成不好的影響，畏禍心理暫時退卻，所以，此首詞在頌美王長官的同時，也包含了作者自己真實的人生感受：「居

〔註96〕〔宋〕王偁撰《東都事略》，卷五十三，文淵閣四庫全書本。
〔註97〕《施注蘇詩》卷二十一，文淵閣四庫全書本。

士先生老矣，眞夢裏、相對殘釭」，寫得較能放得開。還有一首《水龍吟》（古來雲海茫茫），此詞序云：「元豐七年冬，余過臨淮，而湛然先生梁公在焉。」「湛然先生」的生平不見於史載，但據「梁公」二字推測，應屬德高望重之人。這首詞中援引道家的修煉之術和長生理想讚頌梁公，反映了蘇軾受道家清曠思想的影響，不僅可以輕鬆逃脫文責，還可以在祝頌別人的同時，用「清淨無爲，坐忘遺照」進行自我安慰。

1086 年，哲宗登基後，改年號爲元祐。元祐文壇，蘇軾處於盟主的地位，張叔椿《坡門酬唱集序》：「詩人酬唱，盛於元祐。自魯直、後山宗主二蘇，旁與秦少游、晁無咎、張文潛、李方叔馳騖，先後相萃，一時名流悉出蘇公門下，嘻其盛歟！」當時，蘇軾爲翰林學士，處身要津，與元豐年間謫居黃州的境遇大相徑庭，但文字之禍依然影響著他。元祐元年十二月，他撰《師仁祖之忠厚，法神考之勵精》的策題，受到洛黨程頤門人兼左司諫朱光庭的攻擊，元祐二年冬所撰的《兩漢之政治》之策，又受到臺諫的彈奏，烏臺詩案給他留下的陰影還未消除，洛黨又借策題將他置於文字之禍的漩渦之中。

蘇軾因受策題之謗，被迫出守杭州，外任期間所寫的祝頌詞頗能反映當時的心態，元祐三年，蘇軾出守杭州，適錢勰知越州，蘇軾爲之作有一首祝頌詞《西江月》（莫歎平原落落），施宿《會稽志》：「錢勰元祐三年十一月，以龍圖閣待制知越州。」〔註98〕蘇軾的詩《送錢穆父出守越州絕句二首》，題下注：「錢穆父以龍圖閣待制知開封府。坐奏獄空不實，出知越州。時元祐三年九月也。」由此可知，該詞寫於元祐三年（1088 年）九月。《宋史》記載錢勰「神宗時，曾召對，將任以清要官，介甫許用爲御史，勰以家貧母老爲由辭謝」，「安石知不附己，命權鹽鐵判官」〔註99〕，可見錢勰並不贊成新法，與蘇軾政見相同。「元祐初，遷給事中，以龍圖閣待制知開封府。」因錢勰處

〔註98〕〔宋〕施宿《會稽志》卷二，文淵閣四庫全書本。
〔註99〕〔元〕脫脫等撰《宋史》，中華書局 1977 年，卷三百一十七，頁 10349。

理事務公正敏捷，「宗室、貴戚爲之斂手，雖丞相府謁吏干請，亦械治之。積爲眾所憾，出知越州，徙瀛州」〔註100〕，可知，錢勰亦爲剛正不阿之士，「莫歎平原落落」，不直接寫錢勰的遭遇，以古人作比，語意含蓄，也表現出蘇軾對文字的謹愼，蘇軾屢因詩文而遭受打擊，「須信人生如寄」，處身於政治漩渦之中的苦衷盡在不言中，聯繫錢勰的仕履，不贊成新法時拒不出仕，元祐初，出仕時，又不畏權貴，行爲果斷、決絕，與蘇軾陷於文禍而不能掌握自己命運的境遇截然不同，所以，蘇軾這首詞中「拍浮何用酒爲池。我已爲君德醉」的頌贊之語，顯示出處於文字之禍中的蘇軾對獨立人格的向往與讚美。

　　蘇軾因策題事件受到打擊，其門生亦受牽連。元祐二年，秦觀作《朋黨》上下篇爲蘇軾辨護，得罪洛黨中人，次年制科應試未售。同年冬，蘇軾出守杭州時舉薦黃庭堅以自代，未果：「元祐三年五月，詔新除著作郎黃庭堅依舊著作佐郎。以御史趙挺之論其質性奸回，操行邪穢，罪惡尤大，故有是命」。〔註101〕趙挺之乃新黨人物，如此鄙薄黃庭堅，則因他與蘇軾密切的關係所致。元祐三年十月，蘇軾上《乞郡箚子》：「臣二年之中，四遭口語，發策草麻，皆謂之誹謗。未出省榜，先言其失士。以至臣所薦士，例加誣衊，所言利害，不許相度。」〔註102〕看來蘇軾已經認識到：此次罹禍，由策題所致，門生亦受牽累。作文爲蘇軾辯護的秦觀不斷受到打擊，元祐五年五月，「右諫議大夫朱光庭言：『新除太學博士秦觀素號薄徒，惡行非一，豈可以爲人之師？伏望特罷新命。』詔觀別與差遣。」〔註103〕顯然，「素號薄徒」只是籠統的藉口而已，以文章支持蘇軾才是被制裁的眞正原因。元祐六年，「詔：秦觀罷正字，依舊校對黃本書籍。以御史賈易言觀

〔註100〕　〔元〕脫脫等撰《宋史》，中華書局 1977 年，卷三百一十七，頁10350。

〔註101〕　〔宋〕李燾撰《續資治通鑑長編》，中華書局1980年，卷四一一，頁 10000。

〔註102〕　孔凡禮點校《蘇軾文集》，中華書局 1986，卷二十九。

〔註103〕　〔宋〕李燾撰《續資治通鑑長編》，中華書局1980年，卷四百四十一。

過失，及觀自請也。」〔註104〕蘇軾的政敵不僅政治上壓制，而且斷言秦觀是「浮薄小人，影附於軾，請正軾之罪，褫觀職任，以示天下後世」〔註105〕，秦觀遂落館閣校勘添差監處州茶鹽酒稅。除了秦觀與黃庭堅，蘇軾門生晁補之亦不能幸免，元祐五年十二月戊申，「校書郎晁補之通判揚州。」〔註106〕蘇軾因所撰策題被政敵打擊，秦觀、黃庭堅、晁補之又因蘇軾門生的身份受到牽連，晁補之所寫的祝頌詞則是其當時心態的自然反映。晁補之在揚州期間，作有《一叢花·謝濟倅宗室令郟送酒》（王孫眉宇鳳凰雛），「王孫眉宇鳳凰雛」，表達讚頌之意，「應憐肺病臨邛客」則有人生的蒼涼之感，間接受到文字之禍的苦楚不難體會。值得一提的是晁補之的另兩首祝頌詞《江神子·廣陵送王左丞赴闕》（舊山鉛槧倦棲遲）和《西平樂·廣陵送王資政正仲赴闕》（鳳詔傳來絳闕），均為送王存回京之作，《宋史》載：「蔡確以詩怨訕，存與范純仁欲薄其罪，確再貶新州，存亦罷，以端明殿學士知蔡州。歲餘，加資政殿學士、知揚州。」〔註107〕王存因受詩案牽連而知揚州，晁補之作為蘇軾的門生，亦間接受到文字之禍的影響，「千秋盛際，催促朝天歸去」，寫王存被召回京，含祝賀之意，「功成繡衮，重興江山作主」，寓勉勵之情，「動離緒。空眷戀」，暗寓自己的心情，這兩首詞在稱頌王存的同時，不提王存的遭遇，可以看出，經歷了文字之禍的審慎態度和複雜微妙的心情。

這個時期，除了舊黨內部因策題而發生的鬥爭以外，新舊黨爭依然在延續，只是力量發生了變化，熙、豐年間，新黨占上風，到了元祐年間，車蓋亭詩案的發生，則讓新黨文人也體察到了文字引禍的慘痛現實。元祐初，新黨中人蔡確謫守安陸，公事之餘作《夏日登車蓋

〔註104〕 〔宋〕李燾撰《續資治通鑒長編》，中華書局 1980 年，卷四百六十四，頁 11073。
〔註105〕 〔清〕黃以周等輯注，顧吉辰點校《續資治通鑒長編拾補》卷十，中華書局 2004 年，頁 413。
〔註106〕 〔宋〕李燾撰《續資治通鑒長編》，中華書局 1980 年，卷四五三 P10861。
〔註107〕 〔元〕脫脫等撰《宋史》，中華書局 1977 年，卷三百四十一 P10873。

亭》十絕句，客觀地說，此十首詩無嘲諷元祐更化之意，也與宣仁太后或者時運之大變無涉，舊黨文人吳處厚則說：

> （蔡確）作夏中登車蓋亭絕句十篇，內五篇皆涉譏訕，而二篇譏訕尤甚，上及君親，非所宜言，實大不恭。……緣其詩皆有微意，確欲使讀者不知，臣謹一一箋釋，使義理明白。〔註108〕

並且吳處厚對此十首詩一一箋注，尋章摘句地羅織蔡確犯上的罪名，結果，蔡確遂被貶新州，據《宋人佚事彙編》卷十一《蔡確》載，確「既以詩得罪，遂以言為戒」，其憂畏心理，蓋與蘇軾同。事實上，他在嶺南也很少再作詩文。

對比烏臺詩案，蘇軾在熙寧以來的詩歌中確有譏諷之意，自己也供認確有諷刺之意：「其後臣屢論事，未蒙施行，乃作為詩文，寓物託諷，庶幾流傳上達，感悟聖意」〔註109〕。從政治鬥爭角度來看，他以詩入獄也是無話可說。而蔡確的車蓋亭案件，則幾乎是無中生有，直接表明詩文創作成了新舊兩黨交相攻訐的重要憑據，也成了兩黨中人內部傾軋的重要工具。這帶來的一個後果就是：詩文本來是文人在干預時事時惟一可操持的工具，現在，詩文不僅可以隨時被曲解，還可以被虛構出很多意想不到的罪名。因而元祐時期，文人對詩文的態度非常謹慎，但以詞來祝頌，繞開對時政的議論，於遊戲中完成了社會交往，又不會給自己招來文禍，無疑風險很小，也非常實用。

面對文字帶給自己和門生的禍患，蘇軾的心境頗為複雜，元祐六年，蘇軾有首寫給林希的祝頌詞《西江月》（昨夜扁舟京口），林希是蘇軾的繼任者，「使君才氣卷波瀾」，頌贊才氣的同時，不免有些應酬意味，然「個中下語千難」，對文字帶來的禍患仍有清楚的認識，「與

〔註108〕 〔宋〕李燾撰《續資治通鑒長編》，中華書局 1980 年，卷四百二十五，頁 10270。

〔註109〕 孔凡禮點校《蘇軾文集》，中華書局 1986，卷二九，《乞郡箚子》，第 829 頁。

把新詩判斷」一句似乎有些許狡黠，可見文字之禍對蘇軾心靈的傷害。

　　蘇軾對文字的擔憂並不奇怪，緊接著，他又遭遇了文字之禍，同年八月，洛黨程頤門人、侍御史賈易借《歸宜興留題竹西寺》奏彈蘇軾，蘇軾遂出守潁州，元祐八年蘇軾的《乞越州箚子》：「及近者蒙恩知定州，雖寵眷隆異，而自早衰多難，心力疲耗，實非所堪」〔註110〕，「寵眷隆異」也許是他的政治基礎，但也難免「早衰多難，心力疲耗」的命運，而造成這一處境的原因則是他一生自得不已的文字所帶給他的禍患。紹聖年間，文字之禍仍糾纏著蘇軾，紹聖元年四月，御史虞策、殿中侍御史來之邵又攻擊蘇軾，認爲蘇軾元祐初草擬的《呂惠卿貶官制詞》中譏訕先帝，蘇軾被貶至英州軍州事。來之邵又說「軾在先朝，久以罷廢，至元豐，擢爲中書舍人、翰林學士。軾凡作文字，譏斥先朝，援古況今，多引衰世之事，以快忿怨之私。」〔註111〕蘇軾隨即又被責授寧遠軍節度副使，惠州安置。同時，范祖禹、黃庭堅等舊黨人物在元祐間由編寫的《神宗實錄》，在紹聖元年也遭到了攻擊：

　　　　（紹聖）初，章惇、蔡卞與其黨論《實錄》多誣，俾前史官分居畿邑以待問，摘千餘條示之，謂爲無驗證。既而院吏考閱，悉有據依，所餘才三十二事。庭堅書「用鐵龍爪治河，有同兒戲」，至是首問焉，對曰：「庭堅時官北都，嘗親見之，眞兒戲耳。」凡有問，皆直辭以對，聞者壯之。〔註112〕

看來，章惇、蔡卞等人的攻擊並沒有立馬奏效，直到紹聖元年十二月：

　　　　甲午，三省同進呈臺諫官前後章疏，言：「實錄院所修先帝《實錄》，類多附會奸言，詆斥熙寧以來政事，乞重行

〔註110〕　孔凡禮點校《蘇軾文集》，中華書局1986，卷三十七，頁1044。
〔註111〕　〔清〕黃以周等輯注，顧吉辰點校《續資治通鑑長編拾補》卷九，中華書局2004年，P401。
〔註112〕　〔清〕畢沅編著《續資治通鑑》，中華書局1957年，卷八十四，頁2131～P2132。

罷黜。」帝曰：「史官敢如此誕謾不恭，須各與安置。」詔：
「范祖禹安置永州，趙彥若澧州，黃庭堅黔州。」〔註113〕
在新黨人把持的臺諫再次攻擊下，黃庭堅終因文字罹禍。

紹聖初這場來勢兇猛的文字之禍，給蘇、黃的心靈又一次蒙上
了陰影，以詞祝頌，自既可渲泄感情、又可滿足侍弄文字的心理。
蘇軾詞《歸朝歡・和蘇伯固》（我夢扁舟浮震澤）即作於此心境下，
王文誥《蘇文忠公詩編注集成總案》卷三十八載：「紹聖元年甲戌七
月，至湖口，觀李正臣所蓄異石九峰，名曰壺中九華，作詩。達九
江，與蘇堅泣別，作《歸朝歡》詞。」此詞在稱頌蘇堅時，內心悲
憤難抑的感情非常強烈，可以明顯看出此前不久的文字之禍造成的
心靈傷痕。《臨江仙》（九十日春都過了）就是在這種心境下創作的，
《惠州府志》卷十一：「詹範，字器之，崇安人，紹聖間，知惠州。
蘇軾謫居，蕩載酒從遊，相與唱和。」遠貶惠州，應是不小的打擊，
蘇軾在此詞中對詹範的稱頌，著實有些自我勉勵的況味。黃庭堅黔
州安置期間，作有《憶帝京》（黔州張倅生日），這首爲張倅〔註114〕
祝壽的詞，個人感情並不濃鬱，但這首詞的存在很富意味，黃庭堅
因文字遠貶黔州，內心憂畏，被地方長官厚待〔註115〕，心頗感念。
黃庭堅還作有《鼓笛慢・黔守曹伯達供備生日》（早秋明月新圓），
亦是此種心理。還有《洞仙歌・瀘守王補之生日》（月中丹桂），黃
庭堅在《答王補之書》：「今者不肖得罪簡牘，棄絕明時。萬死投荒，
一身弔影，不復齒於士大夫矣。所以雖聞閣下近在瀘南，而不敢通
書。忽蒙賜教，禮盛而使勤，詞恭而意篤，所以奉王公大人者，投
之御魑魅苟活人之前，恐懼而不敢當，讀之赧然。……」〔註116〕這
段話將黃庭堅因文字之禍所產生的憂畏心理表現出來，同時，又將

〔註113〕〔清〕畢沅編著《續資治通鑑》，中華書局1957年，卷八十四，頁
　　　　2131。
〔註114〕張倅，名先，字茂宗，洛陽人。時爲黔州通判。
〔註115〕〔宋〕黃庭堅《山谷集》《與張叔和書》云：「某至州將一月矣，曹
　　　　守張倅相待如骨肉。」
〔註116〕〔宋〕黃庭堅《山谷集》卷十九，文淵閣四庫全書本。

他貶居地方上低調的處世態度揭示出來，還寫出地方官厚遇自己的感激之情，所以才有為之祝頌之詞的產生，而這些祝頌之作產生的客觀條件皆是文字之禍所帶給他的貶謫經歷。

然而，即使被貶，文字之禍並未放過蘇門文人。紹聖四年，蘇軾在惠州作《縱筆》詩：其中有句「報導先生春睡美」，此詩傳至京師，據說章惇冷笑：「蘇子尚爾快活耶？復貶昌化」，又是因為詩句，蘇軾遂被責授瓊州別駕，移送昌化軍安置，被貶到海南島上。章惇、蔡卞、蔡京等新黨人物把持朝政，黨爭愈演愈烈，文字也越來越成為危險的東西，蘇軾被詩文所累的厄運，終不能幸免。蘇門其他文人依然受到打擊，紹聖四年，晁補之貶監處州酒務。同年，紹聖四年，蔡確之子蔡渭上奏文及甫在元祐年間寫給邢恕的私人信件，蔡京、章惇藉此將梁燾、劉摯、王岩叟等元祐黨人統統貶往嶺南，據《宋史》載，「紹聖初，……。章惇、蔡卞得政，將甘心元祐諸人，……」〔註117〕元祐黨人雖與新黨的政見有所不和，但多是磊落之輩，以常理彈劾殆無證據，其創作就可能成為唯一的藉口。政治傾軋中窮兇極惡，無所不用其極，作為前朝詩案的延續，到了紹聖年間，私人書信、國史實錄也能成為藉口，從而導致文人陷入政治災難，人人自危，交往中也只有以詞祝頌了。

元符元年，黃庭堅貶居戎州，在此期間，便作有《採桑子》（荔枝灘上留千騎），詞前小序云：「送彭道微使君移知永康軍。」據《次韻任道食荔枝有感三首》，題下注：「山谷有《戎州鎖江磨崖留題》云：『元符三年五月戊寅，太守劉廣之率賓寮來賞鎖江荔枝。』」〔註118〕可知，彭道微當在元符三年五月戊寅之前離任，由劉滋崇儀接任，該詞當作於元符三年前，彭道微離任時期。山谷《與侄樸書》云：「初到戎，彭道微作守，甚有親親之意。道微既去，劉滋崇儀作守。」彭道微與黃庭堅交往時，「甚有親親之意」，所以，黃庭堅此

〔註117〕〔元〕脫脫等撰《宋史》，中華書局 1977 年，卷四百七十一，頁13704。

〔註118〕〔宋〕黃佘《山谷年譜》卷二十七，文淵閣四庫全書本。

詞與居黔時期為當地官員所寫的祝頌詞一樣，皆為文字之禍所引起的複雜心情所致。還有《鷓鴣天》（黃菊枝頭生曉寒），此詞祝頌史應之，「應之名鑄，眉人。客瀘戎間」〔註 119〕。「應之，眉山人，落魄無檢，喜作鄙語，人以屠僧目之」〔註 120〕。此詞中祝頌史應之的同時，也是對自己飽受文字禍患之苦心理的調適。

　　元符年間，在文字之禍的陰影下，黃庭堅用祝頌詞繼續調適著自己的心態，劉弇則用祝頌詞保護著自己。據《宋史》記載：

　　　　劉弇，字偉明，吉州安福人。兒時警穎，日誦萬餘言。登元豐二年進士第，繼中博學宏詞科。歷官知嘉州峨眉縣，改太學博士。〔註 121〕

由此可見，劉弇確為飽學之士。但劉弇卻走著另一條路，「元符中，有事於南郊，弇進《南郊大禮賦》，哲守覽之動容，以為相如、子雲復出，除秘書省正字」〔註 122〕。這是以歌功頌德文字進獻；據《續資治通鑑長編》記載，元符元年，「太學博士劉弇為正字」〔註 123〕。正字與校書郎同主讎校典籍，刊正文章；將自己的心力投入校讎典籍，未捲入黨爭，自然避免了文字之禍。弇「有《龍雲集》三十卷，周必大序其文，謂：『廬陵自歐陽文忠公以文章續韓文公正傳，遂為一代儒宗，繼之者弇也。』其相推重如此云。」〔註 124〕劉弇未受文字之禍的牽連，又收穫了文壇「一代儒宗」的美名，可謂明哲保身的典型。遍覽劉弇所存詞作，除個別閨情詞外，幾乎全可用為祝頌，劉弇所寫的祝頌詞，不是直接由文禍導致，而是在文禍紛起的年代，個

〔註 119〕　〔宋〕任淵《山谷內集詩注》原注，文淵閣四庫全書本。

〔註 120〕　〔宋〕任淵《山谷內集詩注》卷十三，文淵閣四庫全書本。

〔註 121〕　〔元〕脫脫等撰《宋史》，中華書局 1977 年，卷四百四十四，頁13127。

〔註 122〕　〔元〕脫脫等撰《宋史》，中華書局 1977 年，卷四百四十四，頁13127。

〔註 123〕　〔宋〕李燾《續資治通鑑長編》卷五百四，中華書局 1980 年，頁12016。

〔註 124〕　〔元〕脫脫等撰《宋史》，中華書局 1977 年，卷四百四十四，頁13128。

人創作心理受其影響所致。

　　北宋中後期，文字之禍的確太過慘酷，文人於其中所作的數量不菲的祝頌詞，也影響了一般士大夫之間也多有祝頌詞。元祐元年，吏部尚書呂大防「拜尚書右丞，進中書侍郎，封汲郡公」〔註125〕，此後，米芾曾進《訴衷情・獻汲公相國壽》（熏風吹動滿池蓮）、《鷓鴣天・獻汲公相國壽》（暖日晴烘候小春）、《浪淘沙》（祝壽慶生申），據《宋史》載，米芾「冠服效唐人，風神蕭散」，「又不能與世俯仰，故從仕數困」，「嘗奉詔仿《黃庭》小楷作周興嗣《千字韻語》。又入宣和殿觀禁內所藏，人以爲寵」〔註126〕。可見米芾作爲當世名家，風骨兼備，但這三首詞立意平平，純粹爲應酬之作，間接描述了米芾與當朝宰相交往的情況，由此可見祝頌詞在當時的風行。祝頌詞之風行，歸根到底和文禍是分不開的。

　　通過以上對當時歷史背景和祝頌詞創作實際的分析，我們可以看出，北宋中後期文字之禍是造成當時大量祝頌詞作產生的最主要的原因。

第四節　徽宗對北宋末期祝頌詞的影響

　　徽宗時期，祝頌詞繼續湧現，原因當然是多方面的，比如商業經濟的發展，城市的繁榮等等，通過考察此時期的祝頌之作，可以發現，徽宗時期的政治環境、朝野風氣以及音樂環境這些因素對祝頌詞影響甚大，而這些因素，都打了徽宗皇帝的個人色彩，故本節主要探討徽宗對北宋末期祝頌詞的影響。

一、徽宗時黨爭的延續，文人當世精神的萎縮

　　元符三年正月己卯，哲宗崩，皇太后執政，朝廷還想表達對黨

〔註125〕　〔元〕脫脫等撰《宋史》，中華書局 1977 年，卷三百四十，頁 10842。
〔註126〕　〔元〕脫脫等撰《宋史》，中華書局 1977 年，卷四百四十四，頁 13124。

爭公允的態度。據《宋史》載，

> （元符三年四月）辛亥，大赦天下，應元符二年巳前
> 係官逋負悉蠲之。癸丑，鹿敏求等以應詔上書遷秩。乙卯，
> 請大行皇帝諡于南郊。丁巳，詔范純仁等復官宮觀，蘇軾
> 等徙內郡居住。〔註127〕

> 五月丁卯朔，罷理官失出之罰。丙子，詔復廢后孟氏
> 爲元祐皇后。乙酉，蔡卞罷。己丑，詔追復文彥博、王珪、
> 司馬光、呂公著、呂大防、劉摯等三十三人官。辛卯，還
> 司馬光等致仕遺表恩。癸巳，河北、河東、陝西饑，詔帥
> 臣計度振恤。〔註128〕

看來，朝廷對消弭黨爭還是做了相當的努力。半年之後，情況則變
了，據《宋史紀事本末》卷十一，元符三年「秋七月丙寅朔，奉皇
太后詔，罷同聽政」〔註129〕，皇太后遂還政，徽宗即位。十一月，
「詔改明年元年，議以元祐紹聖均有所失，欲以大公至正，消釋朋
黨，遂改元爲建中靖國」〔註130〕。然事實並非如此，章惇倒是很
快罷貶了，但緊接著又起用了蔡京爲首的新黨文人，「以許將爲門
下侍郎，溫益爲中書侍郎，翰林學士承旨蔡京爲尙書左丞，吏部尙
書趙挺之爲尙書右丞」〔註131〕。新黨文人上臺後，爲鞏固自己的
地位，不斷排除異己，並且一步步消除舊黨的影響力。崇寧二年夏
四月「丁卯，詔毀呂公著、司馬光、呂大防、范純仁、劉摯、范百
祿、梁燾、王岩叟景靈西宮繪像。」〔註132〕《續資治通鑑長編》
卷二十一記載了舊黨文人文集的遭遇：崇寧二年四月，「詔：焚毀
蘇軾《東坡集》並《後集》印板」；「詔：三蘇集及蘇門學士黃庭堅、

〔註127〕　〔元〕脫脫等撰《宋史》，中華書局1977年，卷十九，頁359。
〔註128〕　〔元〕脫脫等撰《宋史》，中華書局1977年，卷十九，頁359。
〔註129〕　〔元〕脫脫等撰《宋史》，中華書局1977年，卷十九，頁359。
〔註130〕　〔明〕陳邦瞻《宋史紀事本末》，中華書局1977年，卷四十八，頁473。
〔註131〕　〔元〕脫脫等撰《宋史》，中華書局1977年，卷十九，頁364。
〔註132〕　〔元〕脫脫等撰《宋史》，中華書局1977年，卷十九，頁367。

張耒、晁補之、秦觀、及馬涓文集，范祖禹《唐鑒》、范縝《東齋紀事》、劉攽《詩話》、僧文瑩《湘山野錄》等印板。悉行焚毀」。

　　由此可見，徽宗朝黨爭愈加殘酷激烈。崇寧二年所禁的文集，基本上都是舊黨或與舊黨聯繫密切的文人集子。元祐年間，文人學士，想入蘇門者，不計其數，到了徽宗朝，昔日的文壇盟主，其文集雖仍在民間傳播不已，但被徽宗下令所禁，則不能不讓人產生今昔之感，作爲與蘇軾在仕途上患難與共的胞弟蘇轍，其內心的痛苦不難體會，到大觀年間，到大觀年間，蘇軾、黃庭堅已死，蘇轍的心態亦發生變化：「公悟悅禪定，門人有以《漁家傲》祝生日及濟川者，以非其志也，乃虞和之……」〔註133〕這就是蘇轍《漁家傲・和門人祝壽》（七十年來眞一夢）一詞的創作背景，雖爲生日所作，但飽含對人生世道的無奈和寥落。不多時，蘇轍卒。

　　建中元年，晁補之自信州應召還朝，借韓相壽作《上林春》，「陬歲好，金風氣爽，清時挺生賢哲」、「千歲盛明時節」云云，極言對新組朝廷的歌頌，也隱含對自己政治前途的幻想，作爲舊黨文人，晁補之仍未逃過文禍的遺害。兩年之後，晁補之被罷，閒居金鄉八年。在此期間，晁端禮作《一叢花》（謫仙海上駕鯨魚）相贈，他以《一叢花》（碧山無意解銀魚）和之。據內容分析，這首詞應作於退居金鄉時。還有《一叢花・再呈十二叔》（飛鳧仙令氣如虹），亦爲退居金鄉時作。當時晁端禮罷官閒居。永嘉郡生日，詞牌分別爲《鳳簫吟》、《梁州令》、《引駕行》、《菩薩蠻》、《點絳唇》的五首祝頌詞也應作於金鄉閒居時。這些祝頌詞作，有應酬之作，也有鄉居生活的眞情摯樸之作，但也體現了晁補之在黨爭打擊下，個人抱負無法施展的心態。

　　蘇、黃等舊黨文人領袖逝世，黨爭更加嚴酷，甚至連曾經接觸過元祐舊黨的文人也受到打擊，最終導致曾經極盛一時的元祐舊黨煙消雲散。一些曾經與元祐黨人過從甚密的文人，也被迫在政治立場上有

〔註133〕〔宋〕蘇籀撰《欒城遺言》，四庫全書本。

所轉變。崇寧二年六月庚申，徽宗下詔：「元符末上書進士，類多詆訕，令州郡遣入新學，依太學自訟齋法，候及一年，能革心自新者許將來應舉，其不變者當屏之遠方。」〔註134〕可以說，此詔書是對舊黨殘餘文人有意地誘惑，而毛滂，則是徽宗詔書中能「革心自新者」。據《鐵圍山叢談》記載：「昔我先人魯公遭逢聖主，立政建事以致康泰，每區區其間。有毛滂澤民者有時名，上一詞甚偉麗，而驟得進用。」〔註135〕毛滂並不是「上一詞甚偉麗，而驟得進用」，他能夠進用的背後，就是徽宗對舊黨殘餘勢力的整飭與安置。元祐年間，蘇軾頗賞識毛滂並予以推薦，對其為人，有「氣節端屬，無徇人之意」〔註136〕的評價。到了徽宗時期，毛滂祝頌詞裏阿諛徽宗及蔡京的內容明顯增多，大觀二年正月初一，他作《水調歌頭・元會曲》（九金增宋重）一詞，奉承蔡京。此後，在政治態度轉變下，他作有《清平樂》（娟娟月滿）（瀛洲春酒）（雪餘寒退）三首、《玉樓春》（今朝何以為公壽）（我公兩器兼文武）（壓玉為漿麟作炙）三首、《沁園春》（左元仙伯）、《武陵春》（維岳分公英特氣）（迎得春來聞好語）（銀浦流雲初度月）三首，這些詞作全為奉承蔡京之作，亦蘊含著對徽宗的歌頌，《絳都春・太師生辰》（餘寒尚峭），作於宣和七年（1125年），仍不輟對蔡京的奉承。在徽宗朝黨爭的延續下，舊黨餘翼政治態度發生了轉向，毛滂這些綿延徽宗朝始終的祝頌詞即作於此背景下。

　　一直到大觀三年七月，「詔謫籍人除元祐奸黨及得罪宗廟外，餘並錄用」，黨爭才漸漸的平復，徽宗朝前十年，即用殘酷的手段打擊舊黨文人，又用拉攏的方法利誘舊黨殘餘勢力，在這種軟硬兼施的攻擊下，北宋中期文人「志在當世」思想也就不言而喻地萎縮了，以上所舉的祝頌詞即產生於此背景下。

〔註134〕　〔元〕脫脫等撰《宋史》，中華書局1977年，卷十九，頁367。
〔註135〕　〔宋〕蔡絛《鐵圍山叢談》，李夢生校點，《宋元筆記小說大觀》，上海古籍出版社2001年，卷二，頁3055。
〔註136〕　〔宋〕毛滂《東堂集》卷六，文淵閣四庫全書本。

二、徽宗好大喜功，臣僚曲意逢迎

　　經過北宋約一百四十年的平穩發展和經濟積累，徽宗朝的社會財富客觀上已經相當可觀，經濟呈現出一派繁榮昌盛的景象，也促使城市文明達到極高的水平。這個時期的有些祝頌詞就是對繁榮現象的反映，以僧仲殊的《滿庭芳》（曉日迎涼）、（三月遲遲）兩首爲例，展示了方外之人眼中的繁華世界。孟元老《東京夢華錄·序》中描述了「新聲巧笑於柳陌花衢，按管調弦於茶坊酒肆」的盛世景象，他對京城生活非常熟悉，親身經歷了這一時期，見證了徽宗時的城市文明。當然，這個「盛世」氣象的渲染跟徽宗的心理和追求是分不開的：

　　　　日午，謁者引執中已下入。女童樂四百，靴袍玉帶，列排場下；宮人珠籠巾、玉束帶，秉扇、拂、壺、巾、劍、鉞，持香球，擁御床以次立。酒三行，上顧謂群臣曰：「承平無事，君臣同樂，宜略去苛禮，飲食起居當自便無閒。」已而，群臣盡醉。〔註137〕

如此規模的排場，如此奢侈的娛樂場面，將徽宗個人好大喜功的心理展示無疑。

　　縱觀兩宋十多位君主，徽宗算得上一個庸碌無爲的人，他非常迷信天象，朝政往往取決於星宿變化。即使受寵如其相蔡京，也因太白晝現、彗星竟天等天象變化而數次罷相。徽宗好大喜功、不喜歡直言、忤逆之臣，臣僚往往要挖空心思地瞭解他的意見，並加以阿諛奉承：

　　　　宣和時，彗星竟天，徽宗震怒，謂趙挺之曰：「蔡京所爲，皆如卿言。」京免相，挺之復爲右僕射。始，京在崇寧初，首與邊事，用兵連年，不息一日，徽宗論輔臣曰：「朝廷不可與邊庭生隙，釁端一開，日尋干戈，生民肝腦塗地，豈人君愛民之意？」挺之退，語同列曰：「主上志在愛民息

〔註137〕〔宋〕莊綽《雞肋編》卷中，《宋元筆記小說大觀》，上海古籍出版社 2001 年，頁 4022。

兵，吾輩義當將順。」時執政皆京黨，但唯唯而已。〔註138〕
此事也見於《宋史》〔註139〕，本來國力富強，就應加強邊境防守。
朝臣卻要反復捉摸徽宗的幾句言論，加以揣摩，進而「順其意」，徽
宗喜歡讓臣僚迎合自己的心理暴露無疑。徽宗的好大喜功更是令人驚
訝，每遇星象不吉，徽宗就要大赦天下。若遇祥瑞，則爲臣下加官進
爵：

> （大觀元年十二月），廬州雨豆。汀、懷二州慶雲見。
> 乾寧軍、同州黃河清。于闐、夏國入貢。涪州夷駱世葉、
> 駱文貴內附。〔註140〕

> （大觀二年春正月壬子朔），受八寶於大慶殿，赦天
> 下，文武進位一等。蔡京表賀符瑞。〔註141〕

「慶雲見」、「黃河清」，這種祥瑞未免老套了些，但徽宗又是大赦，
又是爲臣子加官，顯然是爲了製造國力強盛、天命所歸的現象，正如
諸葛憶兵先生所言：

> 徽宗年間君臣爲了證明當今確實是太平盛世，聖主再
> 出，便大量編造祥瑞事迹，如甘露降、黃河清、玉圭出、
> 嘉禾芝草同本生、瑞麥連野、野蠶成繭等等，史不絕書。
> 〔註142〕

可以看出，徽宗需要臣下一味迎合自己，又因爲好大喜功，於是，出
現臣僚曲意逢迎、文人阿諛的現象，在這樣一位帝王的統治下，文人
士大夫爲其寫作祝頌詞則是順理成章之事。

我們先來看宮廷御用文人寫作祝頌詞的情況，吳則禮的兩首《鷓
鴣天》（作賦丁年厭兔園）、（袞繡三朝社稷臣），充斥著富貴意象，
以祝頌祈福爲主要內容。又如曹組，

〔註138〕 〔宋〕謝采伯《密齋筆記》卷一，文淵閣四庫全書本。
〔註139〕 〔元〕脫脫等撰《宋史》，中華書局 1977 年，卷三百五十一，頁
19094。
〔註140〕 〔元〕脫脫等撰《宋史》，中華書局1977年，卷二十，頁379。
〔註141〕 〔元〕脫脫等撰《宋史》，中華書局1977年，卷二十，頁380。
〔註142〕 諸葛憶兵《徽宗詞壇研究》，北京：北京出版社2001年，頁137。

　　　　組本與兄緯有聲太學，亦能詩文，而以滑稽下俚之詞，
　　行於世得名。……蓋宣和三年始登第，郊禮進《祥光賦》，
　　有旨換武階兼合職詔中書，……〔註143〕

曹組以滑稽下俚之詞行於世得名，但他用頌揚徽宗的《祥光賦》晉身，其《聲聲慢》（重簷飛峻）爲頌揚徽宗之作，「重簷飛峻，麗採橫空，繁華壯觀都城」，是對都城繁華景象的讚美，「陸海人山輻輳，萬國歡聲」，又寫出昇平氣象，是中規中矩的應制詞，非常準確地迎合了徽宗好大喜功的心理。另外，由於徽宗喜歡俚俗之詞，曹組也寫有俗俚色彩濃鬱的祝頌詞，如宣和六年正月：

　　　　至十五夜，去內門直上賜酒。兩壁有八廂，有二十四
　　個內前等子守著，喝道：「一人只得吃一杯！」有光祿千人，
　　把著金巵勸酒。眞個是：金盞內酒凝琥珀，玉甃裏香勝龍
　　涎。一似：蟠桃宴罷流瓊液，敕賜流霞賞萬民。那看燈的
　　百姓，休問富貴貧賤老少尊卑，盡到端門下賜御酒一杯。
　　教坊大使曹元寵口號一詞，喚做《脫銀袍》：濟楚風光，昇
　　平時世。端門交撒碗，遂逐旋溫來。吃得過，那堪更使金
　　器，分明是與窮漢消災滅罪。又沒支分，猶然遞滯，打篤
　　磨槎來根底。換頭巾，便上弄交番廝替。告官裏，逗高陽
　　餓鬼。〔註144〕

「休問富貴貧賤老少尊卑，盡到端門下賜御酒一杯」，活畫出當時表面的承平氣象，曹組詞中的「濟楚風光，昇平時世」，用語堂皇，直接道出徽宗的心理，「分明是與窮漢消災滅罪」，側面頌揚徽宗恩澤廣大，全詞以洋溢著俚俗色彩，用徽宗喜歡的方式進行祝頌，曹組可謂極盡曲意逢迎之能事。又如王安中，因善寫歌功頌德文章而被徽宗賜官：

　　　　政和間，天下爭言瑞應，廷臣輒箋表賀，徽宗觀（安
　　中）所作，稱爲奇才。他日，特出制詔三題使具草，立就，
　　上即草後批：「可中書舍人」。未幾，自秘書少監除中書舍

〔註143〕　〔宋〕陳振孫《直齋書錄解題》卷十七，文淵閣四庫全書本。
〔註144〕　〔宋〕無名氏《大宋宣和遺事》亨集，叢書集成初編本。

人，擢御史中丞。〔註145〕

王安中先賀瑞應，受徽宗賞識，稍加測試，即予授官，隨之成爲徽宗
近臣，其頌聖的典型詞作有《徵招調中腔‧天寧節》（紅雲茜霧籠金
闕），亦是頌揚徽宗之作，「日觀幾時六龍來，金縷玉牒告功業」，端
是一派歌功頌德的聲氣。此外，還有晁端禮等御用文人，亦作有歌詠
徽宗的多首祝頌詞，因爲自創詞牌，故放在後面論述。

　　除了徽宗身邊這些以文字侍奉朝廷的御用文人以外，一般的文
人士大夫也創作有大量祝頌詞，基本上爲投合徽宗心意的祝頌之
作。

　　徽宗建中靖國元年（1101 年）十月。時徽宗初度，首慶誕辰天
寧節。賀鑄自蘇州至東京參與此祝壽盛典，作《天寧樂‧銅人捧露
盤引》（鬥儲祥），徽宗以自己的生日十月十日爲天寧節，葛勝仲則
作《醉蓬萊‧天寧節作》（望蔥蔥佳氣）頌之。毛滂就有《清平樂‧
絳河清》（絳河千歲）（銀河秋浪）（天連翠潋）三首詠「河清」，《清
平樂》（九重寒少）（重芳疊秀）（鏤煙剪霧）（九莖爲壽）四首詠瑞
草「靈芝」。又如范致虛的《滿庭芳慢》（紫禁寒輕），據宋史記載，
「鄒浩以言事斥，致虛坐祖送獲罪，停官。徽宗嗣位，召見，除左
正言，出通判郢州。崇寧初，……，改兵部侍郎。自是入處華要，
出典大郡者十五年。」〔註146〕范致虛是徽宗一手提拔的官員，當然
對聖上感恩戴德，甚至於「帝方好老氏，致虛希時好，營飭道宇，
賜名煉眞宮」，亦步亦趨的應承徽宗的愛好，此詞中「歡陪舜樂，喜
贊堯仁。天子千秋萬歲」之句，極盡頌揚之能事。「政和元年十一月，
重修大內，至六年九月畢工」〔註147〕。政和七年，朱敦儒作《望海
潮》（嵩高維岳）對此事加以祝頌，其詞前有「丁酉，西內成，鄉人

〔註145〕〔元〕脫脫等撰《宋史》，中華書局 1977 年，卷三百五十二，頁
　　　　11124。
〔註146〕〔元〕脫脫等撰《宋史》，中華書局 1977 年，卷三百六十二，頁
　　　　11327。
〔註147〕〔元〕脫脫等撰《宋史》，中華書局 1977 年，卷八十五，頁 2104。

請作望幸曲。」這首詞的成因與同時期其它詞人創作的原因略有不同。據《宋史》記載，「敦儒志行高潔，雖爲布衣而有朝野之望。靖康中，召至京師，將處以學官，敦儒辭曰：『麋鹿之性，自樂閒曠，爵祿非所願也。』固辭還山」〔註148〕。朱敦儒作爲遠離政壇的布衣，而有是詞，究其原因，一是徽宗好大喜功，給普通百姓造成繁榮昌盛的印象；一是臣僚文人的逢迎阿諛亦讓普通人覺得如在盛世。

　　徽宗時期，不但需要文人對其「盛世氣象」進行歌頌，還需要頌揚其萬邦歸服局面：

　　　　大觀中有趙企企道者，以長短句顯，如曰：「滿懷離恨，付與落花啼鳥。」人多稱道之，遂用爲顯官，俾以應制。會南丹納土，企道之詞曰：「聞道南丹風土美，流出濺濺五溪水。威儀盡識漢君臣，衣冠已變□番子。凱歌還，歡聲載路，一曲春風裏。不日萬年觴，瑤人北面朝天子。」而魯公深嘉之，然趙雅不樂以詞曲進，公後不取焉。〔註149〕

趙企「不樂以詞曲進」，仍以詞「用爲顯官，俾以應制」，詞中「威儀盡識漢君臣，衣冠已變□番子」，「猺人北面朝天子」，迎合徽宗大觀年間「四夷歸順」的心理。

　　宣和六年正月十四，大內門演了一場灑金錢，幾個扮演神仙的人按聖旨撒下金錢銀錢，任由百姓搶拾。教坊大使袁陶作一詞，名做《撒金錢》（頻瞻禮），《宣和遺事》前集卷上載本事。徽宗喜好俗詞，所以此詞有「撒金錢，亂拋墜，萬姓推搶沒理會。告官裏，這失儀且與免罪」之句，俗中見隱然見阿諛之意，既迎合徽宗對俗詞的喜好，又對其進行歌頌，可謂用心良苦。

　　徽宗好道，「崇寧四年五月，賜張繼先號虛靜先生」。〔註150〕張

〔註148〕〔元〕脫脫等撰《宋史》，中華書局 1977 年，卷四百四十五，頁13141。
〔註149〕〔宋〕蔡絛《鐵圍山叢談》，李夢生校點，《宋元筆記小說大觀》，上海古籍出版社 2001 年，卷二，頁 3055。
〔註150〕〔元〕脫脫等撰《宋史》，中華書局 1977 年，卷二十，頁 374。

繼先乃「漢天師張道陵三十代孫也。張氏自是相襲爲山主，傳授法籙者，即度爲道士」。〔註151〕張繼先有《春從天上來・鶴鳴奉旨》（王土平平），詞中見「千眞拱極，萬氣朝元」，含讚頌國家整飭有方、太平盛世之意。此外，張繼先還有多首祝頌詞作，如題名「降魔立治」的《沁園春》（劫運將新），普遍祝頌的《沁園春》（眞一長存），「用於眞人韻和元眞」的兩首《滿庭芳》（心境雙清）（調理三關），題名「元宵慶賞」的《瑤臺月》（天開景運）。

　　除了上面我們分析到的直接祝頌國家、聖上的詞作以外，在臣僚、士人互相祝頌的詞作中，我們也就看到徽宗個人對祝頌之風的影響。如葛勝仲《瑞鷓鴣・工部七月一日生辰》（火雲欲避金風至），「金章紫綬身榮貴。壽福天儲昌又熾」，雖然是爲官員祝壽，但背後有對朝廷的頌揚。又如廖剛的《望江南・賀毛檢討生辰》，亦然。謝逸有壽「王守生日」的兩首《玉樓春》（橫塘暈淺琉璃瑩）、（青錢點水圓荷綠），尤其值得注意的是，徽宗年間壽詞成爲一種風氣和時尚，如果缺席或者個人才情不足，還可以請人代筆，謝逸就有「代人上許守生日」的《西江月》（滴滴金盤露冷）一首。這種情況當時比較普遍，如王之道《滿庭芳・代人上高太尉，時在太學》（蔡水西來），高太尉即高俅，是徽宗的寵臣，這首詞注解了當時士人依附權貴的心理，從側面也表現了祝頌詞的流行。

　　除了御用文人與一般文人士大夫以詞來逢迎徽宗以外，宗室詞人亦不能免此行爲：

　　　　元祐以後，宗室以詞章知名者，如士暕、士宇、叔益、
　　令畤之皆有篇什聞於時，然近屬環衛中、翰墨□多，如嗣
　　濮王仲御，喜作長短句，嘗見十許篇於王之孫，不皆可□，
　　作者不盡載，如上元扈蹕，作《瑤臺第一層》：「嶼管聲
　　催……」每使人歌此曲，則太平之□，恍然在夢□間也。
　　〔註152〕

〔註151〕　〔清〕畢沅編著《續資治通鑒》，中華書局 1957 年，卷八十九。
〔註152〕　〔宋〕張邦基《墨莊漫錄》卷第十，文淵閣四庫全書本。

這首詞是宗室嗣濮王隨皇帝出遊上元節的詞作。趙仲御於大觀元年封汝南君王，政和五年九月封嗣濮王，此詞當作於大觀元年。詞中多道神仙吉祥之事，也是投徽宗所好。

徽宗喜歡被阿諛的心理，民間百姓亦知曉。万俟詠所作的祝頌詞《鳳皇枝令》序中講述了一個婦人盜持金甌的故事，此事也見於《大宋宣和遺事》亨集：

> 是夜鰲山腳下人叢鬧裏，忽見一個婦人吃了御賜酒，將金杯藏在懷裏，吃光祿寺人喝住：「這金盞是御前寶玩，休得偷去！」當下被内前等子拿住這婦人，到端門下。有閤門舍人且將偷金杯的事，奏知徽宗皇帝。聖旨問取因依。婦人奏道：「賤妾與夫婿同到鰲山下看燈，人鬧裏與夫相失。蒙皇帝賜酒，妾面帶酒容，又不與夫同歸，爲恐公婆怪責，欲假皇帝金杯歸家與公婆爲照。臣妾有一詞上奏天顏，這詞名喚《鷓鴣天》：『月滿蓬壺燦爛燈，與郎攜手至端門。貪觀鶴笙歌舉，不覺鴛鴦失卻群。天漸曉，感皇恩，傳賜酒，臉生春。歸家只恐公婆責，也賜金杯作照憑。』」

> 徽宗覽畢，就賜金杯與之。當有教坊大使曹元寵奏道：「適來婦人之詞，恐是伊夫宿構此詞，騙陛下金盞。只當押婦人當面命題，令他撰詞。做得之時，賜與金盞；做不得之時，明正典刑。」帝准奏，再令婦人做一詞。婦人請命題。準聖旨，令將金盞爲題，《念奴嬌》爲調。女子領了聖旨，口占一詞道：

> 桂魄澄輝，禁城内萬盞花燈羅列。無限佳人穿繡徑，幾多妖豔奇絕。鳳燭交光，銀燈相射，奏簫韶初歇。鳴稍響處，萬民瞻仰宮闕。　　妾自閨門給假，與夫攜手。共賞元宵，誤到玉皇金殿砌。賜酒金杯滿設。量窄從來，紅凝粉面，尊見無憑說。假王金盞，免公婆責罰臣妾。

徽宗見了此詞，大悅，不許後人攀例，賜盞與之。徽宗之所以「大悅」，與此位民間女子詞裏歌功頌德的主旨深有關係，可見，除了御用文人、一般文人士大夫、宗室成員，即使民間女子已懂得去迎

合徽宗心理。

三、徽宗年間的大晟府與祝頌詞

徽宗皇帝的音樂才能很高，填詞本領亦不凡。據吳曾《能改齋漫錄》卷十六記載：「徽宗天才甚高，於詩文外，尤工長短句。」又據《宋史》載：「崇寧初，封賢妃，遷貴妃，有異寵。徽宗多賚以詞章，天下歌之。」〔註153〕徽宗在位期間，「銳意制作，以文太平，於是蔡京主魏漢津之說，破先儒累黍之非，用夏禹以身爲度之文，以帝指爲律度，鑄帝鼐、景鍾。樂成，賜名《大晟》，謂之雅樂，頒之天下，播之教坊，……」〔註154〕大晟雅樂僅用於慶典、廟堂祭祀，配的是四言詩，對詞的影響並不大。除了製作大晟雅樂，徽宗還讓大晟府改造燕樂：「及命劉昺輯《燕樂新書》，亦惟以八十四調爲宗，非復雅音，而曲燕昵狎。」〔註155〕在徽宗的指揮下，大晟府對燕樂的改造對詞的發展產生了比較大的影響，正如諸葛憶兵先生所言：

> （徽宗）責成大晟府求全求備，補足宮、商、角、徵、羽五音譜曲，編集八十四調圖譜。凡民間流傳的美妙動聽的舊曲新調，也都被收入大晟府，整理刊行。多次通過行政命令，向全國推行大晟新樂。……帝王的倡導和普遍追求享樂的需求使得北宋末年之音樂和詞曲的創作，達到極度昌盛的地步。〔註156〕

徽宗下令將大晟改造過的燕樂推廣到教坊：

> 政和三年五月，詔：「比以《大晟樂》播之教坊，嘉與天下共之，可以所進樂頒之天下。」八月，尚書省言：「大晟府宴樂已撥歸教坊，所有諸府從來習學之人，元降指揮令就大晟府教習，今當並就教坊習學。」從之。〔註157〕

〔註153〕　〔元〕脫脫等撰《宋史》，中華書局1977年，卷二百四十三，頁8639。
〔註154〕　〔元〕脫脫等撰《宋史》，中華書局1977年，卷一百二十六，頁2938。
〔註155〕　〔元〕脫脫等撰《宋史》，中華書局1977年，卷一百四十二，頁3345。
〔註156〕　諸葛憶兵《徽宗詞壇研究》，北京出版社2001年，頁142。
〔註157〕　〔元〕脫脫等撰《宋史》，中華書局1977年，卷一百四十二，頁3359。

教坊中的宮廷樂人奉職於皇室私人生活空間，相對有較多的自由，也與民間樂人有較多的來往，這就加快了大晟新曲的傳播，推動了祝頌詞的創作。據《宋史》載，皇帝賜群臣酒，「宰相飲，作《傾杯樂》；百官飲，作《三臺》」〔註158〕，万俟詠則爲《三臺》填詞，即「見梨花初帶夜月」一首。這是爲大晟府新製燕樂樂曲所配的歌詞，內容當然是對徽宗的祝頌之作。

　　爲宴樂填詞的現象並不少見，大晟府建立以後，製定了相當多的新調，也逐漸在宮中和民間傳播開來。據王灼《碧雞漫志》卷二記錄：

　　　　崇寧間，建大晟樂府，周美成作提舉官，而製撰官又有七。……政和初，召試補官，置大晟樂府制撰之職。新廣八十四調，患譜弗傳，雅言請以盛德大業及祥瑞事迹製詞實譜，有旨依月用律，月進一曲。自此新譜稍傳。

由「新譜稍傳」可知，大晟府創製的樂曲在應用中，創作比較成功並且爲眾人喜愛的樂曲逐漸轉化爲較流行的詞牌，又由「以盛德大業及祥瑞事迹製詞實譜」可知，爲大晟新製的詞譜中所配的詞，內容以祝頌詞主。現存於《全宋詞》中的這類詞作有：晁端禮有《上林春》、《金盞倒垂蓮》、《黃鸝繞碧樹》、《黃河清》、《壽星明》、《舜韶新》、《吳音子》、《脫銀袍》、《並蒂芙蓉》、《慶壽光》、《春晴》、《玉葉重黃》等；万俟詠有《梅花引》、《芰荷香》、《鳳凰枝令》、《卓牌兒》、《雪明鳷鵲夜慢》、《明月照高樓慢》、《鈿帶長中腔》、《春草碧》、《戀芳春慢》、《快活年近拍》等。

　　大晟府製曲填詞的情況，也可以從姜夔那裏得到證實。他在《徵招序》中提到：「徵招、角招者，政和間大晟府嘗製數十曲，音節駁矣。」這是姜夔的評價，當時宋人可不這樣認爲，據《鐵圍山叢談》：

　　　　（晁端禮）因作徵招、角招，有曲名《黃河清》、《壽香明》，二者音調極韶美。次膺作一詞曰：「晴景初升風細

〔註158〕〔元〕脫脫等撰《宋史》，中華書局1977年，卷一百四十二，頁3345。

細，雲疏天淡如洗。（以下略）」時天下無問遐邇小大，雖
偉男髫女，皆爭氣唱之。是時海宇晏清，四夷向風，屈膝
請命，天氣亦氤氳異常，朝野無事，日惟講禮樂慶祥瑞，
可謂昇平極盛之際。……。吾猶記歌次膺之詞時政太平，
追歎爲好時節也。故書其始末以示後世云。〔註159〕

這樣的描述未免誇張，但顯示出大晟詞人有製曲作詞方面的努力，王
安中也有爲徵調塡詞的嘗試，其《徵招調中腔》（紅雲茜霧籠金闕），
寫於天寧節上，爲頌徽宗之詞。陳元靚《歲時廣記》卷十一引《復雅
歌詞》說：「景龍樓先賞，自十一月十五日便放燈，直至上元，謂之
預賞。万俟雅言作《雪明鳲鵲夜慢》。」万俟詠這首祝頌之作，亦是
據大晟府所作的新曲而塡的詞。

　　到了大晟府諸詞人時代，他們重新整理了已有的詞調。張炎《詞
源》下卷提到徽宗曾「命周美成諸人討論古音，審定古調」，編纂成
《樂府混成集》，據周密《齊東野語》卷十記載：「《混成集》，修內
司所刊本，巨帙百餘。古今歌詞之譜，靡不備具。只大曲一類凡數
百解，他可知矣，然有譜無詞者居半。」《混成集》主要是文人制定
樂章和譜調的總成，已失傳，但當時大晟詞人整理已有詞調的行爲
可見一斑，以這個過程中，大晟詞人給這些舊有詞調塡上歌功頌德
的內容，這就是晁端禮的《喜遷鶯》、《沁園春》、《慶壽光》以及万
俟詠的《醉蓬萊》（正波泛銀漢）等祝頌詞產生的大致音樂背景。

　　在大晟府音樂機關裏，詞人通過自製新譜和整理已有詞譜，推
動了祝頌詞所用音樂的發展，而爲這些新曲譜所塡的歌詞，無非是
以歌功頌德爲主：

　　　　政和癸巳，大晟樂成。嘉瑞既至，蔡元長以晁端禮次
　　　膺薦於徽宗。詔乘驛赴闕。次膺至都，會禁中嘉蓮生。分
　　　苞合跗，蔓出天造，人意有不能形容者。次膺效樂府體屬
　　　詞以進，名《並蒂芙蓉》。上覽之稱善，除大晟府協律

〔註159〕〔宋〕蔡絛《鐵圍山叢談》，李夢生校點，《宋元筆記小說大觀》，
　　　　上海古籍出版社 2001 年，卷二，頁 3056。

郎，……〔註160〕

「禁中嘉蓮生」，晁端禮進《並蒂芙蓉》，其內容的諛頌性質不言而喻。又據載：

> 都下聲元宵觀遊之盛，……詞客未有及之者。晁叔用
> 作《上林春慢》云（詞略）。此詞雖非絕唱，然句句皆是實
> 事，亦前所未嘗道者，良可喜也。〔註161〕

可見他的《上林春慢》，亦是頌揚之作。大晟府的另一位詞人江漢亦不例外：

> 政和初，有江漢朝宗者，亦有聲，獻魯公詞曰：「昇平
> 無際，慶八載相業，君臣魚水。（以下略）。」時兩學盛謳，
> 播諸海內。魯公喜，為將上進呈，命之以官，為大晟府制
> 撰使，遇祥瑞時作為歌曲焉。〔註162〕

看來，晁端禮和江漢都是以祝頌詞作為晉身之階，那他們進入大晟府後，所填之詞在內容上無疑還要繼續歌功頌德的路子。大晟府中的樂人田為亦是如此，據載：

> （田為）得音律三昧，能度《醉吟商》、《應聖羽》二
> 曲，其聲清越，不可名狀。〔註163〕

田為有《探春》、《惜黃共慢》、《江神子慢》等祝頌詞流傳，頗受徽宗寵愛。

　　由此，我們知道，大晟府促進了詞譜數量的增多，由於徽宗個人的喜好，為這些曲譜所填之詞，基本上為祝頌詞。

　　綜上所論，徽宗年間，在黨爭延續的過程中，有祝頌詞產生；由於徽宗個人好大喜功，宮廷御用文人及一般文人士大夫也有很多阿諛逢迎的祝頌詞；而大晟府這一音樂機關，也是促生祝頌詞的原因之一。

〔註160〕　〔宋〕吳曾《能改齋漫錄》，上海古籍出版社1960年，卷十六，頁479。

〔註161〕　〔宋〕朱弁《續骫骳說》，中國書店影印涵芬樓《說郛》本，1986．

〔註162〕　〔宋〕蔡絛《鐵圍山叢談》，李夢生校點，《宋元筆記小說大觀》，上海古籍出版社2001年，卷二，頁3056。

〔註163〕　〔宋〕吳坰《五總志》，文淵閣四庫全書本。

第二章　南宋：祝頌詞的繁盛

建炎元年（1127 年），高宗趙構即位，建立南宋王朝。動亂的歲月，苦難的生活，悲劇的時代，使得南宋祝頌詞形成了迥異於北宋的面貌，並且空前繁盛。在這樣一個特定的歷史時期，探討祝頌詞繁盛的歷史文化原因，是本章主要的研究任務。

第一節　南渡時期抗金事業與祝頌詞的創作

高宗即位後，在金人步步進逼之下，宋室南渡。經過三年多的征戰，建炎四年春，金兵退出江南，據守淮河以北，宋金分疆而治，但戰爭仍延續不斷。曾生活於徽宗朝的文人紛紛南渡，將後半生寄寓在這個亡國、戰亂的時代，民族、社會的苦難改變了他們的人生命運，這一時期的文人具有無法消彌的家國之痛，但抗金救國仍是他們最主要的理想，在與人祝頌的詞作中，我們可以清楚地感受到文人對這一事業的追求，故本節主要探討南渡時期抗金事業與祝頌詞的創作。

關於「南渡」，劉揚忠先生有如下定義：

> 「南渡時期」是一個特殊的時間概念：一、它指的應是宋室倉促南遷，金人不斷南侵，趙宋政權尚未安定下來，宋、金對峙尚未成為定局之前這一段動蕩時期。二、所謂

「南渡詞人群」，主要是由一批在北宋時已有詞名、南渡後轉變了詞風的跨時代詞人組成的。〔註1〕

據劉揚忠先生的表述，南渡時期指的是徽宗宣和七年（1125）至孝宗隆興二年（1164年）四十年的時間，這樣的劃分，可謂準確，本書採之。

一、抗金壯志與祝頌詞的創作

宣和七年冬，金兵南侵，靖康元年春，金兵圍困汴京，李綱上奏「祖宗疆土，當以死守，不可以尺寸與人」，且言「陛下不以臣庸懦，倘使治兵，願以死報」。〔註2〕從中，可以明顯看出李綱的雄心壯志，另外，李綱亦用實際行動上來英勇抗金，「金人犯京師，命尚書駕部員外郎鄭望之、親衛大夫康州防禦使高世則使其軍。詔從官舉文武臣僚堪充將帥有膽勇者。是夜，金人攻宣澤門，李綱禦之，斬獲百餘人，至且始退。……。乙亥，金人攻通津、景陽等門，李綱督戰，自卯至酉，斬首數千級，……」〔註3〕然而，李綱奮勇殺敵並沒能阻止朝廷實施求和的方案，「李梲與蕭三寶奴、耶律忠、王汭來索金帛數千萬，且求割太原、中山、河間三鎮，並宰相、親王爲質，乃退師，……」〔註4〕宋室求和的態度於此可見。

儘管朝廷委屈求和，但作爲主戰派主將，李綱力主死戰，並激勵將士保衛國家，紹興六年，「宋師與金人、僞齊相持於淮、泗者半年，……宋師屢捷，劉光世、張俊、楊沂中大破僞齊兵於淮、肥之上。車駕進發幸建康。綱奏乞益飭戰守之具，修築沿淮城壘，……」〔註5〕就在高宗到達距離建康不遠的平江的時候，淮西酈瓊以全軍叛歸劉豫，高宗猶豫不決，李綱上奏「今日之事，豈可因一叛將之故，望風

〔註1〕劉揚忠《唐宋詞流派史》，福建人民出版社 1999 年，頁 334。

〔註2〕〔元〕脫脫等撰《宋史》，中華書局 1977 年，卷三百五十八，頁 11242
～11243。

〔註3〕〔元〕脫脫等撰《宋史》，中華書局 1977 年，卷二十三，頁 423。

〔註4〕〔元〕脫脫等撰《宋史》，中華書局 1977 年，卷二十三，頁 423。

〔註5〕〔元〕脫脫等撰《宋史》，中華書局 1977 年，卷三百五十九，頁 11270。

怯敵，遽自退屈？」〔註6〕終於促成高宗臨幸建康，在這樣一種戰爭情勢下，李綱作了一首《喜遷鶯・眞宗幸澶淵》（邊城寒早），此詞雖寫歷史，但亦爲祝頌詞，上闋寫遼軍侵犯，寇準力主御駕親征。下闋寫眞宗親自出征，聲威大振：「六軍萬姓呼舞，箭發敵酋難保」，換來兩國和好。表面上是歌頌眞宗的戰績，但聯繫當時的政治局面，我們知道，李綱一貫主戰，且在汴京保衛戰中奮勇殺敵，實際上，是激勵新登基的欽宗能抗金保國，頗有深意。

　　李綱其他的祝頌詞作，如《念奴嬌・憲宗平淮西》、《水龍吟・太宗臨渭上》，都借頌古來勵今，李綱所讚美歌頌的帝王，在戰爭中不畏強敵、勇往直前，他們的功勳依然被後人記著，通過讚美歷代帝王來激勵當今聖上的意圖非常明顯。此外李綱還有一首祝頌詞《喜遷鶯・晉師淝水上》，敘述苻堅率百萬大軍南下侵晉，謝安指揮若定，取得淝水之戰的勝利的故事。這首詞的創作年代已經不可考，但無論創作於靖康元年「汴京之圍」還是朝廷南渡以後，都是通過對謝安以少勝多的讚美，來鼓勵處於弱勢的宋軍抗金的勇氣。祝頌詞在這裏成了一種非常實用的工具，李綱以此種文體，喚起當今聖上的榮譽感，激勵他樹立抗金的堅定決心，同時勉勵身處弱勢的朝廷官員同心抗敵，所以，這些祝頌詞凝結著李綱和其他抗金志士的抱負和志向，不限於單純的祝頌目的。

　　張綱是高宗朝卓有成績的大臣，在金兵南犯京城時，英勇戰鬥，綱紀嚴正。其祝頌詞《臨江仙・堅生日》（追想京都全盛日）爲南渡後所作，中有「年方強仕未應遲。高風輕借便，一鶚看橫飛」之句，可見年雖老，雄心還在，借寫給別人的生日祝詞，表達自己的壯志；還有一首《江城子・和呂丞送進士赴省》（寶津樓下柳陰重），結句「直下青冥休避路，九萬里，看搏風」，寫得意氣風發，在祝願別人前程時亦流露出處身抗金鬥爭中的沖天志向。

〔註6〕　〔元〕脫脫等撰《宋史》，中華書局 1977 年，卷三百五十九，頁 11270。

　　儘管志士仁人盡忠報國，戰爭形勢依然危急，宋室的文人，眼睜睜地看著金人橫行，汴京失陷後，徽、欽二帝被脅北行，皇室所藏，盡遭洗劫：

　　　　凡法駕、鹵簿，皇后以下車輅、鹵簿，冠服、禮器、
　　法物、大樂、教坊樂器，祭器、八寶、九鼎、圭璧，渾天
　　儀、銅人、刻漏，古器、景靈宮供器，太清樓秘閣三館書、
　　天下州府圖及官吏、內人、內侍、技藝、工匠、娼優，府
　　庫畜積，爲之一空。〔註7〕

建炎元年，高宗登基後，「是秋，金人分兵據兩河州縣，惟中山、慶源府、保、莫、邢洺、冀、磁、絳、相州，久之乃陷。」〔註8〕十二月「丙寅，張遇犯江州。戊辰，金人圍棣州，守臣姜剛之固守，金兵解去。甲戌，金人陷同州，守臣鄭驤死之。張遇犯黃州。己卯，金人陷汝州，入西京。庚辰，金人陷華州。辛巳，破潼關。」〔註9〕金兵勢如破竹，宋軍節節敗退，高宗任用黃潛善、汪伯彥、秦檜、王倫等主和派文人與金國周旋，主戰派的抗金壯志遭到打擊：

　　　　初，二帝北行，金人議立異姓。……。張浚爲御史，
　　劾綱以私意殺侍從，且論其買馬招軍之罪。詔罷綱爲觀文
　　殿大學士、提舉洞霄宮。尚書右丞許翰言綱忠義，合之無
　　以佐中興。會上召見陳東，東言：「潛善、伯彥不可任，綱
　　不可去。」東坐誅。翰曰：「吾與東皆爭李綱者，東戮都市，
　　吾在廟堂，可乎？」遂求去。後有旨，綱落職居鄂州。自
　　綱罷，張所以罪去，傅亮以母病辭歸，招撫、經制二司皆
　　廢。車駕遂東幸，兩河郡縣相繼淪陷，凡綱所規畫軍民之
　　政，一切廢罷。金人攻京東、西，殘毀關輔，而中原盜賊
　　蜂起矣。〔註10〕

〔註7〕　〔元〕脫脫等撰《宋史》，中華書局 1977 年，卷二十三，頁 436。
〔註8〕　〔元〕脫脫等撰《宋史》，中華書局 1977 年，卷二十四，頁 449。
〔註9〕　〔元〕脫脫等撰《宋史》，中華書局 1977 年，卷二十四，頁 451。
〔註10〕　〔元〕脫脫等撰《宋史》，中華書局 1977 年，卷三百五十八，頁 11259
　　　　～11260。

李綱被罷，陳東被誅，許翰求去，張所以罪去職，傅亮以母病辭歸，一時主戰派落居下風，當時南渡詞人多流寓江南吳越之地，曾任李綱的行營屬官的張元幹也因之被貶，據《宋六十名家詞·蘆川詞跋》載，元幹「不屑與姦佞同朝，飄然掛冠。」紹興元年，元幹回到福州，時年 41 歲。在福州期間，有一首自祝自頌的《沁園春》（神水華池），此詞前有小序云：「紹興丁巳五月六夜，夢與一道人對歌數曲，遂成此詞」。「位極人臣，功高今古」，對自己已往功勳的自豪之感溢於言表，遠離曾爲之奮鬥的抗金事業，他的生活似乎頗爲疏曠與放鬆：「爭知我，辦青鞋布襪，雁蕩天台」，但這放曠之中的無奈亦不難體會。張元幹有首寫給富直柔的祝頌詞《感皇恩》（年少太平時）一首，本詞乃「壽富直柔。詞蓋於紹興初歸故里後作」〔註 11〕。富直柔乃北宋仁宗朝名相富弼之孫，「靖康初，晁說之奇其文，薦於朝，召賜同進士出身，除秘書省正字」〔註 12〕，「年少太平時，名園甲第。談笑雍容萬鍾貴」，是對富直柔家世及風神氣度的頌美，同時，也暗含著作者對過去太平時世的懷念，據《宋史》載，建炎二年，高宗曾言：「直柔抗論，朕屈意從之，以伸直言之氣」，而「頤浩與秦檜皆忌之」〔註 13〕。可見，富直柔爲名相之後，亦是直言不屈之士，高宗表面上尊重其意見，但仍逃不脫秦檜等人的打擊，「壯歲青雲自曾致」，此句自有深意，讚頌富直柔凜凜正氣之意，張元幹與富直柔氣節相似，意氣相投，「謝公須再爲，蒼生起」，勉勵對方能夠有所作爲，聯繫當時主戰派遭受打擊的現實，張元幹已歸故里，所以，在頌贊富直柔的同時，也是對他自己凌雲壯志無由施展的一種安慰。另外，張元幹還作有《望海潮·爲富樞密生朝壽》、《十月桃·爲富樞密》、《南鄉子》（山寺輞川圖）、《滿庭芳·壽富樞密》等壽詞，這些祝頌詞均是張元幹抗金願望無法實現、報國無門的一

〔註 11〕朱德才主編《增訂注釋全宋詞》，文化藝術出版社 1997 年，第二卷，頁 111。
〔註 12〕〔元〕脫脫等撰《宋史》，中華書局 1977 年，卷三百七十五，頁 11617。
〔註 13〕〔元〕脫脫等撰《宋史》，中華書局 1977 年，卷三百七十五，頁 11618。

種曲折表達。

當然，此時朝廷並不一味的妥協退讓，他們還是具有抗金的意識和努力，對於積極抗戰的志士，亦還是有所鼓勵：

> 建炎兵興多事，以中外有文武材略出倫，……又詔舉
> 「忠信寬博可使絕域」與「智謀勇毅能將萬眾」者，……
> 忠義之士能恢復土疆保護王室者；……所部見任寄居待次
> 文武官有智謀及武藝精熟者；及訪求國初功臣後裔，中興
> 以來忠義死節之家子孫。……紹興二年，廷臣言：「今右武
> 之世，雖二三大將，各立俊功，微賤之中，尚多奇士。願
> 廣加薦舉，延問恢復之計。」〔註14〕

從上面這則材料可以看出，到了紹興二年，朝廷對於恢復大計還是相當重視，所以，這段時期，岳飛作為抗金名將，領導抗金活動，竭心盡忠，戰功赫赫，飽受金人騷擾的百姓對將士們有發自內心的愛戴之情：

> 岳武穆駐師鄂州，紀律嚴明。路不拾遺，秋毫無犯，
> 軍民胥樂。古名將莫能使加也。有公序者薄遊江湘，道其
> 管內，因作《滿庭芳》贈之……〔註15〕

這則材料中提到的這首《滿庭芳》（落日旌旗），乃為邵緝所作，「論兵慷慨，齒頰帶風生。坐擁貔貅十萬，銜枚勇、雲槊交橫。笑談頃，匈奴授首」，讚揚岳飛，又說「功誰紀，風神宛轉，麟閣畫丹青」。正如《鄂州遺事》所言：「此詞句句緣實，非尋常諛詞也」，並不是一般的阿諛奉承之作，這首詞在對抗金英雄岳飛讚美的同時，體現了詞人的抗金壯志。

紹興三年（1133 年）至紹興六年（1136 年），保衛川、陝的戰鬥取得了勝利，收復了襄陽六郡，似乎給這些抗金志士們帶來了希望，從張元幹寫給李綱的一首祝頌詞《賀新郎·寄李伯紀丞相》，可以明顯看出這種情緒，李綱宦海沉浮，壯志難酬，元幹在詞中頌

〔註14〕〔元〕脫脫等撰《宋史》，中華書局 1977 年，卷一百六十，頁 3750。
〔註15〕唐圭璋編《渚山堂詞話》，中華書局 1986 年，卷一，頁 360。

其「倚高寒、愁生故國，氣吞驕虜」的氣魄，並願其「喚取謫仙平章看」、「風浩蕩，欲飛舉」，這樣的願望不免渺茫，說明張元幹心底的抗金理想始終沒有放棄，究其原因，則是當時稍爲好轉的戰爭形勢帶給他的一點希望。紹興六年（1136 年）呂本中應召試赴行在，元幹爲之寫《水調歌頭》（戎虜亂中夏）。「戎虜亂中夏，星曆一周天。干戈未定，悲吒河洛尚腥膻。」面對金兵南侵造成的局面，張元幹悲憤難已，但又無能爲力，所以在呂本中應召試赴行在時，讚頌其才華：「呂公子，三世相，在凌煙。詩名獨步，焉用兒輩更毛箋。」其用意並不止讚頌，而是希望呂本中能夠「好去承明讜論」，實現收復中原的理想。

此後，戰爭情勢並沒如抗金志士的願望，主戰派的努力顯得徒勞無益，他們的壯志一天天凋謝。紹興七年，李彌遜任中書舍人，他寄希望於中興，堅決反對議和，以其讜直受到高宗褒獎：

> （紹興）七年秋，遷起居郎。彌遜自政和末以上封事得貶，垂二十年，及復居是職，直前論事，鯁切如初。冬，試中書舍人，奏六事曰：「固藩維以禦外侮，嚴禁衛以尊朝廷，練兵以壯國勢，節用以備軍食，收民心以固根本，擇守帥以責實效。」時駐蹕未定，有旨料舟給卒以濟宮人。彌遜繳奏曰：「六飛雷動，百司豫嚴，時方孔艱，宜以宗社爲心，不宜於內幸細故，更勤聖慮，事雖至微，懼傷大體。」帝嘉納之。試戶部侍郎。〔註16〕

從李彌遜的上奏中，可以清楚地看出他的抗金壯志，雖然「帝嘉納之」，但在主和派的打擊下，彌遜的理想也終歸破碎。「秦檜再相」，彌遜「復有憂色」，於是，「九年春，再上疏乞歸田，以徽猷閣直學士知端州，改知漳州」，張元幹爲之寫的祝頌詞《青玉案・筠翁生朝》（水芝香遠搖紅影）就作於此時，詞中有「秋風催去，鳳池難老，長把中書印」之句，抗金壯志受到衝擊，元幹對其仕途的祝願顯得蒼白無力。

〔註16〕〔元〕脫脫等撰《宋史》，中華書局 1977 年，卷三百八十二，頁 11775。

此後,宋軍也還是取得了一系列的勝利,至紹興十年,「時張俊克亳州,王勝克海州,岳飛克鄲城,幾獲兀術。張浚戰勝於長安,韓世忠勝於洳口鎮,諸將所向皆奏捷,而檜力主班師。」〔註17〕可以說,「檜力主班師」,給從南渡初到現在所有抗金志士以最沉重的打擊。紹興十一年,宋、金達成「紹興和議」,宋向金稱臣,並割地、賠償,戰爭遂暫告一段落,自此,在朝廷裏,主和派的實力佔了上風,直言之臣因「總蹈危機吞禍胎」,或罷或貶,或力辭不起,而以抗金復國爲理想的仁人志士遂失其志於朝廷,或遭黜貶,或流寓江湖,他們在以詞互相祝頌的過程中,求得彼此的安慰與力量。

二、志士退隱與祝頌詞的創作

紹興和議達成後,主和派對那些一心主戰的政敵進行了大面積的打擊報復。紹興和議以前,文人志士在互相以詞祝頌的過程中,主要以表達內心的抗金壯志爲主;紹興和議以後,在抗金鬥爭陷入低潮,主戰派文人在現實政治中被排擠,「建炎南渡,收潰卒,招群盜,以開元帥府。其初兵不滿萬,用張、韓、劉、岳爲將,而軍聲以振。及秦檜主和議,士氣遂沮。」〔註18〕在這樣的政治局勢下,他們或者互相鼓勵,待機復國,或者退守到私人的生活空間,走向退隱,內心情志收縮,其祝頌詞就保存了這種心理轉變的痕迹。

在抗金鬥爭走入低潮後,張元幹雖然退隱居閭,但仍不失其恢復之志,與抗金一線的功臣良將往來頗多。他有多首贈張浚的詞,如《醉蓬萊》(對小春桃豔)爲張浚壽辰而作,「滿腹經綸,迴天議論」,是對張浚才華的褒揚,「盡洗中原,遍爲霖雨」,是對其功業的稱頌;又如《感皇恩》(豹尾引黃幡)「搢紳交譽」,「雅稱元戎同燕」,盛讚其德行。張浚是抗金名將,戰功卓著,元幹與之素有交往。據王兆鵬先生:「蘆川在張浚師閭期間皆居福州,二人常相往來,且相

〔註17〕 〔元〕脫脫等撰《宋史》,中華書局 1977 年,卷四百七十三,頁 13757。
〔註18〕 〔元〕脫脫等撰《宋史》,中華書局 1977 年,卷一百八十七,頁 4570。

處頗投機，故蘆川有『知音之歎』。」〔註19〕此說頗確。據《宋史》載，紹興九年二月，「張浚知福州，尋復資政殿大學士，爲福建路安撫大使」〔註20〕，張浚離任時，張元幹作《張丞相十首》以頌，詩中有「三年歌德政，萬戶繪生祠」之言，可見張浚帥閩大致三年，故張浚約於紹興十二年離任，此時，紹興和議已成，抗金事業無由實現，元幹素懷報國之心，可惜長期閒置，而張浚則功勳卓著，他在對頌贊張浚的同時，也是對自己壯志無由實現的安慰。

紹興十二年秋，繼張浚之後新任福建安撫大使的程邁〔註21〕生辰，張元幹上《福帥生朝二首》以示慶賀。中秋後，元幹陪程邁宴飲，作《水調歌頭・陪福帥宴集口占以授官奴》一首頌其「引三巴，連五嶺，控百蠻」，且祝「聞道天邊雨露。持橐詔新頒。且擁笙歌醉，廊廟更徐還」，亦是對自己抗金理想失落的安慰。

張元幹有給何大圭的祝頌之作，據《建炎以來繫年要錄》載，建炎四年八月，「朝請大夫提舉亳州明道宮滕康，朝散大夫提舉江州太平觀，劉玨並責授秘書少監。分司，康永州，玨衡州居住，坐失豫章，爲言者所劾也，於是其屬官汪若海、何大圭並除名，嶺南編管。」〔註22〕又載，「嶺南編管人何大圭放逐。便，特復左承事郎，大圭建炎末爲三省樞密院幹辦官，坐罪廢斥。及是，宰相張浚爲之保敘，故遂復舊官。」〔註23〕經歷了一番磨難，「紹興二十年，左朝郎何大圭直秘閣。」〔註24〕於何大圭回京任職之際，元幹作《喜遷鶯令・送何晉之大著兄趨朝，歌以侑酒》（文倚馬）相送。何大圭因

〔註19〕王兆鵬《張元幹年譜》，南京出版社 1989 年，頁 151。

〔註20〕〔元〕脫脫等撰《宋史》，中華書局 1977 年，卷二十九，頁 539。

〔註21〕程邁，建炎四年爲福建安撫使兼知福州，紹興十二年再知福州。

〔註22〕〔宋〕李心傳《建炎以來繫年要錄》，中華書局 1956 年，卷三十六，頁 695。

〔註23〕〔宋〕李心傳《建炎以來繫年要錄》，中華書局 1956 年，卷八十五，頁 1401。

〔註24〕〔宋〕李心傳《建炎以來繫年要錄》，中華書局 1956 年，卷一百六十一，頁 2615。

劉玨連累而遭逐，經張浚解救，終於可以回朝爲國做事，元幹的詞中有「看君穩步花過磚」之句，祝賀其回京，而一個「看」字，曲折的表達了自己身處遠地，抱負無法施展之意。

　　紹興和議以後，主和派勢焰熏天，秦檜雖遭世人唾棄，卻又加官晉爵，紹興十二年「九月，加太師，進封魏國公」〔註25〕。到紹興十五年「十月，帝親書『一德格天』扁其閣」〔註26〕。張元幹有《瑤臺第一層》兩首，其一首有「正格天同德，全魏分疆」之句，應爲頌揚秦檜之作；另一首有「紫樞將命，紫微如緋，常近君王。舊山同梓里，荷月旦、久已平章。九霞觴。薦刀圭丹餌，袞繡朝裳」之句，也是祝頌權臣之作。馮煦的《蒿庵論詞》、夏承燾的《瞿髯論詞絕句》認爲《瑤臺第一層》非元幹所作，段熙仲《張元幹晚年質疑》〔註27〕、曹濟平《張元幹生平事迹考略》〔註28〕也持此意見。我認爲，元幹年僅四十即掛冠歸去，壯志未酬，爲如日中天的秦檜寫詞祝頌，主觀上反映了他希冀以此結識權貴，進而施展自己抱負的一種願望；客觀上也表現了當時文人對於政局的迷茫。

　　張元幹寫給李彌遜的祝頌詞也表達了自己未竟的壯志，紹興十二年，因秦檜報復，彌遜落職，此後十餘年間不通時相書，不請磨勘，不乞任子，不序封爵，以終其身，常憂國，無怨懟意。其性格、處世態度與張元幹大爲相似，因而來往頗多，張元幹存世的一些沒有標明年代和事迹的祝頌詞作，據推測，很多都是爲彌遜所作，如《感皇恩》（綠髮照魁星），「疑此詞壽李彌遜，當作於紹興二十年」〔註29〕。詞中有「安養老成，十年蕭散。天要中興相公健」，在政局低沉的日子裏，向對方表達誠摯的祝願；又如《青玉案》（銀潢露洗

〔註25〕〔元〕脫脫等撰《宋史》，中華書局 1977 年，卷四百七十三，頁 13758。
〔註26〕〔元〕脫脫等撰《宋史》，中華書局 1977 年，卷四百七十三，頁 13760。
〔註27〕段熙仲《張元幹晚年質疑》，《文史》第十輯。
〔註28〕曹濟平《張元幹生平事迹考略》《南京師院學報》，1980 年第 2 期。
〔註29〕朱德才等《增訂注釋全宋詞》第二卷，文化藝術出版社 1997 年，頁 110。

冰輪皎）中有「入輔明光拜元老。看取明年人總道。中興賢相，太平時世，分外風光好」，都含蘊著對彌遜的期望，希望他能再度出仕，改變南宋積弱而又偏安的時局，朝廷以「議和」爲主，報國無門，張元幹無奈的選擇了退隱，但希望彌遜能有所作爲。

　　張元幹是身退隱而心存魏闕，紹興和議以後，彌遜則是退身江湖，內心情志亦收縮退守，與南渡初期爲抗金吶喊大不相同。李彌遜於紹興十年歸隱，作有較多的祝頌詞，如《虞美人》（梨花院落溶溶雨）爲宜人生日作；《醉花陰》（簾卷西風輕雨外）、《阮郎歸》（黃花猶未拆霜枝）、《醉落托》（霜林變綠）爲碩人生日作，將自己的心靈寄託在女人身上，這是中國文人不得志時最自然的行爲表現，在她們生日時爲其寫詞祝壽，表面的溫情下，內心的落寞清晰可見。《醉花陰》（池面芙蕖紅散綺）、《感皇恩》（花院小迴廊）、《小重山》（鞭鳳驂鸞自斗杓）爲學士生日而作；《漁家傲》（海角秋高風力驟）爲博士生日而作。這幾首詞亦是爲複雜政壇之外的士人所寫，彌遜心中的鬱悶亦不難體會，還有一首《永遇樂》（一水如繩），詞前有小序：「學士兄築室南山拒梗峰下，與西山相對。因生日，以詞見意」詞曰，這首壽詞裏全然不見爲政時的激情，「松院干霄，筠莊枕浪，攬盡溪山秀。水南水北，竹輿蘭棹，來往月宵花畫」，一派文人失志後放逸山水間的傳統模式。因得罪秦檜，李彌遜棄置山野數十年，抗金興國的理想無從實現，只好回到自己的生活小圈子裏去了。紹興十三年（1143 年）左右，葉夢得任福建安撫使，李彌遜作《虞美人‧次韻葉少蘊懷隱庵作》，「使君和氣粲如花」，是對葉夢得人格的讚美，「鸞鳳干霄卻上、玉皇家」，則祝願他能實現理想，多少也有些自己的夢想在其中，「未放歸懷展」，隱約表現出的一些惆悵，與張元幹的心理有異曲同工之處。

　　除了文人的心靈退守以外，原來活躍在抗金第一線的英雄志士，在紹興和議以後，他們的心態也發生了變化。作爲主戰派的主將，胡銓乃南渡四大名臣之一，紹興八年十一月，胡銓上書反對議

和，並請斬主和者王倫、秦檜、孫近三人並羈留金使，被貶福州簽判，受秦檜迫害，於紹興十二年除名編管新州。他有一首《轉調定風波》（從古將軍自有眞），贊海南統領陳康時，詞中有「綸巾羽扇典刑新。試問天山何日定」之句，在讚頌陳康時的同時，表達了對宋政局的迷茫。

紹興和議以後，另一位抗金名將張綱的生活也發生了改變，「秦檜用事久，綱臥家二十年絕不與通問。」〔註30〕他有《人月圓》（封人祝望堯雲了）和《西江月》（易老方驚歲晚）兩首祝頌詞，題中都有「壬午生日」之注，據考應作於紹興三十二年（1162 年），時年七十九周歲。《人月圓》中有「官閒歲晚身猶健，蘭玉更盈庭」之句，《西江月》中有「易老方驚歲晚，難禁又報生朝」、「只煩歡伯散無憀。醉裏追回年少」，追尋的，是年青時建功立業的意氣。隆興元年（1163 年）所作的自壽詞《鳳棲梧・癸未生日》（老去光陰驚掣電），詞裏直言「今日衰殘歡意鮮。舉杯目斷堯天遠」，頗多惆悵之音，純然是退後心又不甘的牢騷之語。

抗金名臣趙鼎也感受到了抗金事業的渺茫，紹興六年（1136 年），他作《賀聖朝・丙辰歲生日作》（花光燭影春容媚）一詞，流露了當時的心態：「淩煙圖畫，王侯富貴，非翁雅意。願翁早早乞身歸，對青山沉醉」。這是對意欲退隱的人生選擇的陳述。趙鼎退隱的想法並不是毫無理由，據《宋史》：

> （紹興十年六月），檜奏曰：「德無常師，主善爲師。臣昨見撻懶有割地講和之議，故贊陛下取河南故疆。今兀術戕其叔撻懶，藍公佐歸，和議已變，故贊陛下定弔伐之計。願至江上諭諸帥同力招討。」卒不行。閏六月，貶趙鼎興化軍，以王次翁受檜旨，言其規圖復用也。言者不已，尋竄潮州。〔註31〕

紹興四年，趙鼎拜參知政事，力薦岳飛統軍收復襄陽。進右丞相兼樞

〔註30〕〔元〕脫脫等撰《宋史》，中華書局 1977 年，卷三百九十，頁 11952。
〔註31〕〔元〕脫脫等撰《宋史》，中華書局 1977 年，卷四百七十三，頁 13757。

密使。五年，改左相。紹興八年，因力主抗戰，反對和議，被秦檜所排擠，罷相出知泉州，其《醉蓬萊・慶壽》（破新正春到）寫「解組歸來，訪漁樵朋友。華髮蒼顏，任從老去，但此情依舊。歲歲年年，花前月下，一尊芳酒」，當是被罷相後的晚年之作。

紹興和議以後，抗金鬥爭轉入低潮，抗金名臣遭受貶黜，其他的抗金志士的祝頌詞中亦能看到現實的陰影，如李綱的舊部及其戰友王以寧、鄧肅、胡世將、王之道以及王之望等人。

「王之道，字彥猷，號相山居士，宣和六年進士，建炎中，保山寨，攝鄉郡。尋以議和忤秦檜；晚起漕湖南，官樞密使，有《相山集》」〔註32〕。高宗紹興二年（1132 年），王之道任無爲軍鎮撫司參謀官。在此期間，有爲張文伯〔註33〕作的《水調歌頭》（瓊樹掛初日），詞中有「會看報政，朝夕芝檢趣徵黃」；《青玉案》（逢人借問錢塘路），詞中有「柏臺冠豸，金鑾視草」、《千秋歲》（曉霜初肅），詞中有「歸去好，北門夜飲金蓮燭」。這幾首祝頌詞題目中標明爲壽詞，但都可以看出王之道對政局的不滿和歸隱之情。同期還有爲王正仲〔註34〕生日而作的《朝中措》（滿庭岩桂藹香風）。詞中以「好繼漢朝循吏，從茲入拜三公」，祝願其仕途騰達，也隱含對秦檜迫害士人的不滿。

隨著抗金鬥爭轉入低潮，王之道已不復再有原來的壯志，他的詞裏抒寫抗金志向的內容明顯少了，更多的是一些個人生活記錄。如紹興二十九年以《漁家傲》爲高宗母韋太后慶八十：

> 老老恩波今及老。詔書前日新頒到。視膳慈寧先嗜好。隆孝道。慕逾五十前王少。　　想見天顏溫色笑。東朝上壽稱觴了。易俗功深神且妙。來窈窕。德齊任姒消驕傲。

空洞無物，句句只是言壽而已。還有爲秦壽之生日而作的《水調歌頭》

〔註32〕〔清〕厲鶚輯撰《宋詩紀事》，上海古籍出版社 1983 年，卷四十一，頁 1044。

〔註33〕張文伯，曾爲無爲軍守，生平不詳。

〔註34〕王正仲，字漢臣，以學鳴於時，坐刺秦檜，被貶象州十年，歸遂不復仕。

（暑雨濕修竹），「稱觴還戲彩，無惜醉厭厭」雖爲祝壽之詞，但到底有些頹唐之氣。還有一首《滿庭芳》（雪霽風溫），據《嚴州圖經》卷一，秦壽之紹熙五年以朝議大夫知嚴州，之道於紹興三十一年（1161年）提舉荊湖北路常平茶鹽公事，除湖南轉運判官，此詞當作於本年，亦爲秦壽之送行而作，「休說參軍俊逸，應難過、開府清新」，裏面亦只是些無謂的祝頌罷了。王之道後期的祝頌詞作還有：《南鄉子》（遺愛滿南州）爲陳南仲〔註35〕生日而作，《相山集》卷十二有《送陳南仲守象州》，可知爲地方官員；《朝中措》（天庭丹熟在何時），爲祝董令升〔註36〕生日而作；《滿庭芳》（天駟呈祥），頌揚劉春卿；《千秋歲》（熙熙臺上），祝鄭帥清卿生日；《六州歌頭》（燧瑊勳業），和張安國舍人呈進彥，稍稍表達了恢復之情；《朝中措》（州閭庠序少追隨），祝魏倅定甫生日；這些詞作很少再關切時事，基本上只是一些不涉志向的應酬而已。

此外還有一些對家人的祝頌之作，如《千秋歲·祝伯母劉氏生日》（薰風散霧），「何妨飲且醉，共作斑衣舞」，意態散淡。還有一首《折丹桂》（照人何處雙瞳碧），王之道有十子，此爲第二、三、四子而作，庚辰（1160年）紹興三十年。之道三子參加省試下第，此詞即作於此時。《折丹桂》（風漪欲皺春江碧），送彥開弟省試，「雪晴山色分遙碧」，送趙彥翔省試，在這些祝頌詞裏，志士已退守到自己的生活裏去了。

王之道的兄弟王之望，早年也是抗金志士，且卓有成效，「金人渝盟，軍書旁午，調度百出，之望區畫無遺事」。〔註37〕紹興和議以後，亦退守到個人的小圈子裏去了，據載，隆興初：

> 之望雅不欲戰，請朝，因奏：「人主論兵與臣下不同，惟奉承天意而已。竊觀天意，南北之形已成，未易相兼，我之不可絕淮而北，猶敵之不可越江而南也。移攻戰之力

〔註35〕陳南仲，生平不詳。
〔註36〕董令升，名棻，山東東平人，居宜興，累官徽猷待制知嚴州。
〔註37〕〔元〕脫脫等撰《宋史》，中華書局1977年，卷三百七十二，頁11538。

> 以自守，自守既固，然後隨機制變，擇利而應之。」有旨
> 留中。〔註38〕

不但不再抗金，而且還說和議有理，可見心態變化之劇烈。在這種心境下，他所作的自壽詞《醉花陰》（弧門此日猶能記）已不復當年的豪氣干雲，其中「休畫老人星，白髮蒼髯，怎解如翁似」幾句尤顯衰邁之態，

又如李綱的部下幕官王以寧，靖康元年曾與張思正等屯汾州，與金人做戰。隨著戰爭形勢的轉變，王以寧也從抗金事業回到個人的生活裏來了，他寫有 10 首祝頌詞，雖無法確切繫年，觀其內容，言辭空泛，當是抗金事業中止，生活重心轉移之後的作品。

通過以上的分析，我們可以看出，南渡之初，仁人志士的祝頌詞是其抗金壯志的反映；隨著抗金鬥爭陷入低潮，紹興和議以後，仁人志士退守到個人世界，不復參與社會和政治活動，在以詞互相祝頌的過程中，既有抗金理想的存在，也有對現實的無奈。從詞體發展的角度上，我們也能看出，南渡時期的祝頌詞與抗金事業息息相關，從內容到風格與當時整體詞風是一致的，可以說，詞至南宋發生了較大了變化，祝頌詞則有力地顯示了詞體的這種變化。

第二節　南宋諛頌之風與文人祝頌詞的創作

前面分析了南渡時期抗金事業與祝頌詞的創作，同時，我們知道，自金人入侵以後，南宋政府自始至終都存在「主戰」與「主和」兩種聲音，如前所論，隨著宋、金鬥爭一步步陷入低潮，宋室奉行「議和」政策，秦檜專權，掀起了諛頌之風；隨著宋、金對峙局面形成，到高宗朝末孝宗朝初年，國家文恬武嬉，亦有諛頌之風興起，本節主要分析這兩個不同階段諛頌之風與祝頌詞的創作。

〔註38〕〔元〕脫脫等撰《宋史》，中華書局 1977 年，卷三百七十二，頁 11538。

一、在諛頌之風中堅守與祝頌詞的創作

紹興八年始，高宗堅決授權秦檜議和，秦檜大權獨攬，排除異己。「鼎既去，檜獨專國，決意議和。中朝賢士，以議論不合，相繼而去。」〔註39〕主和派勢力從此不斷增強，到紹興十年，金國雖毀約挑釁，主和派地位仍較穩固：

> （紹興）十年，金人果敗盟，分四道入侵。兀術入東京，葛王取南京，李成取西京，撒離喝趨永興軍。河南諸郡相繼陷沒。帝始大怪，下詔罪狀兀術。御史中丞王次翁奏曰：「前日國是，初無主議。事有小變，則更用他相，後來者未必賢，而排黜異黨，紛紛累月不能定，願陛下以爲至戒。」帝深然之。檜力排群言，始終以和議自任，而次翁謂無主議者，專爲檜地也。於是檜位復安，據之凡十八年，公論不能撼搖矣。〔註40〕

由此看來，在王次翁的辯解下，高宗繼續堅持和議政策，同時，秦檜專權的地位得到鞏固和加強，「公論不能撼搖矣」。秦檜對於異己力量，堅決打擊，如趙鼎、胡銓、李光、李彌遜等主戰名臣及文人志士皆受其迫害，這在前面已有詳論，茲不贅述。

秦檜在打擊異己力量的同時，當然需要培植一些附和自己的文人，他鼓勵文人創作諛頌作品：

> 丙子，左朝請大夫主管台州崇道觀熊彥詩。知永州。彥詩坐趙鼎客閒廢累年。及是，秦檜除太師，彥詩以啓賀之，有曰：「大風動地，不移存趙之心；白刃在前，獨奮安劉之略。」檜喜，由是稍復錄用。〔註41〕

秦檜除太師，彥詩以四六句爲啓賀之，主要是頌其忠心爲趙宋王室，並無多少新意，「檜喜」的原因，當爲彥詩能從趙鼎的陣營裏脫離出來。曾惇亦因諛頌秦檜而得晉身：

〔註39〕 〔元〕脫脫等撰《宋史》，中華書局 1977 年，卷四百七十三，頁 13753。
〔註40〕 〔元〕脫脫等撰《宋史》，中華書局 1977 年，卷四百七十三，頁 13757。
〔註41〕 〔宋〕李心傳《建炎以來繫年要錄》，中華書局 1956 年，卷一百四十七，頁 2372。

（六月辛巳）右朝奉郎曾惇，知台州，惇嘗獻秦檜詩，
稱爲聖相，故以郡守處之。自檜擅權，凡投書啓者，以皋、
夔、稷、卨爲不足，比擬必曰元聖或曰聖相。〔註42〕

「以皋、夔、稷、卨」比擬秦檜，猶爲不足，必須得稱其爲「元聖」
或「聖相」，秦檜的喜歡諛頌的心理再清楚不過了。李如岡亦因向秦
檜獻詩而陞官：

（乙卯）大理少卿李如岡，權尚書吏部侍郎。秦檜生
辰，如岡爲《百韻詩》以獻，檜喜，乃有是命。〔註43〕

李如岡的《百韻詩》，其鋪排誇張應不難體會，從以上這三起文人因
諛頌秦檜而被提拔的事件來看，秦檜以功名利祿爲誘餌，使一部分士
人爲其鼓吹。

秦檜鼓勵諛頌的風氣甚至波及到科場考試：

秦檜當國，科場尚諛佞，試題問中興歌頌，庭筠歎曰：
「今日豈歌頌時耶！」疏其未足爲中興者五，見者尤之，
庭筠曰：「吾欲不妄語，而敢欺君乎？」〔註44〕

這則材料雖然說的是徐庭筠不願違心地說當時爲中興時世，彰顯其氣
節；但換個角度，我們也能看出，當時國家雖未呈現中興局面，而「中
興」卻被視爲不易之論，甚至作爲考題，秦檜當國的諛頌之風的蔓延
之勢可見一斑。在秦檜這種心態下，進獻祥瑞的行爲又達到一個高
潮，在內容上還有了新的發展：

（紹興）十三年，賀瑞雪，賀雪自檜始。賀日食不見，
是後日食多書不見。彗星常見，選人康倬上書言彗星不足
畏，檜大喜，特改京秩。楚州奏鹽城縣海清，檜請賀，帝
不許。知虔州薛弼言木內有文曰「天下太平年」，詔付史
館。於是修飾彌文，以粉飾治具，如鄉飲、耕籍之類節節

〔註42〕〔宋〕李心傳《建炎以來繫年要錄》，中華書局 1956 年，卷一百五
　　　　十一，頁 2438。
〔註43〕〔宋〕李心傳《建炎以來繫年要錄》，中華書局 1956 年，卷一百六
　　　　十二，頁 2629。
〔註44〕〔元〕脫脫等撰《宋史》，中華書局 1977 年，卷四百五十九，頁 13458。

備舉，爲苟安餘杭之計，自此不復巡幸江上，而祥瑞之奏
日聞矣。〔註45〕

比起黃河清、玉圭出、嘉禾芝草同根生等比較少見的現象，「瑞雪」
顯然更易出現，秦檜想以此來造成國家繁榮假象的心理十分明顯。
在此期間，還有「賀日食不見」。面對「彗星常見」的現象，當康倬
言彗星不足畏時，他則「大喜」，並給予擢升。薛弼言木頭中有「天
下太平年」的字樣時，亦予提拔。作爲權相的秦檜，致力於「修飾
彌文，以粉飾治具」，可以想見，整個國家彌漫的諛頌風氣何其嚴重，
在全國上下的諛頌風氣籠罩之下，帝王也不禁飄飄然了，到紹興十
三年，高宗「親饗太廟，奉上冊寶」、「增建國子監太學」、「製郊廟
社稷祭器」、「造金、象、革、木四輅」、「建景靈宮，奉安累朝神御」、
「建社稷壇」、「築圜丘」，且「頒鄉飲酒儀於郡國」、「毀獄吏訊囚非
法之具」，〔註46〕國家表面呈現繁榮的氣象，就連高宗自己也認爲
「夫以不世之英，值難逢之會，……。非喬嶽之神無以生申、甫，
非宣王之能任賢無以致中興。今日之事，不亦臣主俱榮哉？」〔註47〕
至此，已不難看出，在秦檜的影響下，從高宗到那些想求進身的文
人，都受到了諛頌之風的影響。

作爲在朝廷中占主導地位的主和派核心人物，秦檜專權，時間
大致爲紹興十年至紹興二十五年，在朝廷舉足輕重，因其專權而引
起的諛頌之風，對文人祝頌詞創作的影響，頗耐人尋味，考察秦檜
專權期間的祝頌詞，我們發現，有心懷抗金理想的仁人志士所寫的
祝頌詞作，這些詞作多作於紹興和議以前，主要是其抗金壯志的產
物；還有紹興和議以後，文人抗金壯志受到抑制，轉而在祝頌詞隱
微地表達自己心曲，如本章第一節所論，這兩種類型的祝頌詞都與
抗金事業有關，並未明顯受到諛頌風氣的影響。另外，還有一類詞

〔註45〕〔元〕脫脫等撰《宋史》，中華書局 1977 年，卷四百七十三，頁 13759。
〔註46〕〔元〕脫脫等撰《宋史》，中華書局 1977 年，卷三十，頁 558。
〔註47〕〔元〕脫脫等撰《宋史》，中華書局 1977 年，卷一百一十九，頁 2802。

人，以楊無咎、朱敦儒、周紫芝、向子諲等人爲代表，劉揚忠先生
對他們有以下評價：

> 大宋江山南北分裂之後，他們或許也感受到了時代的
> 變遷和社會的動蕩，但根本沒有或基本沒有改變自己一貫
> 的生活態度與生活方式，相應地，他們在詞的創作上一如
> 既往地沿著北宋時的審美藝術傾向繼續運動，根本沒有或
> 基本沒有改變自己的詞風。這是南渡詞壇上置身於血與
> 火、淚與恨之主潮外的獨特的一群或一派。〔註48〕

可謂一語中的。這些詞人，南渡前以隱逸爲主要特色，經過宋室南渡
這一時代巨變，他們依然還沿襲著南渡前的隱逸詞風，他們既沒有明
顯的抗金壯志，在抗金鬥爭轉入低潮時也沒有表達未竟的抗金理想，
也就是說，這類詞人，他們所寫之詞與抗金事業並無多大關係。仔細
考察他們的祝頌詞作，我們發現，這些作品在南渡前後也始終貫穿著
隱逸風格，尤其是南渡後，直接諛頌秦檜的作品極少。通過上面的分
析，在諛頌之風彌漫全國的環境裏，這些詞人能在祝頌詞的寫作中，
自覺堅持其南渡前詞作風格，實屬不易。如果說，南渡以前，他們的
詞作以隱逸爲主，是個性使然；那麼，南渡後，作爲遠離抗金鬥爭的
文人，他們的祝頌詞作，則是有意在諛頌之風中的一種堅守，是對諛
頌之風的抵制。

高宗朝，楊無咎因不滿秦檜專政，多次被徵召而不就。據《華
光梅譜》載，楊無咎「南宋高宗時始以畫梅著」，自題其墨梅圖的
《柳梢青》十首，對梅花的熱愛「畫看不足，吟看不足」，隱含著
詞人「只應自惜高標」的情懷。在當時的政治形勢中，無咎則本能
地退到個人生活的小圈子中去，他寫了很多反映山中高士生活情趣
的祝頌詞作，如《水龍吟・木樨》等，從中可以看出作者高潔的品
質。楊無咎《水調歌頭・次向薌林韻》中有「閏餘有何好，一歲兩
中秋」句，其中有「寧羨王粲賦荊州」、「未斫廣寒丹桂，猶衣敝貂

〔註48〕劉揚忠《唐宋詞流派史》，福建人民出版社1999，頁391。

裘」之句，間接的解釋了自己累召不就的原因，聯繫上文所舉的一些士人以諛頌秦檜而陞遷的事實，可看出楊無咎在自覺堅守自己的高尚情操。楊無咎以畫名動天下，終生不仕，人生也沒有什麼波瀾，其祝頌詞的主要風格，基本上終生不變。如《踏莎行》（燈月交光）中，前面寫了「歌落梁塵，酒搖鱗浪。暫還南國同邀賞」，末句一轉，願「明年侍輦向端門，卻瞻日表青霄上」，表達出捨棄塵世經營，位列仙班的理想。又如《水龍吟·趙祖文畫西湖圖，名曰總相宜》，「更憑君畫我，追隨二老，遊千家寺」，表達出世思想。《滴滴金·李宜人生辰》：「詵詵已是多孫子。看將來、總榮貴。歲歲今朝捧瑤觴，勸南園桃李」，亦寫出溫馨的家庭之樂。由此我們可以想見，無咎素與抗金事業無直接關係，作為以畫名重的士人，他不可能不感受到當時熏天的諛頌的時代風氣，然而，他的這些作品好神仙隱逸之事，品味高雅，無咎以此來與當時諛頌世風抵抗的姿態清晰可見，所以，他的這些祝頌詞，雖不直接寫現實生活，也實不願盲目的追隨諛頌之風，表現出對諛頌風氣的抵制。

楊無咎有三首《漁家傲》為老妻生日所作，表面上是他回歸個人生活小圈子的反映，但仔細品味，其中也隱約顯露出對現狀的不滿。第二首（菊暗荷枯秋已滿）中有「來年更看門風換」之句，在當時的世道下，「門風換」這一具體的願望中顯然含蘊著希望現實有所改變的想法，再如《青玉案·次了翁韻》一首祝頌詞，「芝庭呈秀，桂宮得意，更看明年好」，顯然也是祝願明年更好些，在當時諛頌之風充斥的環境裏，楊無咎只好將自己的願望，寄託在將來。時當秦檜當權，性喜諛頌，而楊無咎隱居鄉野，率性而為，不願為他人所束縛。據《獨醒雜志》載：

> 花光寺僧來居清江慧力寺，士人楊補之、譚逢原與之往來，遂得其傳，補之所作，後益超出，格韻尤高。然觴次醉餘，雖娼優牆壁肯為之，他有求者往往作難。遂不被看重。〔註49〕

───────────

〔註49〕〔宋〕曾敏行著《獨醒雜志》，上海古籍出版社1986年，卷四，頁30。

秦檜需要對其進行諛頌的士人，而無咎竟然如此率性，在無意仕進的
表象下，比較露骨的顯示了對當時諛頌之風的嘲諷。

　　我們再來看朱敦儒。朱敦儒早年有《鷓鴣天・西都作》，云「我
是清都山水郎，天教懶慢帶疏狂」，且屢辭不就，可明顯看出朱敦
儒南渡前因個性使然不願出仕。金兵南侵，朱敦儒經過江西漂泊嶺
南，避亂客南雄州，飽受離亂之苦。後曾有近十年的出仕經歷，在
此過程中作有《勝勝慢》（紅爐圍錦），詞中有「最好是，賀豐年、
天下太平」，與早年的清高之氣有所不同，顯示出一個在朝官員不
可避免的思維套路，但並沒有表現出刻意的奉承。據鄧子勉考證，
「本篇疑作於宋高宗紹興十三年十二月庚寅」，〔註 50〕觀其詞意，
此說比較可信。

　　紹興十六年時，秦檜等人構陷主戰派，朱敦儒因「與李光交通」
被罷官，經歷了這樣一場政治風波，朱敦儒對秦檜等主和派心懷恐
懼，王明清有這樣的記載：

　　　　紹興丁卯歲，明清從朱三十五丈希真乞先人文集序，
　　引文既成矣，出以相示，其中有云：「公受今維垣益公深知，
　　倚用而不及。」明清讀至此，啟云：「竊有疑焉。」朱丈云：
　　「敦儒與先丈，皆秦會之所不喜。此文傳播，達其聞聽，
　　無此等語，至撥禍。」明清云：「歐陽文忠《與王深父書》
　　云：吾徒作事，豈為一時？當要之後世，為如何也。」朱
　　丈歎伏，除去之。〔註51〕

丁卯乃紹興十七年，時秦檜炙手可熱，「公受今維垣益公深知，倚用
而不及」明顯為吹捧秦檜之語，雖然在王明清的勸說下，朱敦儒最終
刪掉了，但朱敦儒所言「無此等語，至撥禍」，充分暴露出他對秦檜
的畏懼心理。正因如此，當秦檜讓敦儒為其子教詩時，他不敢拒絕：

　　　　時秦檜當國，喜獎用騷人墨客以文太平，檜子熹亦好
　　詩，於是先用敦儒子為刪定官，復除敦儒鴻臚少卿。檜死，

〔註50〕〔宋〕朱敦儒《樵歌》，鄧子勉校注，上海古籍出版社 1998 年，頁 92。
〔註51〕〔宋〕王明清《揮麈錄》，上海書店 2001 年，卷十一，頁 168。

郭儒亦廢。談者謂敦儒老懷舐犢之愛，而畏避竄逐，故其
節不終云。〔註52〕

朱氏的這段經歷向被指責，周必大倒是能體諒朱氏的苦衷：

其實希眞老愛其子，而畏避竄逐，不敢不起，識者憐
之。〔註53〕

聯繫當時的具體情勢，權相當國，諛頌之風彌漫全國，文人逢迎者不
知幾何，正如周必大所云，希眞老人因其子，「不敢不起」，嚴格說來，
這不能被扣上依附權奸的罪名，我們從敦儒的詞裏可以清楚地感受到
這一點，整個紹興年間，敦儒的詞大體上還是延續南渡前的路子，他
有一首《千秋歲‧貫方七月五日生日爲壽》（占秋呈瑞），據鄧子勉考
證，「本篇疑作於宋高宗紹興年間僑寓台州臨海時」〔註54〕。該詞的
上闋表達了對方外之人貫方的仰慕和讚頌，下闋表達了自己的心情重
又回復了寧靜和恬淡：「此去應無滯。穩步煙霄地。鵬萬里，鶴千歲。
他年黃閣老，訪我清溪醉。青鳳舞，貽君萬斛瑤花蕊。」仍然是一派
的不慕塵世的清澈。還有一首《如夢令》（好笑山翁年紀）：

好笑山翁年紀。不覺七十有四。生日近元宵，占早燒
燈歡會。歡會。歡會。坐上人人千歲。

據鄧子勉考證，「本篇作於宋高宗紹興二十四年甲戌（1154年）春正
月十四。」〔註55〕朱敦儒於紹興十九年致仕，致仕後，居於嘉禾，退
隱之後，此詞反映出他假身私人生活空間，在歡會中任憑歲月流逝，
不去理會現實裏無休止的政治紛爭。

經過應邀出仕、鎩羽而歸的人生挫折，他的《洞仙歌‧今年生日》
詞云：「且落魄、裝個老人星，共野叟行歌，太平時世」。據鄧子勉考
證，該詞「作於宋高宗紹興二十七年丁丑，在嘉禾嚴壑」〔註56〕。我

〔註52〕〔元〕脫脫等撰《宋史》，中華書局 1977 年，卷四百四十五，頁 13142。
〔註53〕〔宋〕周必大《二老堂詩話》，何文煥《歷代詩話》本，中華書局 1981
年，頁 662。
〔註54〕〔宋〕朱敦儒《樵歌》，鄧子勉校注，上海古籍出版社 1998，頁 215。
〔註55〕〔宋〕朱敦儒《樵歌》，鄧子勉校注，上海古籍出版社 1998，頁 387。
〔註56〕〔宋〕朱敦儒《樵歌》，鄧子勉校注，上海古籍出版社 1998，頁 68。

們也可以看到，詞中已無關政治，只剩下對人生無奈的歎息。

從朱敦儒的經歷我們可以看出，秦檜專權期間，敦儒雖然有過短暫地出仕經歷，這只說明了對秦檜心存畏懼，這是士人普遍的心理，但當全國彌漫著諛頌風氣的時候，朱敦儒並沒主動去以文字諛頌，而他的祝頌詞，延續著南渡前的隱逸特色，在當時特殊的世風，顯然是與諛頌風氣地曲折抵抗。

分析以上兩位詞人及當時的歷史環境，可以看出，朱敦儒、楊無咎並沒有直接阿附權臣的詞作和行為，而是恪守操守，退守自己清高的內心世界，尤顯珍貴。

自從唐代科舉考試完善起來以後，讀書人最高的人生理想就是讀書作官，宋代文人與政治的關係尤為密切，然而歷經真宗、徽宗兩朝的諛頌風氣，高宗朝秦檜當國，有很多文人以諛頌依附左右，失去了自己的獨立人格。周紫芝，雖迫於形勢，窮於應付，通過他的祝頌詞，我們仍然能夠感受到，他在夾縫中努力保持自己卑微的理想和操守。

南渡後，周紫芝年事已高，於紹興二十一年左右，退隱廬山。他的一生基本上以隱士的身份度過，雖然存詞較多，但較少言及當時的重大政治事件。其祝頌詞與楊無咎、朱敦儒的書寫範圍大致相似，都是沉浸在個人的生活小圈子裏，如紹興十一年《千秋歲·為葉審言生日作》（當年文焰），「飲殘長壽盞，歸奉春皇燕。金葉滿。摴麟且受麻姑勸」，希望在杯盞間消磨人生，再如六十歲生日的《水調歌頭》（白髮三千丈），「此生但願，長遣猿鶴共追隨。金印借令如斗，富貴那能長久，不飲竟何為」，也是此種情懷，這兩首詞若放在別的時代，多少有些消極色彩，但在當時，秦檜當權，文人理想受到壓制，寄情杯盞，則無疑具有一些獨立精神，通過這兩首祝頌詞作，比較清楚地顯示了周紫芝對諛頌世風的抗爭。還有向子諲，原本有主戰思想，但在秦檜的打擊之下，遂退出政壇：

> 金使議和將入境，子諲不肯拜金詔，乃上章言：「自古

　　人主屈己和戎，未聞甚於此時，宜卻勿受。」忤秦檜意，

　　乃致仕。……，退閒十五年，號所居曰「薌林」。〔註57〕

子諲隱退的原因並不只是「忤秦檜意」，還有「非曲意阿附」，據汪應辰《向公墓誌銘》：

　　　既而大臣專權，以峻刑箝天下口，非曲意阿附，鮮有

　　免者。公一言不合，見機而作，超然物外，自適其適，於

　　是人始服公不可及也。〔註58〕

「超然物外，自適其適」，向子諲用隱逸的方式，走上了「非曲意阿附」地曲折抵抗的道路，紹興八年歸隱薌林後，有多首為家人寫的祝頌詞，如《驀山溪・老妻生日作，十一月初七日》（一陽才動）、《鷓鴣天・老妻生日》（玉篆題名在九天）、《浣溪沙・老妻生日》（星斗昭回自一天）等，這些祝頌之作中都顯示向子諲將自己的志趣轉向個人的生活，從側面體現了他「非曲意阿附」當時權貴的行為準則。

　　上面所舉的楊無咎、朱敦儒、周紫芝、向子諲，他們不滿秦檜專權，在隱逸性質的祝頌詞作裏，曲折地對當時的諛頌之風進行抵抗，此類文人還有蘇庠、呂渭老等，蘇庠《訴衷情・漁父家風，醉中贈韋道士》：「不肯侯家五鼎」，寫出不願步天下諛頌秦檜進身的堅定信念，「碧澗一杯羹」，彰顯其隱逸情懷。還有呂渭老《水調歌頭・與小飲》：「看人間，誰得似，謫仙閒。生涯不問，留情多在酒杯間」，亦是此意。這些詞人們南渡前詞風呈現隱逸的特點，南渡以後，在秦檜專權的環境裏，他們在與親朋好友互相祝頌的過程中，依然延續著隱逸的詞風，對當時的諛頌風氣進行抵抗。

二、高宗末及孝宗朝初的諛頌之風與祝頌詞的創作

　　上面的舉楊無咎、朱敦儒、周紫芝等隱逸詞人，成名於北宋末年，南渡後，在秦檜專權的政治局面中，以隱逸的特點曲折地與諛頌世風鬥爭。我們知道，秦檜死後，舉國上下彌漫已久的諛頌世風

〔註57〕〔元〕脫脫等撰《宋史》，中華書局 1977 年，卷三百七十七，頁 11642。

〔註58〕〔宋〕汪應辰《文定集》，卷二十一，文淵閣四庫全書本

並未消除，此風氣從高宗朝一直延續到孝宗朝初年，對於南渡後成
長起來的文人來說，政局變化對他們衝擊並不大，他們沒有親歷金
人入侵所帶來的災難，也沒有直接參與抗金鬥爭，所以，在這樣一
種社會風氣的影響下，他們與經歷了南渡的上面所舉詞人的態度並
不相同，以詞來諛頌皇帝、歌頌太平盛世成為他們的創作主旨，這
些詞人以史浩、曹勳、張掄、康與之、曾覿等人為代表，倍受帝王
的恩寵：

> 上皇因言：「多日不見史浩。」命內侍宣召，既至，起
> 居訖，賜坐，並召居廣、鄭藻。初筵，教坊奏樂，呈伎酒
> 三行。太上宣索市食，如李婆婆雜菜羹、賀四酪面、髒三
> 豬胰、胡餅、戈家甜食等數種。太上笑謂史浩曰：「此皆京
> 師舊人。各厚賜之。」史起謝。又移宴靜樂堂，盡遣樂工，
> 全用內人動樂，且用盤架，品味百餘種，酒行無算。又宣
> 索黃玉紫心葵花大盞，太上親自宣勸，史捧觴為兩宮壽。
> 時君臣皆已沾醉，小內侍密語史相公云：「少酌。」上聞之
> 曰：「滿酌不妨，當為老先生一醉。」太上極喜，賜史少保
> 玉帶一條、冰片腦子一金合、紫泥羅二十匹、御書四軸。
> 史相謝恩而退。〔註59〕

可以看出，史浩和太上、皇帝之間的關係，恭敬中不失親密，當時，
國家仍然面臨宋、金矛盾，史浩仕途順利，身居高位，他曾辯趙鼎、
李光無罪，還為岳飛平反做過爭取，這些都得到孝宗支持，但史浩無
抗金壯志，他對當時的政局並無多少不滿，為官寬和，深受孝宗信任。

正因史浩與當時的政治方向是一致的，作為朝廷大臣，自然不
能免受其時彌漫全國的諛頌之風，史浩的詞大多為祝頌詞，而且很
有特色，他為《採蓮·壽鄉詞》、《採蓮舞》、《大清舞》、《柘枝舞》、
《花舞》、《劍舞》、《漁父舞》這七套大曲都做了歌詞，這七套大曲
顯然是宮廷裏經常演出的曲目，史浩為之所填的歌詞，基本上都是
為孝宗所作的歌功頌德之作，如《採蓮煞袞》曲子的歌詞，其中有

〔註59〕〔宋〕周密《武林舊事》，西湖書社 1981 年，卷七，頁 119～120。

「吾皇聖壽無極，享晏粲千載相逢，我翁亦昌熾。永作昇平上瑞」之句，感情外露且不免誇張，與他為官時的穩妥中和的作風有些不合，可見當時諛頌風氣之盛。其它幾套大曲的歌詞內容，也主要以祝頌為主要內容，諸如《花舞》，表達「持此一卮同勸後。願花長在人長壽」等意願。史浩不但為這幾套大曲配了歌詞，還有樂語，相當於舞臺調度，這確實為宮廷演出做了很多實質性的工作，符合孝宗的心願，這既是史浩受到皇帝殊寵的產物，也可以說是在當時朝野上下諛頌聲中，史浩迎合孝宗心意的產物。

曹勳也是應制詞人，建炎及紹興初晉階緩慢，後又因忤秦檜，曾閒居十年，仕途並不順利，但他與南渡詞人的隱逸堅守有所不同，一直積極奔走於仕途。他的祝頌詞有多首是為法曲所填，法曲是宮廷演出的主要音樂形式之一，其詞以為皇帝歌功頌德為主。如《法曲》（秋容應節）：「洞達虛皇位。德壽高與天齊」，歌頌之意畢呈。又如《法曲》（柱史乘車），「兼明治身，與國階梯」，在法曲中直接表達為國效力之心。

曹勳還有直接為皇室成員所寫的多首祝頌詞，如《六花飛·冊寶》（寅杓乍正），據載，紹興三十二年六月戊寅：「上詣德壽宮，奉上光堯壽聖太上皇帝，壽聖太上皇后尊號，冊寶行禮。」〔註60〕此詞不但記錄了這一歷史事件，而且還表達了祝頌之意。諸如此類的詞數不勝數，如《大椿·太母慶七十》、《晏清都·太母誕辰》、《晏清都·貴妃生日》、《玉連環·天申壽詞》、《夏雲峰·聖節》、《水龍吟·會慶節》、《水龍吟·東宮壽詞》、《夏雲峰·端午》、《十六賢·閒暇》……等等。曹勳對皇室極盡歌功頌德，是當時宮廷自得心理的需要，也是當時諛頌之風的反映。

紹興十二年（1142）以後，樂禁解除，教坊復置。有了音樂上的保證，大量諛頌之作湧現，這就為宮廷應制詞人的出現創造了一個大的環境。

〔註60〕〔宋〕李心傳《建炎以來繫年要錄》，中華書局 1956 年，卷二百。

> 魏了翁《跋彭忠肅公眞迹後》中云：「蓋人主生日爲樂
> 始於唐，士大夫生日之盛則始於近世。故前輩詩集唯少陵
> 示宗武生日，與東坡爲同氣之親或知己偶有所賦，而他集
> 罕有。若用之公卿貴人則無之。直自京檜以來，此風日甚，
> 始則稱功頌德，甚至將以金玉泉幣。」〔註61〕

張掄、曾覿都是孝宗朝著名的近臣，多爲應制詞作，其事跡在《武林舊事・乾淳奉親》中有多條記載：

> 乾道三年三月初十……，車駕與皇后太子過宮起居二
> 殿訖，……，同至後苑看花。……，適有雙燕掠水飛過，
> 得旨令曾覿賦之，遂進《阮郎歸》云：「柳陰庭院占風光，
> 呢喃春晝長。（以下略）。」既登舟，知閣張掄進《柳梢青》
> 云：「柳色初濃，餘寒似水，（以下略）。」曾覿和進云：「桃
> 靨紅勻，梨腮粉薄，（以下略）。」各有宣賜。……

皇室成員遊園看花，有近臣相陪，應景填詞，這是古代太平時期最常有的事件，但我們知道，此事件發生於乾道三年（1167年），也就是隆興和議以後，當時宋、金對峙局面已成，國家半壁河山，作爲近臣的張掄、曾覿二人，用自己的歌詞裝飾著皇室成員歌功頌德的心理需求。這些近臣以詞諛頌頗多，《武林舊事》多有記錄〔註62〕：

> 淳熙三年五月二十一日天申聖節。……。自皇帝已下，
> 並簪花侍宴。……，再請太上往至樂堂再坐，教坊大使申
> 正德進新製《萬歲興龍曲》樂破對舞，各賜銀絹有差。

> 八月二十一日，壽聖皇太后生辰。……小劉婉容進自
> 製《十色菊》、《千秋歲》曲破……

> 十月二十二日，今上皇帝會慶聖節。……教坊都管王
> 喜等進新製《會慶萬年》薄媚曲破對舞，並賜銀絹。

> 淳熙六年三月十五日，車駕過宮，恭請太上、太后幸
> 聚景園。次日，……都管使臣劉景長供進新製《泛蘭舟》
> 曲破，……知閣張掄進《壺中天慢》云：「洞天深處，賞嬌

〔註61〕〔宋〕魏了翁《鶴山先生文集大全》卷六十三，文淵閣四庫全書本。
〔註62〕〔宋〕周密《武林舊事》，西湖書社1981年，卷七，頁117～125。

紅輕玉，（以下略）。」賜金杯盤、法錦等物。

九月十五日，明堂大禮。十六日……，知閣張掄進《臨江仙》詞云：「聞道彤庭森寶杖，霜風逐雨驅雲。（以下略）。」

淳熙八年正月元日，……節使吳琚進喜雪《水龍吟》詞云：「紫皇高宴蕭臺，雙成戲擊瓊包碎。（以下略）。」上大喜，賜鍍金酒器二百兩、細色段匹、復古殿香羔兒酒等。太后命本宮歌板色歌此曲進酒，太上盡醉。

淳熙九年八月十五日，駕過德壽宮起居，……侍宴官開府曾覿恭上《壺中天慢》一首云：「素飆揚碧，看天衢穩送，（以下略）。」上皇曰：「從來月詞不曾用金甌事，可謂新奇。」賜金束帶、紫番羅水晶注碗一副。上亦賜寶盞古香。

淳熙十年八月十八日，上詣德壽宮恭請兩殿往浙江亭觀潮。……太上宣諭侍宴官，令各賦《醉江月》一曲，至晚進呈，太上以吳琚爲第一，其詞云：「玉虹遙掛，望青山隱隱，（以下略）。」兩宮並有宣賜。

淳熙十一年六月初一日，車駕過宮，……。後苑小廝兒三十人，打息氣唱道情。太上云：「此是張掄所撰《鼓子詞》。」

由於乾道三年宋金再次達成和議，這一時段政局暫時較爲穩定，正所謂「昇平景象」，所以應制詞人的吟詠成爲太平盛世必不可少的點綴。在太上、太后、上及皇后的遊園活動中，繁花似錦，奢侈豪華，應制詞是對這一景象最恰當的注解，成爲宮中的娛樂傳統和消遣節目。曾覿以《壺中天慢》的新奇駁得上皇和皇帝的賞賜，這對應制詞人進行創新是一種鼓勵，客觀上也增加了應制詞的生命力。皇室重視應制詞，可從陳郁《藏一話腴》的記載中略窺一斑：

趙昂總管始肄業臨安府學，因躓無聊賴，遂脫儒冠，從禁弁升御前應對。一日侍阜陵蹕之德壽宮。高廟宴席間問：「今應制之臣，張掄之後爲誰？」阜陵以昂對。高廟俯睞久之，知其嘗爲諸生，命賦《拒霜詞》。昂奏所用腔，令

綴《婆羅門引》；又奏所用意，詔自述其梗概。即進呈云：
暮霞照水，水邊無數木芙蓉（以下略）。高廟喜之，賜銀絹
加等，仍俾阜陵與之轉官。〔註63〕

應制詞人以詞獲得帝王的青睞和賞賜，無形之中就會影響士人的創
作，諛頌風氣就會愈來愈濃，反過來又會刺激祝頌之作的寫作，正如
《貴耳集》所說：

孝宗朝幸臣雖多，其讀書作文，不減儒生；應制燕閒，
未可輕視，當倉卒翰墨之奉，豈容宿撰？曾覿、龍大淵（本
名蘬，孝宗寫開二字）、張掄、徐本中、王抃、趙弗、劉弼；
中貴則有甘昺、張去非、弟去爲；外戚則有張說、吳琚；
北人則有辛棄疾、王佐；伶人則有王喜；棋國手則有趙鄂；
當時士大夫，少有不遊曾、龍、張、徐之門者。〔註64〕

這種現象的出現並非偶然，秦檜把持政壇時，他將一批有才能的文人
薦入宮中應制：

建炎中，大駕駐維揚，康伯可上《中興十策》：……。
余觀其策，正大的確，雖李伯紀、趙元鎮亦何以遠過！然
厥後秦檜當國，伯可乃附會求進，擢爲臺郎。值慈寧歸養，
兩宮燕樂，伯可專應制爲歌詞，……而世但以比柳耆卿輩
矣。〔註65〕

看來，在秦檜專政時期，已經爲此時的諛頌之風培養了「力量」，康
與之在秦檜當國時附會求進，到了孝宗朝，「專應制爲歌詞，諛豔粉
飾」，當時的諛頌之風，文人被裹挾著，難以自拔，他們也沒想著自
拔。

通過以上的分析，我們可以看出，秦檜當國時期，楊無咎、朱敦
儒等文人在延續南渡前的隱逸風格時，以親朋好友間的互相祝頌，曲
折地與諛頌世風抗爭，高宗朝末到孝宗朝，諛頌之風延續，張掄、曾
覿等文人，順應當時諛頌的社會風氣，爲皇室寫作頌揚之作。

〔註63〕〔宋〕陳郁《藏一話腴》甲集卷下，文淵閣四庫全書本。
〔註64〕〔宋〕張端義《貴耳集》卷下，文淵閣四庫全書本。
〔註65〕〔宋〕羅大經《鶴林玉露》，中華書局 1983 年，乙編，卷四，頁 182。

第三節　南宋中期文人群體意識與祝頌詞的創作

十二世紀下半葉，活躍在詞壇的詞人，有上節中所論析到的張掄、曾覿等宮廷應制詞人，他們年壽較長，其創作活動從高宗朝延續至孝宗朝；與他們同時而稍後，還有另外一些詞人，以辛棄疾、陸游、張孝祥、陳亮、劉過等爲代表，他們出生於南渡初及南渡後，但有抗金北伐、恢復中原的理想，並且一生爲之奮鬥，至死不悔，值得注意的是，十二世紀下半葉，隨著隆興和議的簽訂，宋、金對峙的局面已形成，恢復中原的難度更大，所以，此時期的詞人，他們靠群體的力量來推動抗金事業，而祝頌詞是他們聯結彼此力量的一個紐帶，有鑒於此，本節主要分析南宋中期文人群體意識與祝頌詞的創作。

紹興三十一年（1161 年），完顏亮兵敗采石，在揚州被部下所殺，金兵退至淮河休整。隆興元年（1163 年），主戰派將領張浚收復宿州，鼓舞人心，受到孝宗讚賞，本來這可以督促南宋政府進一步抗金，但由於宋軍內部矛盾，兵敗符離，張浚失勢，主和派湯思退爲相主政，孝宗被迫轉向議和，1164 年，「隆興和議」成，宋向金稱侄。隆興和議以後，南宋士氣不振，統治者在偏安形勢中，又起歌舞昇平之風，上節所論及的張掄、曾覿詞人的祝頌詞，即作於此種背景下，茲不贅論。

但在這個諛頌成風的時代裏，還有一批詞人，他們沒有經歷屈辱的「靖康之難」，也沒有背井離鄉的逃難經歷，但受儒家思想薰陶，天然地具有強國和富國的歷史責任感，他們在詞中頌揚他人取得的豐功偉績，客觀上也爲自己增強了繼續努力的勇氣和信心，通過祝頌詞彼此交往，他們在群體的力量中找到歸屬感。

一、張孝祥與抗金士人的交往

紹興三十一年（1161 年）十一月「丙子，虞允文督建康諸軍統制官張振、王琪、時俊、戴皋等以舟師拒金主亮於東采石，戰勝，卻

之」〔註66〕。張孝祥聞之，作《水調歌頭·聞采石戰勝》一詞，「憶
當年，周與謝，富春秋」，借周瑜和謝玄來頌揚虞允吉的的雄才大略，
在頌揚虞允吉功勳的同時，鼓勵了彼此抗金的鬥志，當時朝廷的求和
之意已經較爲明顯，所以，孝祥寫作此詞，也從對方身上獲取力量。
孝祥心懷抗金壯志，不過與其它主戰派不同的是，他對現實有清醒的
認識，看到了抗金與和議之間的微妙關係，作於乾道元年正月左右的
《滿江紅》（千古淒涼，興亡事，但悲陳迹）中有「仰太平天子，聖
明無敵」、「看東南佳氣鬱蔥蔥，傳千億」之句，頌揚中有憂患，可見
張孝祥對於南宋偏安一隅的穩定和發展有自己獨特的看法：

> 張浚自蜀還朝，薦孝祥，召赴行在。孝祥既素爲湯思
> 退所知，及受溶薦，思退不悦。孝祥入對，乃陳二相當同
> 心戮力，以副陛下恢復之志。且靖康以來，惟和戰兩言，
> 遺無窮禍。要先立自治之策以應之。復言用才之路太狹，
> 乞博采度外之士，以備緩急之用。上嘉之。〔註67〕

孝祥認爲抗金事業，要「博采度外之士」，能夠明顯看到人才的重要
性，這才是他對虞允吉熱情讚揚的心理驅動力。又據宋翔鳳《樂府餘
論》：

> 按大臣異論，人材路塞，俱非朝廷所以自治。孝祥所
> 陳，可謂知恢復之本計矣。傳乃謂兩持其説，何見之淺也。
> 故北宋之初，未嘗不和，由自治有策。南宋之末，未嘗不
> 言戰，以自治無策。于湖《念奴嬌》詞云：「悠然心會，妙
> 處難與君説。」亦惜朝廷難與暢陳此理也。〔註68〕

宋翔鳳是從孝祥的苦衷表明「傳乃謂兩持其説，何見之淺也」，此
説準確。結合上面所引《宋史》材料，可知，孝祥在張浚與湯思退
之間斡旋，只是希望「二相當同心戮力，以副陛下恢復之志」，他
清楚地認識到在當時的戰爭情勢下，團結起來，合力協作的重要作

〔註66〕　〔元〕脱脱等撰《宋史》，中華書局 1977 年，卷三十二 P606。
〔註67〕　〔元〕脱脱等撰《宋史》，中華書局 1977 年，卷三百八十九，頁 11943。
〔註68〕　〔清〕宋翔鳳撰《樂府餘論》，詞話叢編本，頁 4013。

用。

　　乾道元年，張孝祥守桂林，值湖南李金作亂，安撫使劉珙大破賊兵，張孝祥作《水調歌頭・凱歌上劉恭父》，盛讚其「詩書帥，黃閣老，黑頭公」。次年，孝祥罷靜江府東歸經長沙，劉珙設宴招待，作《浣溪沙・劉恭父席上》（卷旗直入蔡州城，只倚精忠不要兵）；乾道三年七月，劉珙自湖南召還，又作《水調歌頭・送劉恭父趨朝》（鰲禁輟頗牧，熊拭賴龍黃）、《鷓鴣天・餞劉恭父》（浴殿西頭白玉堂，湘江東畔碧玉幢）《蒼梧謠・餞劉恭父》（歸，十萬人家兒樣啼）以贈。劉珙當時並沒直接參與抗金鬥爭，他平復李金作亂，功績卓著，但通過閱讀張孝祥爲其所寫的這幾首祝頌詞，我們能夠發現，孝祥頌讚的是劉珙的英武善戰，聯繫孝祥上奏中所提到「博采度外之士」，可知，孝祥對於這樣一位具備抗金事業軍事素質的武將的激賞，而通過寫這些祝頌詞，爲日後抗金事業擴充力量的心理也不難體會。乾道五年，張孝祥卒，可歎英年早逝，未及與更多的抗金志士交往。

二、辛棄疾與抗金志士的交往

　　隆興和議讓主戰派再一次感到因國力衰弱、外族凌辱所帶來的恥辱。辛棄疾等人心懷恢復中原的理想並終生爲之奮鬥，祝頌詞既聯結了他們的志向，又勸勉著他們的情懷。

　　符離兵敗，宋廷主和派勢力擡頭，辛棄疾從戰爭前線回歸南宋腹地，但並未得到重用。他自二十一歲率領濟南義軍抗金；懲殺竊印判逃的義端；後又與耿京聯合作戰並逐漸取得南宋政權的支持；甚至有深入金營緝拿判徒張安國的壯舉。雖則轟轟烈烈，最終並未給辛棄疾的恢復大計帶來任何幫助，由於朝廷主和，其義軍被解散，辛棄疾先後任江陰簽判、建康通判、司農寺主簿等職，官階低微，所司之事與抗金恢復的理想相去甚遠。儘管這樣，辛棄疾依然以《美芹十論》等一系列軍事著作來寄託自己的抗金志向，並以祝頌詞與其它主戰派官

員聯繫，在互相鼓勵的同時，也藉群體的力量來推動抗金事業，為恢復大計作不懈努力。辛棄疾有首為趙彥端寫的壽詞《水調歌頭‧壽趙漕介庵》，趙氏於乾道三年冬至五年春領江東漕事，其時稼軒亦正通判建康，所以此詞應作於乾道三年（1167年）冬至五年（1169年）春這一年多的時間裏，趙希弁在介紹《介庵趙居士文集》中論及趙彥端：

> 出更麾節，入踐臺省，凡奏對獻策，陳述利害，如蠲丁錢，講治體，禦敵守邊之謀，用兵行賞之規，議論醇正，卓然皆有可用之實。〔註69〕

據此可知，趙彥端頗有治世之才，對於禦敵守邊，亦有謀略，辛棄疾在此詞裏「金鑾當日奏草，落筆萬龍蛇」的稱頌的確不算誇大。又據《直寶文閣趙公墓誌銘》：

> 隆興改元，召對，上迎謂曰：聞卿俊才久矣。時王師北伐，還，德莊則曰：臣宗室也，與國家尤共休戚，言敢不盡，前日議者惡人異己，故近臣有不得盡其謀，遠臣有不敢進其說，如無近者，一戰之悔，則將贊陛下以群言為可廢矣，……〔註70〕

「千里渥窪種，名動帝王家」，是辛棄疾對其家世的稱頌，作為趙宋宗室，趙彥端「與國家尤共休戚」的責任感尤其強烈，所以，辛棄疾在這首壽詞中除了稱頌其才幹以外，對其提出了「要挽銀河仙浪，西北洗胡沙」的期望，這可以做多層理解，既是提醒趙彥端不要忘了失去的國土，也是希望趙能有所作為，在對趙彥端的頌揚和激勵中，將二人抗金復國的壯志聯結在一起，擴充了力量。

　　乾道六年（1170年），辛棄疾被孝宗召見，提出一套抗金方案，還向右丞相虞允文呈上抗金方案《九議》，然而，這些努力未被採納，辛棄疾一腔熱血，報國無門，但並未氣餒。乾道八年（1172年），辛棄疾守滁州。在一次酒宴上，他作有一首《滿江紅‧建康史帥致道席上賦》，「袖裏珍奇光五色，他年要補天西北」，勉勵做建康留

〔註69〕〔宋〕晁公武等撰《郡齋讀書志‧附志》卷第五下，四部叢刊本。
〔註70〕〔宋〕韓元吉《南澗甲乙稿》卷二十一，文淵閣四庫全書本。

守的史正志，加強了兩人對於抗金的認識。淳熙元年（1174 年），辛棄疾宦於建康，任江東安撫司參議官，在丞相葉衡的舉薦下，辛棄疾再次被孝宗在臨安召見，其報國之志得有機會再一次上達朝廷，故辛棄疾曾以《洞仙歌‧爲葉丞相作》，「相公是、舊日中朝司馬」，頌揚葉衡，表達對其舉薦之恩的感激，「好都取、山河獻君王，看父子貂蟬，玉京迎駕」，在給丞相的祝頌詞之中，表達了自己終生不渝的抗金願望，希望得到他繼續支持的心思是比較清楚的。此後的七年中，淳熙二年六月，辛棄疾爲江西提點刑獄，淳熙三年秋末冬初在襄陽任京西路轉運判官，淳熙四年春爲江陵知府兼湖北安撫使。淳熙五年春隆興知府，三個月後又在臨安任大理少卿，當年秋又出任湖北轉運副使，淳熙六年春，改任湖南轉運副使。淳熙七年冬，任江西隆興知府兼江西安撫使，淳熙八年冬任兩浙西路提點刑獄公事，儘管輾轉南北，但辛棄疾在任上，始終未忘恢復大計。

　　辛棄疾罷官後，寓居上饒帶湖。此時，韓元吉因抑制豪強，遭到誹謗，亦閒居於上饒，二人過從甚密。據《安人盧氏墓誌銘》：「淳熙改元之七年，予始居南澗。」〔註71〕按鄧廣銘先生考證，辛棄疾的《太常引‧壽南澗》（君王著意履聲間）似作於淳熙九年。淳熙十一年（1184 年），五月十一日，辛棄疾四十四歲生日，元吉赴宴，作《水龍吟‧壽辛侍郎》，這首詞裏有南宋初祝頌詞的隱逸之音，如「臥占湖山，樓橫百尺，詩成千首。正菖蒲葉老，芙蕖香嫩，高門瑞、人知否」，然而與楊補之等人的作品所不同的是，一開篇就提到抗金的理想：「南風五月江波，使君莫袖平戎手」，其次，以「燕然未勒，渡瀘聲在，宸衷懷舊」寫恢復大業的的艱巨，並勉勵「明年看取，鋒旗南下，六騾西走」，非常直白的表現其希望辛氏建立功勳的願望。次日元吉生日，辛棄疾又以元吉前韻賦詞爲壽，這就是那首有名的《水龍吟‧爲韓南澗尚書壽甲辰歲》，「夷甫諸人，神州沈陸」，不堪回首，這是他們所目睹的現實；「算平戎萬里，功名本是，

〔註71〕〔宋〕韓元吉《南澗甲乙稿》卷二二，文淵閣四庫全書本。

「眞儒事」，這是宦途沉浮給二人的切膚之感；然而，「待他年，整頓乾坤事了，爲先生壽」卻顯得大氣磅礴而情感眞摯，可以看出，此詞表現了二人因相同的抱負而產生的互相推許之情，非常感人。稼軒交遊極廣，他的祝頌詞並不限於交遊和應酬的目的，在與朋友，尤其是有共同理想的朋友交往時，他不斷以收復大計相鼓勵。通讀稼軒的壽詞，可以感覺到這種互相勉勵的行爲所激發起的群體力量，結合南宋偏安已成定局的時代背景，我們看到，恢復山河的志向已經日漸萎靡，所謂的「平戎萬里」不過是假寄託、眞祝願，藉以支撐他們的人生觀、世界觀不致傾覆。

淳熙十二年，辛韓生日，還用上年《水龍吟》韻相互祝壽，有辛詞《水龍吟》（玉皇殿閣微涼）（次年南澗用前韻爲僕壽。僕與公生日相去一日，再和以壽南澗）留存。淳熙十三年，辛棄疾生日，韓元吉以雙鶴爲壽，次日，元吉生日，辛棄疾、王德和與宴。據載：「王寧字德和，三魁鄉薦，乾道丙戌中乙科，終中奉大夫，直徽猷閣。逮事三朝，凡所揚歷，綽有休聞」，「逮事三朝，凡所揚歷，綽有休聞」〔註72〕，王德和這種執著進取的品行使得辛、韓能與之一起詩酒唱和，席間，辛棄疾作《水調歌頭·和德和上南澗韻》（上界足官府），王德和原詞不見，辛詞裏仍然跳動著對世事功業的關切之心。淳熙十四年，韓元吉七十歲生日，辛棄疾爲之作《水調歌頭·壽韓南澗七十》（上古八千歲），「看取垂天雲翼，九萬里風在下」，胸中的豪情依然未減。

在與辛棄疾交往的人中，陳亮是一位必須要提的人物，陳亮力主抗金，並爲此長期奔走呼號。就政治抱負而言，辛、陳二人志同道合，以其民間性質的抗金行爲而言，陳亮與辛棄疾早年馳騁北疆頗多相似。二人結識於淳熙五年，隨後長期分開。雖無法常常晤面，但因有共同的理想抱負，二人書信往來頗多。淳熙十五年冬，陳亮約朱熹往

〔註72〕〔明〕馮士仁修，徐遵湯、周高起纂《江陰縣志》，《中國方志叢書》，臺灣成文出版社 1987 年影印本，卷一六。

紫溪與辛棄疾相會，亮先至上饒，訪辛棄疾於帶湖、瓢泉，如期同往紫溪，朱熹爽約，陳亮遂與棄疾亦未負自然山水，他們「憩鵝湖之清陰，酌瓢泉而共飲，長歌相答，極論世事」，心繫共同抗金理想的兩個知己，在十天左右的會晤中，兩人主要商談恢復大計，在此基礎上建立了深厚的友誼。別後，棄疾作《賀新郎》（把酒長亭說）一首寄亮，詞中有稱頌之意：「看淵明、風流酷似，臥龍諸葛。」亮原韻和之（老去憑誰說），感情真摯；次年春天，辛棄疾再用原韻爲詞（老大那堪說）寄亮，詞裏感情複雜，但能感受對陳亮品格情操的高度讚譽；亮又依原韻寫了兩首和之。這五首詞，將他們二人的恢復壯志以及對對方推崇頌揚的真摯之情含蘊其中，雖不完全是祝頌詞，可是蘊於其中的頌美讚譽之情真切濃鬱。

　　稼軒居帶湖期間，還結識了楊炎正。楊炎正，字濟翁，廬陵人。炎正亦爲力主抗金之士，在其詞《水調歌頭》（把酒對斜日）、《滿江紅》（典盡春衣）等詞抒發了報國無路、有志不獲騁的悲壯情懷。正因與稼軒有相同的抗金恢復的政治抱負，炎正與辛氏頗有來往，《滿江紅·壽稼軒》對辛氏才華的頌揚，並且還有殷切希望：「好把袖間經濟手，如今去補天西北。」《洞仙歌·壽稼軒》，作於稼軒居帶湖時期。雖說「功名都莫問，總是神仙，買斷風光鎮長好」，也表達了「經國手，袖裏偷閒，天不管、怎得關河事了」的願望，希望辛氏能繼續抗金事業。《鵲橋仙·壽稼軒》也有同樣的意思。因傾慕辛氏，在詞風上都自覺向其學習：

　　　　而因辛棄疾作者凡六首，當時兩人交好可知，其縱橫
　　排戛之氣，雖不足敵棄疾，而屏絕纖穠，自抒清俊，要非
　　俗豔所可擬，一時投契，蓋亦有由云。〔註73〕

　　趙善括也是與稼軒相交較多的文人。辛棄疾在帶湖新居將成，作有《沁園春·帶湖新居將成》（三徑初成）一詞，詞中雖也有功業

〔註73〕〔清〕紀昀等撰《欽定四庫全書總目》，卷一百九十八，中華書局1997年。

思想，但「雲山自許」的退隱想法亦很明顯，趙無咎善括有首和詞，《沁園春‧和辛帥》（虎嘯風生），頌揚稼軒的壯志，同時又勉勵稼軒「多應是，待著鞭事了，稅駕方回」，趙善括的這種期待並非客套之語，因爲趙氏本人對現實也有著自己獨特的看法，並且不滿文恬武嬉的社會現狀，所以，辛、趙二人也是有著共同思想傾向的人：

> 善括所上諸箚，率簡潔切當，得論事之，要如論紛更之弊，糾賞罰之失，皆深中時弊。而永樂中，修歷代名臣奏議，乃不載其一字，未明何故。詩詞多與洪邁、章甫唱和，而與辛棄疾酬贈尤多，其詞氣駿邁，亦復相似。觀其《金陵有感》詩，有「謝安王導亦可罪，至今遂使南北分」句，其不滿於湖山歌舞、文恬武嬉，意趣蓋與棄疾等，固宜其相契也。〔註74〕

紹熙二年（1191 年）閒居十年的辛氏被起用爲福建提點刑獄公事，抗金復國之志從未隕墮，紹熙五年，被彈劾罷官。從紹熙五年（1194 年）至宋寧宗嘉泰二年（1202 年），辛棄疾第二次歸隱，居瓢泉。這一時期，抗金情志要弱些，結識了趙昌父、趙晉臣、趙茂嘉、吳子似、徐斯遠、付岩叟等，這期間，朱熹被迫退出朝廷回武夷山，辛與之保持密切聯繫。

嘉泰三年（1203 年）辛被任用爲紹興府兼浙東安撫使，這讓辛氏看到了實現抱負的希望，上任之後，他恢復了年輕時爲政的氣魄，與姜夔、張鎡等人唱和《漢宮春‧會稽秋風亭觀雨》中，通過歌頌禹王和漢武功業，互相勉勵。這年，他與劉過結識。

> 又，嘉泰癸亥歲，改之在中都，時辛稼軒（棄疾）帥越，聞其名，遣介招之。適以事不及行，作書歸輅者。因效辛體《沁園春》一詞，並緘往，下筆便逼眞。其詞曰：（略）。辛得之大喜，致饋數百千，竟邀之去。館燕彌月，酬唱豐，皆似之，逾喜。垂別，貽之千緡，曰：「以是爲

〔註74〕〔清〕永瑢等《四庫全書總目提要》，卷一百六十，《西樵語業》提要，中華書局 1965 年。

求田資。」改之歸，竟蕩於酒，不問也。〔註75〕

劉過在詞裏所顯示過人的才情深爲辛棄疾所喜，更重要的是，劉過也是北伐抗金的支持者，劉過大約在此時期入辛氏幕下做事，《沁園春·寄辛稼軒》（古豈無人）應是這段時期所作，詞中將陶侃、常衰、羊祜和辛氏相比，熱情讚美了辛氏的文武之才，還寫出對辛氏「算整頓乾坤終有時」的期待和祝願。劉過自幼心懷抗金復國之志，曾上書恢復大計，惜無人問津。寧宗嘉泰四年（1204年）朝廷追封岳飛爲鄂王，劉過作《六州歌頭·題岳鄂王廟》歌頌岳飛的英雄業績，並表達懷念之情。此年正月，韓侂胄準備北伐，辛棄疾再次出山，加入一生都爲之追求不懈的抗金事業，劉過詞中有對岳飛的哀悼之情，但在歌頌岳飛的功績時，更多地含有對此次北伐的期待和激勵祝願之情，「人世夜，白日照，忽開明。衰珮冕圭百拜，九泉下，榮感君恩。」可謂明證。除了與辛氏之間互相表達抗金志向，劉過還在寫給其他人的祝頌詞中表達他的恢復中原的遠大抱負如《沁園春·御閱還上郭殿帥》（玉帶猩袍）、《沁園春·壽》（玉帶金魚）「況自昔軍中，膽能寒虜，而今胸次，氣欲吞胡。」讚頌其英勇抗金的功勳。《水調歌頭·壽王汝良》，勉勵王汝良英勇抗金。《滿江紅·高帥度上》歌頌高帥。《滿江紅·壽》這也是對在抗金將領的頌揚。《八聲甘州·送湖北招撫吳獵》希望吳獵建立功勳。

嘉泰四年正月，辛棄疾受到寧宗召見，他表達了對北伐的看法：「金國必亂必亡，願付之元老大臣，務爲倉猝可以應變之計。」〔註76〕這裡的元老大臣則指韓侂胄。此後，辛棄疾隨即被任命爲鎮江知府。鎮江是北伐的重要基地。有名的《永遇樂》就是當時的作品。而《六州歌頭》（西湖萬頃）等爲韓歌頌的詞也作於此時期。

韓侂胄出師不利，開禧二年（1206年），北伐失敗，丘崈主張議和，辛棄疾被彈劾落職。韓決心再戰，寧宗任命辛爲樞密院都承旨，

〔註75〕〔宋〕岳珂《桯史》，中華書局 1981 年，卷二，頁 23。
〔註76〕〔宋〕李心傳《建炎雜記》乙集，卷十八，文淵閣四庫全書本。

欲讓他代蘇師且指揮軍事，可是，辛棄疾未及就任，就去世了。此後主降派得勢，韓被全盤否定，辛棄疾也備受攻擊，說他「迎合開邊」「損晚節以規榮進」〔註77〕，而辛與韓侂胄之間的交往，被視爲辛棄疾人格的污點，甚至連元人吳師道都不願意承認這段歷史，他甚至認爲《清平樂》（新來塞北，傳到眞消息）非出自稼軒之手，其實，但經辛啓泰《稼軒年譜》和鄧廣銘《辛稼軒年譜》，確證此詞是辛棄疾所作。事實上，韓侂胄主張北伐，是辛氏一生爲之追求的事業，辛對韓寫的一些祝頌詞，實則是應酬需求，並無不可。

辛棄疾始終如一的北伐復國之心，也表現在與其他友人及官吏交往的祝頌詞中。在這些詞中，辛棄疾借自己的抱負互相勉勵，以贏取他人的支持和抗金隊伍的壯大，借助群體團結一致的力量來前進，在勉勵別人爲抗金事業努力的時候，同時自己也得到鼓勵。如他所寫的《最高樓・答晉臣》（花好處），詞中以「忒高才，經濟地，戰爭場」來表達大丈夫當以抗金事業爲理想；《朝中措・爲人壽》（年年黃菊灩秋風）寫「青春未老，尊前要看，兒輩平戎」，將抗金事業寄託到下一代人身上；又如《水調歌頭・鞏採若壽》（泰嶽倚空碧）中的「會看沙堤歸去，應使神京再復」、《賀新郎・和吳明可給事安撫》（世路風波惡）中的「何時唱，從軍樂」等等。

三、其他抗金志士之間的交往

不僅處於文人領袖地位的辛棄疾是這樣，其他文人志士也往往以抗金事業爲精神支柱，在互相以詞祝頌的過程中，通過群體的力量加強恢復中原的信心。作爲終生以北伐爲志的陸游，一生的抱負和理想就是恢復中原，不過陸游對詞體持輕視態度，他的政治抱負，多體現在詩歌當中，很少以此來表達其人生志向，更不大會主動以祝頌詞來與其它的抗金志士加強聯繫，即使如此，他也經常收到他人的詞作，如韓元吉表達志向的祝頌詞作《念奴嬌・次陸務觀見貽

〔註77〕〔元〕脫脫等撰《宋史》，中華書局 1977 年，卷四百七十四，頁 13774。

念奴嬌韻》（湖山泥影），陸游《京口唱和序》:「明年，改元乾道，正月辛亥無咎以考功郎徵。」這一年的元夕，知鎮江府方滋邀請元吉賞梅，陸游也在場，互相唱和。後陸游邀約元吉同遊金山寺，有詞和答。陸游作有《念奴嬌》（禁門鐘曉），韓元吉有和作二首（湖山泥影）、（春來離思），在（湖山泥影）中，元吉抒發了「壯懷渾在，浩然起舞相屬」的豪情，也向放翁表達了「看君歸上群玉」的美好祝願。乾道九年，韓元吉所作的《水調歌頭・寄陸務觀》（明月照多景）表達了「豪氣如今誰在，剩對岷峨山水」，昔日的淩雲壯志，在偏安的時局中被壓抑，無奈之下，仍然以「夢繞神州歸路。卻趁雞鳴起舞。餘事勒燕然」來勉勵兩人，無論如何，都要聞雞起舞，以備恢復中原。韓西山先生將此詞繫於乾道九年〔註78〕，當時韓元吉五十六歲，此年二月，赴金國，四月回臨安時，轉一官，五月，除吏部侍郎。這首詞寫得甚見功力，既對朋友之間的瑣事作了交待，也將他們共同的政治理想加以體現，閃爍著志同道合的思想光芒。

　　南宋中期以辛氏、陸游為中心，抗金志士之間互相激勵抗金事業，在他們周圍甚至外圍，眾多的詞人都在不斷重複這一理想，在與人交往時貫徹著自己的思想抱負。隆興和議以後，宋向金稱侄，每年金主生辰，宋廷須向其祝壽。淳熙十二年，孝宗命章德茂為正使，祝賀金主完顏雍的生日。陳亮寫詞《水調歌頭・送章德茂大卿使虜》為其出使壯行，這本是一件不光彩的事，但陳亮寫得很有氣勢。劉仙倫《賀新郎》（小隊停征嘉，在為王侍郎簡卿祝壽時，指出「平盡群蠻方易鎮，此事多應有數」的現實，並勉勵其「緩急朝廷須公出，更作中流砥柱。」又如程珌《壺中天・壽丘樞密》中有「中原恢拓，要公歸任調燮」既含頌揚，又含期望；再如其《寶鼎現・壽李端明》「又況善述先猷，嚴武備、不開邊鄙。」讚頌李端明在抗金事業中做出的貢獻。程珌和辛棄疾為忘年交，也是主張抗戰北伐。黃機與辛氏素有交往，亦與岳珂、劉過往來唱和，其詞《六州歌頭・

〔註78〕韓西山《韓南澗年譜》，安徽教育出版社 2005，頁 184。

次韻岳總幹》（將軍何日），讚揚岳珂的軍事才幹，更多的是對其建功立業的熱切期待。丘崈《滿江紅》（冠蓋吳中），詞題曰：「余以詞爲石湖壽，胡文長見和，復用韻謝之。」其中「膺帝眷，符夢兆。爲國鎮，騰光耀」，自表心迹的同時，希冀與石湖共勉。趙善括還寫有《三部樂・七月送丘宗卿使虜》，頌揚丘崈，祝願其完成任務。

通過以上的分析可知，南宋中期，爲抗金事業積極奔走的志士仁人，以張元祥、辛棄疾、陸游、韓元吉、陳亮等人爲主要力量，他們之間互相頌揚激勵，加強了彼此對北伐的信心，另外，在他們周圍又活躍著趙善括、楊炎正、丘崈等人，這些力量不等的抗金志士爲著一個共同的理想，在當時的政治形勢中，以祝頌詞爲聯結彼此力量的紐帶，用群體的力量推動著恢復大計的進程。

第四節　南宋後期文人心態與祝頌詞的創作

我們知道，宋初，文人就有以天下爲己任強烈的社會責任感，這種使命感根植於宋人的精神血液中，到了南宋中期，面對半壁河山，雖有辛棄疾、陸游等一大批志士，爲北伐事業奔走呼號，但都無法挽救衰弱的國勢，辛棄疾等心懷北伐理想的仁人志士去世後，至十三世紀上半葉時，恢復已成泡影，且半壁山河也在無可挽回地走向破碎，文人傳統的士大夫意識無由施展，主體參政精神萎縮。本節主要以魏了翁、劉克莊及吳文英爲個案，探討南宋後期，文人參政心態的萎縮與祝頌詞的創作。

一、魏了翁：在理學中調適

魏了翁是南宋後期政壇上比較重要的一個人物，在韓侂冑開禧北伐的時候，他主張內修強國：

開禧元年，召試學士院。韓侂冑用事，謀開邊以自固，遍國中憂駭而不敢言。了翁乃言：「國家紀綱不立，國是不定，風俗苟偷，邊備廢弛，財用凋耗，人才衰弱，而道路

籍籍，皆謂將有此北伐之舉，人情恟恟，憂疑錯出。金地
廣勢強，未可卒圖，求其在我，未見可以勝人之實。盍亦
急於內修，姑遲外攘。不然，舉天下而試於一擲，宗社存
亡係焉，不可忽也。」策出，眾大驚。〔註79〕

從這個主張可以看出，魏了翁早年的政治態度是務實的，但他的為政
方式不僅如此，還有清醒超脫紛爭的一面，嘉泰元年（1208年）：

侂胄亦以誤國誅。朝廷收召諸賢，了翁預焉。會史彌
遠入相專國事，了翁察其所為，力辭召命。丁生父憂，解
官心喪，築室白鶴山下，以所聞於輔廣、李燔者開門授徒，
士爭負笈從之。由是蜀人盡知義理之學。〔註80〕

史彌遠入相專國事，了翁則加以迴避，就此之舉，已全然沒有了北宋
士大夫「煌煌爭議論」的高揚的參政精神，取而代之的，是「築室白
鶴山下」，開門授徒，傳播義理之學，在了翁身上，已經能夠明顯地
看出，作為南宋後期重要的政治家，魏了翁在政治理想無法實現的時
候，借研習理學，回歸對自我本體的審視。到了嘉定年間，了翁的理
學思想已經成為其政治思想的一部分：

十五年，被召入對，疏二千餘言。首論人與天地一本，
必與天地相似而後可以無曠天位，並及人才、風俗五事，
明白切暢。又論郡邑強幹弱枝之弊，所宜變通。蓋自了翁
去國十有七年矣，至是上迎勞優渥，嘉納其言。〔註81〕

把天人關係這種形而上的命題納入國家政事，可以看出了翁在南宋
後期，在哲學層面上對政治所作的精神探索，因其言之入理，被採
納，不斷遷秩，了翁的政治進取心被調動起來，嘉定十七年，上奏
寧宗：

又論士大夫風俗之弊，謂：「君臣上下同心一德，而後
平居有所補益，緩急有所倚仗。如人自為謀，則天下之患

〔註79〕〔元〕脫脫等撰《宋史》，中華書局 1977 年，卷四百三十七，頁 12965。

〔註80〕〔元〕脫脫等撰《宋史》，中華書局 1977 年，卷四百三十七，頁 12965
～12966。

〔註81〕〔元〕脫脫等撰《宋史》，中華書局 1977 年，卷四百三十七，頁 12966。

有不可終窮者。今則面從而腹誹，習諛而踵陋，臣實懼焉。
盍亦察人心之邪正，推世變之倚伏，開拓規模，收拾人物，
庶幾臨事無乏人之歎。」其言剴切，無所忌避，而時相始
不樂矣。〔註82〕

其言確實切中要害，無所忌避，但使了翁受到別人的忌恨，到了寶慶
元年冬十月：

甲申，朱端常言魏了翁封章謗訕，真德秀奏箚詆訕。詔
魏了翁落職，奪三秩、靖州居住；真德秀落職罷祠。〔註83〕

其後了翁在地方上時，一方面繼續勤勉爲政，一方面則不斷從哲
學層面上探索天地及人事：

了翁至靖，湖、湘、江、浙之士，不遠千里負書從學。
乃著《九經要義》百卷，訂定精密，先儒所未有。〔註84〕

可以看出，了翁正因可從形而上的高度上去思考天地及國家的運行規
律，所以，在南宋後期衰弱的國勢裏，了翁積極爲政的態度的不斷受
到打擊時，他所研習的義理之學，讓他跳出各種權勢鬥爭，站在哲學
角度上，思考國家的出路，蘊藏著清醒和超脫：

明年，改元寶慶，雷發非時，上有「朕心終夕不安」
之語，了翁入對，即論：「人主之心，義理所安，是之謂天，
非此心之外，別有所謂天地神明也。陛下盍即不安而求之，
對天地，事太母，見群臣，親講讀，皆隨事反求，則大本
立而無事不可爲矣。」〔註85〕

但是，儘管這樣的探索，還是不免要失敗的，端平二年七月「庚
申，禮部尙書魏了翁上十事，不報」〔註86〕。此後，了翁雖也經常被
理宗召見問政，但還是不斷受到政敵的攻擊。

通過魏了翁的經歷我們可以清楚地看出，在南宋後期，國家已然

〔註82〕　〔元〕脫脫等撰《宋史》，中華書局1977年，卷四百三十七，頁12967。
〔註83〕　〔元〕脫脫等撰《宋史》，中華書局1977年，卷四十一，頁789。
〔註84〕　〔元〕脫脫等撰《宋史》，中華書局1977年，卷四百三十七，頁12968。
〔註85〕　〔元〕脫脫等撰《宋史》，中華書局1977年，卷四百三十七，頁12967。
〔註86〕　〔元〕脫脫等撰《宋史》，中華書局1977年，卷四十二，頁808。

衰弱，人主和士人都對前途沒有把握，了翁所作努力是從傳統儒學來理解天地和人事，在那個紊亂的社會當中，魏了翁回歸傳統哲學，找到其中所包含的君臣關係、天人關係，用傳統的人倫關係來調適自己，從而，使得自己的心靈復歸寧靜，當然也發揮了自己的獨特的才能，得到寧宗、理宗的信賴和任用。由此可見，作為南宋後期的政治家，魏了翁已沒有北宋時處於黨爭中的文人高揚的參政意識，他只是盡力去為國盡力，當被捲入政治鬥爭時，用理學思想來調適自己心境同時，也變換著為政方式。

　　儘管如此，他對現實的一些剖析也可能在客觀上損害了別的朝臣，因而不斷地受到打擊，他可以在對理學不斷調適自己，但他畢竟需要在現實人生中找到安慰，在無可挽救的國勢衰微裏，還必須小心地應付各種複雜的關係。在日常生活中，朋友和親人，則是在這個末世裏，他心靈最後的棲居之地，在互相祝頌聲中，享受著世俗人生輕鬆愜意的樂趣，這就是一個末世人臣心態，正因如此，了翁存詞189首，祝頌詞就有一百餘首之多，其中多為祝頌友朋官僚和親人之作，比如《滿江紅・賀劉左史光祖進職奉祠》等。劉光祖也是當時著名文臣，「趙汝愚稱光祖論諫激烈似蘇軾，懇惻似范祖禹，世以為名言」〔註87〕，很明顯劉光祖與魏了翁在為政方式上有很多相似之處，了翁對他也頗為推崇，為他所寫的壽詞共存 6 首，感情真摯。《滿江紅・賀劉左史光祖進職奉祠》對劉光祖進職表示祝賀，「出處只從心打當，去留不管人忻戚」，對其坦蕩心胸表示高度讚揚，「枰上舉棋元不定，磨邊旋蟻何曾息」，此句帶有哲學思辯色彩，冷靜地觀照處於政治紛爭中的世人，明顯看出理學思想對他心靈世界的影響。

二、劉克莊：壯志被消解

　　南宋後期，除魏了翁這樣一個將理學納入為政方式，取得調適，通過對友朋和親人之間的祝頌，求得心靈的安慰的詞人外，還有以劉

〔註87〕〔元〕脫脫等撰《宋史》，中華書局 1977 年，卷三百九十七，頁 12102。

克莊爲代表的一類詞人。他們也有自己的淩雲壯志，但受更加紛繁複雜的政治鬥爭的左右，無法保持自己獨立的主體意識，在紛亂的世道里，掙扎在入世和出世的邊緣。劉克莊曾身不由己地爲權臣獻上一首首祝頌之作，又在許多自祝自頌的詞中，不斷地拷問和反思自己，不管是祝頌別人還是自祝自頌，他的壯志已在這個沒有希望的社會中被消解。

劉克莊有很多寫給官僚的祝頌之作，我們稍作瀏覽，便可見出他的心態。《卜算子·艮翁禮部生日》（開閣廣延賢），後村《李艮翁禮部墓誌銘》：「晚值今太師平章公（賈似道）愛立，素奇君才，稍遷擢。及兼禮部郎官，人皆曰大典冊必屬君手。君請麾不已，出使衡湘。」此詞以寫李艮翁出任禮部郎官爲之祝壽，「兩制必當仁，五福無過壽」，表達對其的祝願之情，「且喜新年不要□，天要開元祐」，他自己的用世之心可見。《賀新郎·送黃成父還朝》（飛詔從天下），贊其才能，又頌其功績將永存，而「老我伴身惟有影，倚遍風軒月榭」，顯示出作者的寂寞心境。《滿江紅·次韻徐使君癸亥燈夕》（笳鼓春城）及（奎墨西來），這兩首詞寫於景定四年（1263 年），徐使君，興化軍知軍徐直諒，此首及下首「奎墨西來」，均爲讚頌徐使君爲地方官的德政，「怪雨盲風稀發作」，在讚頌徐直諒的同時，劉克莊紛亂的心境可見一斑。

劉克莊給賈似道寫的幾首祝頌之作，歷來爲學者爭論不已，近幾年學者開始思考這個問題。劉克莊的《滿江紅·傅相〔註88〕生日癸亥》（江左惟公）等爲賈似道所作的祝頌詞共五首，其中爲後人詬病的如《沁園春》（載籍以來），上闋以大禹、管仲、謝安、寇準等功臣比擬賈似道，寫道：「五百年必有王者興，其間必有名士者」；下闋頌揚賈不戀爵祿，並祝他福壽雙全；又以馮諼自比，「願年年歲歲，來獻新詞」。諸如此類的祝頌之作還有《漢宮春·丞相生日乙丑〔註89〕》（吉

〔註88〕傅相即賈似道，官至少傅右丞相
〔註89〕乙丑，即宋度宗咸淳元年（1265 年），當時賈似道五十三歲，居相位。

語西來）：上闋歌功，下闋祝壽；典故有所更改，調子基本不變。又如景定五年（1264 年），賈似道五十二歲生日時的兩首《滿江紅》，題名爲「傅相生日甲子」，首句分別爲「見宰官身」、「禮樂衣冠」。林希逸《後村先生劉公行狀》言：「公早受知忠肅〔註90〕賈公，辨章尤相親敬。」又載「似道以宋景定元年（1260 年）四月反闕，克莊除秘書監在是年六月，自是似道援引。克莊生平蒿目時艱，拳拳忠告，晚年乃爲似道一出。」〔註91〕我們先看賈似道生日場面的壯觀：

> 賈師憲（似道）當國日，……每歲八月八日生辰，四方善頌者以數千計。悉俾魁館勝考，以第甲乙，一時傳頌，爲之紙貴。〔註92〕

　　後村年長賈二十五歲，當賈專權時，後村已年老廢退鄉居多年，仍不忘賈生日，爲詞祝壽。李國庭先生在《劉克莊年譜簡編（續）》在行譜至七十四歲時說：「克莊返朝即非魏了翁（已死）提攜；也非賈似道薦舉，根本上說是理宗念其老臣、欣賞其文才史學。」他認爲提拔劉克莊的主要人物是理宗。由此推測，明見先生認爲：「劉克莊『諂媚』賈似道以圖鑽營求進的指責實爲誤會」〔註93〕。由此可見，在南宋晚期複雜的政治鬥爭中，所有政治權力中的人都難辨其中，劉克莊爲賈似道所寫的祝頌之作，只是當時大廈將傾社會裏文人對於前途沒有把握，一種迷惘心態的反映。

　　南宋後期，國勢衰弱，士人整體精神轉向萎縮，而劉克莊，依然做著恢復的夢想，繼承著辛棄疾的人生理想，少年時正值稼軒晚年，劉克莊非常欽敬辛棄疾的事功，但是，隨劉克莊與辛棄疾所處的時代不同，劉克莊所處的時代，整個國家不但無力恢復，而且，比金人更爲殘暴的蒙古軍進入中原，南宋政權一步步走向滅亡，在這樣的時代氛圍裏，文人的心態已少了整體的昂揚向上的精神，原

〔註90〕忠肅謂賈涉，辨章即其子賈似道。
〔註91〕〔宋〕劉克莊《後村先生大全集》，卷一百九十四，四部叢刊本。
〔註92〕〔宋〕周密撰《齊東野語》，中華書局 1983 年，卷十二，頁 219。
〔註93〕明見《劉克莊賀賈之作新論》文學遺產 2003 年第 5 期，頁 125。

來爲了恢復中原的進取之心漸漸萎縮了，文人在山河飄搖的江山中，沒有安定感，天命不可違，我們知道，宋代文人具有很強的社會責任感，以天下爲己任的精神，可是現在政權已不完整，文人兼濟天下的使命無由實現，於是，他們就轉向自己的內心，可是，無望的政局裏，苦悶是沒有邊際的，於是，他們就在自己身邊的圈子裏，祝頌著別人的功德，同時也是自我心靈的安慰。除了前面提到的向權臣賈似道等人的祝頌之作之外，除了向自己所在地方的官僚表達頌贊之意以外，他們內心眞實的感受，他們對於時局沒有把握，意欲歸隱的矛盾心態，都在祝頌之作裏有所反映。例如，劉克莊有首《漢宮春·吳侍郎生日》（此老先生），吳侍郎，指吳昌裔，字季永，吳叔永之弟，曾以權工部侍郎出參贊四川宣撫司軍事，此詞上闋就勸吳侍郎不要歸隱，「何須求白雲鄉」，反映了作者在當時社會下的矛盾心態：既想有補於世，實現個人社會價值，而又無力改變現實，在祝頌別人時有所表露，在爲自己所寫的祝頌詞亦是這樣，如劉克莊還有一首《漢宮春·癸亥生日》，這裡就有對「試看取，名園甲第，主人幾個還鄉」的質疑，抒寫自己歸隱生活的悠閒。這些都集中反映了他們的心態。

三、吳文英：飄搖無依的苦魂

　　如前所論，劉克莊作爲南宋後期的文人，在壯志淩雲被消解的同時，在與別人祝頌的詞作中，展示著他入世與出世思想的矛盾。而吳文英，寄寓在達官貴人的生活中，在與形形色色的人祝頌詞作中，表現出飄搖無依的寂苦靈魂。

　　如劉克莊一樣，吳文英也有壽賈似道的幾首詞，如《晏清都·壽秋壑》和《木蘭花慢·壽秋壑》等。從這些詞可看出吳寫作時的精心和苦心：用「西門柳」、「夜沉刁斗」、「席前夜久」等典故，將賈比作晉朝大將軍陶侃、漢李廣和賈誼。而賈似道僞造的鄂州大捷在此詞中描述爲「黃梁露濕秋江，轉萬里、雲檣蔽晝。正虎落、馬靜晨嘶，連

營夜沉刁斗。」賈似道赴荊湖制置使任，作《木蘭花慢》序爲「元豐七年，文太師既告老，乞赴闕親辭。及還，特命三省以上赴瓊林苑宴餞」，起句就是「記瓊林宴起，軟經路、幾西風」，極言其送別場面之顯貴，且在詞中將賈比作漢名將周亞夫。

葉嘉瑩先生是這樣理解吳文英寫給吳潛與賈似道的祝頌詞的：

> 我們可以推知夢窗給吳潛的詞，是既有著一份眞正的友誼，也表現了一份眞正的自我。可是，夢窗給賈似道的詞則與之完全不同了。夢窗給賈似道的詞也有四首，……在這四首詞中，我們幾乎看不到一點盛衰興亡的悲慨和國事日非的影子，只是表現著一派閒雅高華的情調，從表面上歌頌賈似道的名位聲望以及他所僞飾著的苟安的昇平，而未曾流露出一點眞正屬於自我的內心的情感。可是另一方面，則夢窗卻也並沒有一點諂佞干求的言語。這種現象可以使我們看到夢窗與賈似道之間隱然有著一份疏遠之感，他與賈似道的來往，似乎只是在某種情勢下的一種不能免的酬應，這和他與吳潛之間顯然有著一種友誼的感情當然並不相同。〔註94〕

看來，葉嘉瑩先生著重從閱讀感受來判斷吳文英與賈似道的交往。另外，夏承燾先生曾如是說過：

> 又夢窗交遊，嗣榮王、吳潛、賈似道、史宅之諸人，皆一時顯貴，與吳潛、宅之，投契尤深，而竟潦倒終身。全祖望答萬經「寧波府志」雜問，謂其「晚年困躓以死」，證之「白髮緣悉」「路窮車絕」之句，此語近實。今讀其投獻諸詞，但有酬酢而罕干求，在南宋江湖遊士中，殆亦能狷介自好者耶。〔註95〕

謂吳文英「殆亦能狷介自好者耶」，夏氏此語有拔高之嫌，倒是他的另一論斷公允些：

〔註94〕葉嘉瑩《迦陵論詞叢稿》，河北教育出版社1997年，頁193～194。
〔註95〕夏承燾《吳夢窗繫年》，《唐宋詞人年譜》，上海古籍出版社1979年，頁483。

　　總之，夢窗以詞章曳裾侯門，本當時江湖遊士風氣，
固不必誚爲無行，亦不能以獨行責之；其人品或賢於孫惟
信、宋謙父，然亦不能儗爲陳師道。此平情之論也。〔註96〕

　　從葉、夏兩人的揭示中，我們看到南宋權貴顯宦豢養詞人以爲門
客的風氣及其實質，也看到詞人的心態和處理方式。夢窗於理宗景定
元年 1260 在越客嗣榮王趙與芮邸，此時期有幾首祝頌詞《水龍吟·
壽嗣榮王》、《燭影搖紅·壽嗣榮王》、《晏清都·餞嗣榮王仲亨還京》、
《晏清都·壽榮王夫人》、《齊天樂·壽榮王夫人》。這五首祝頌詞，
與祝頌對象的身份相吻合，可以看出吳文英對於自己地位的估量。夢
窗詞中共有壽詞約十七首。壽嗣榮王夫人、壽嗣榮王趙與芮，寫法落
入俗套，與寫給賈似道的一樣，實難脫諛頌權貴之嫌。類似的還有酬
史宅之的詞多首，史宅之，號雲麓。夢窗共有十多首詞與史唱和，典
型如《瑞鶴仙·壽史雲麓》、《探芳信·賀麓翁秘閣滿月》爲祝頌詞。

　　夢窗的交往大致可分爲兩類。一是與夢窗身份懸殊的朝廷顯
貴，如上面提到的賈似道、嗣榮王趙與芮、史宅之等；另一是與其
身份相近的文期酒會之交，如尹煥、周密、沈義父、姜石帚等，他
爲這些所寫的祝詞，較貼近生活，如《聲聲慢·壽魏方泉》，「宿春
去年村墅，看黃雲、還委西疇」，抒寫人生感受，並無客套。又如與
夢窗交往最好的尹煥，就有《水龍吟·壽尹梅津》、《水龍吟·壽梅
津》、《塞翁吟·餞梅津除郎赴闕》、《鳳池吟·慶梅津自畿漕除右司
郎官》、《漢宮春·壽梅津》等多首贈予，夏承燾認爲「夢窗與煥交
最篤，集中有酬煥詞十一闋」〔註97〕，在這些詞裏，夢窗將個人的
感情消融在日常的生活之中，不乏富貴閒雅之氣，如《水龍吟·壽
梅津》，但在這些精雕細琢的字句間，隱然跳動著詞人孤苦的靈魂。

　　從他的詞作中，可以看出，與身份相近的人員交往中，他在詞

〔註96〕夏承燾《吳夢窗繫年》，《唐宋詞人年譜》，上海古籍出版社 1979，頁
　　　　485。
〔註97〕夏承燾《吳夢窗繫年》，《唐宋詞人年譜》，上海古籍出版社 1979，頁
　　　　473。

中也流露出內心的眞實想法，與南宋初期或者中期的詞人相比較，他內心的種種矛盾或者喜悅，閃耀著個人色彩甚濃，基本無關乎家國。在蘇州期間，夢窗有《掃花遊‧贈芸隱》贈施樞，此詞上闋隱含對芸隱情趣與性情的讚頌，下闋則據實寫出其內心之矛盾。劉永濟認爲「吳與施交誼最深」，「此乃投贈友好之作。必其人之性情、學問、言論、風采，皆知之甚悉，然後言之親切有味。」夢窗與姜石帚詞共五首，《三部樂‧賦姜石帚漁隱》「夜潮上、明月蘆花，傍釣蓑夢遠，句清敲玉」，寫出脫俗絕塵的漁隱生活，仔細品味，便能體會到其中所暗含的對石帚隱逸生活的讚美，「帆鬣轉、銀河可掬。風定浪息」，表面是寫自然景色，實則是寫出無掛無礙的心靈世界。淳祐三年（1243 年），夢窗有一首《瑞鶴仙‧癸卯爲先生壽》，詞意恭敬，感情淡然而不虛飾。還有一首《燭影搖紅》（序：餞馮深居，翼日其初度），爲馮其非餞別及祝賀生日，馮其非，號深居，淳祐元年進士。「霜花開盡錦屏空，紅葉新裝綴。時放清杯泛水」，在寫景中不露個人感情，而又在細緻的描寫中顯示其感情之深婉。又有一首《絳都春》爲李簹房量珠賀。李簹房，即李彭老。淳祐中沿江制置司屬官。陳洵《海綃翁說詞稿》：「詞中不外人事風景。熔人事入風景，則實處皆空。熔風景入人事，則空處皆實。此篇人事風景交煉，表裏相宣，才情並美。應酬之作，難得如此精粹。」評價頗確。〔註98〕

夢窗其它的祝頌詞作，如《婆羅門引‧郭清華席上爲放琴客而新有所盼，賦以見喜》、《絳都春‧爲郭清華內子壽》、《花心動‧郭清華新軒》是一般的世俗應酬，又如《瑞鶴仙‧贈絲鞋莊生》。「絲鞋莊生」，並不是指普通的鞋匠。《南宋雜事詩》注：「莊生，蓋當時供奉者。」《老學庵筆記》：「禁中專有絲鞋局，供御絲鞋不知其數。壽皇即位，惟臨朝服絲鞋，退朝以羅鞋易之。」此詞隱含頌意。又如《鶯啼序‧豐樂樓》，此詞是爲當時著名酒樓豐樂樓所題，頗

〔註98〕陳洵撰《海綃翁說詞稿》，詞話叢編本。

值得細究：

> （豐樂樓）舊爲眾樂亭，又改聳翠樓，政和中改今名。
> 淳祐間，趙京尹與○重建，宏麗爲湖山冠，又甃月池，立秋
> 韆梭門，植花木，構數亭，春時遊人繁盛。舊爲酒肆，後
> 以學館致爭，但爲朝紳同年會拜鄉會之地。林暉、施北山
> 皆有賦。趙忠定柳梢青云：「水月光中，煙霞影裏，湧出樓
> 臺，空外笙簫，雲間笑語，人在蓬萊。天香暗逐風回，正
> 十里，荷花盛開。買個小舟，山南遊遍，山北歸來。」吳
> 夢窗嘗大書所賦鶯啼序於壁，一時爲人傳誦。〔註99〕

可見，豐樂樓並不是一般的酒樓，是爲當時著名文期酒會之所：

> 日豐豫門，外有酒樓，名奉樂，舊名聳翠樓，據西湖之
> 會，千峰連環，一碧萬頃，柳汀花塢，歷歷欄檻間，而遊橈
> 畫船，棹謳堤唱，往往會於樓下，爲遊覽最。顧以官酤喧雜，
> 樓亦臨水，弗與景稱。淳祐年，帥臣趙節齋再撤新創，環麗
> 宏特，高接雲霄，爲湖山壯麗，花木亭榭，映帶參錯，氣象
> 尤奇。縉紳士人，鄉飲團拜，多集於此。〔註100〕

如此富貴繁華之場所，「夢窗大書所賦鶯啼序於壁」，這是一種需要
仔細體會的心態：

> 汲古閣本注云：節齋新建此樓，夢窗淳祐十一年二月
> 甲子作是詞，大書於壁望幸焉。〔註101〕

說吳文英作此詞以「望幸」，朱氏的說法不免臆測的成分。私意以爲，
南宋後期，文人中充滿著末世的浮世繪情緒，在這個看不到理想的
社會裏，吳文英僅僅是個寄寓在達官貴人屋檐下的江湖清客，將自
己滿腹的才華轉化成鋪排的《鶯啼序》，書寫在最爲豪華的豐樂樓之
一牆壁上，末世裏沒有憂患的庸碌眾人熱鬧排場，而「水月光中，
煙霞影裏」，隱藏著吳文英的寂寞無法排遣的文人之心。自古以來，

〔註99〕　〔宋〕周密《武林舊事》，西湖書社 1981 年，卷五。
〔註100〕　〔宋〕吳自牧著《夢梁錄》，浙江人民出版社 1980 年，卷十二，頁
　　　　　 105。
〔註101〕　朱祖謀《夢窗詞集小箋》，中華書局《四部備要》本。。

儒家經天緯地思想是古代文人精神血液中永遠無法剔除的因素，而宋儒，內心裏有根深蒂固的用世觀念，而現實又讓他們無用武之地，唯有將自己滿腹的才華訴諸筆端。吳文英的這首長詞爲人傳誦而且往往爲人誤讀，誤讀者又何曾能夠理解夢窗無奈又無力的心態。

　　還有一些詞作，也能透射出當時文人的心態。宋亡後，劉辰翁以遺民身份入元，國事日非，功名無成。元世祖至元十八年，詞人年過半百，作《摸魚兒·辛巳自壽五十》於此背景下，「歎親友中年，不堪離別，況復久零落。長生樂。有分神仙難學」，「百年半夢隨流水，半在南枝北萼」，感慨之意萬端，其中蘊含了人生的苦楚況味。1289 年，友人尙學林來廬陵，適逢壽旦，須溪賦《減字木蘭花》賀之。1292 年，冬，王櫸六十一歲壽旦，作自壽詞贈須溪，須溪作《沁園春·和槐城自壽詞》和之，「年來多慣世事，莫莫惱司空」、「富貴正不免，從此學癡聾」，意猶未盡，又作《沁園春·再和槐城自壽》，「明月清風，晴春暖日，出入千重雲水身。吾老矣，歎臣之少也，已不如人」；同年還有《最高樓·壽王城山八十》「無能也自收郿塢，到今恨不貶潮州。看幾人，炎又冷，老還羞」，每首祝頌詞都給人世態蒼涼之感。

　　通過以上對魏了翁、劉克莊、吳文英等詞人的分析，我們可以看出，南宋後期，文人積極用世的參政意識漸次萎縮，他們或沉入親情或友情尋找安慰，或者在與親朋祝頌時，表達自己被消解的凌雲壯志，或者寄寓在官僚的寓所，爲其祝頌的同時，釋放著自己孤苦無依的靈魂。

第三章　祝頌詞的交際功能

　　長期以來，人們對詞體功能的認識，都維持著傳統的詞體功能觀，即詞的娛樂功能，即陳世修《陽春集序》中所言：

> 公（馮延巳）以金陵盛時，內外無事，朋僚親舊，或當燕集，多運藻思，爲樂府新詞，俾歌者依絲竹而歌之，所以娛賓而遣興也。

這是詞傳統的功能。隨著詞體的發展，從北宋中期開始，詞的言志功能漸漸凸現出來。到了二十世紀，吳熊和先生在《唐宋詞通論・重印後記》說：

> 事實表明，詞在唐宋兩代並非僅僅爲文學現象而存在。詞的產生不但需要燕樂風行這種具有時代特徵的音樂環境，它同時還涉及當時的社會風習，人們的社交方式，以歌舞侑酒的歌妓制度，以及文人同樂工歌妓交往中的特殊心態等一系列問題。詞的社交功能與娛樂功能，在相當長的時間內，是同它的抒情功能相伴而行的。不妨說，詞是在綜合上述複雜因素在內的歷史背景下產生的一種文學—文化現象。我們應開拓視野，加強這方面的研究。〔註1〕

　　吳先生關於詞是「文學—文化現象」的認識，給全面研究詞提供了方法論意義上的啓示。而祝頌詞，作爲一種實用文體，寫作的宗旨

〔註1〕吳熊和《唐宋詞通論・重印後記》，浙江古籍出版社 1985 年。

就是對對方表達良好的祝願及讚揚，所以，它所呈現的主體功能就是交際功能。本章主要按祝頌對象的不同，將祝頌詞分爲祝頌皇室詞、祝頌朋僚詞、祝頌家人詞和祝頌其他詞四類，展示祝頌詞的交際功能，同時，也能夠看出祝頌詞內容方面的大體概貌。

第一節　祝頌皇室詞：隔膜而疏離

在宋代祝頌中，祝頌皇室的詞不在少數，每個時期都有祝頌皇室的詞作產生，本節主要在分析這些詞作內容的基礎上，展示其交際功能。

北宋甫一建國，即整頓禮樂，如本書第一章所論，在皇帝祭祀的過程中，多用鼓吹樂，因爲鼓吹樂的音樂性質，就產生了一些爲鼓吹樂所配的祝頌之作。例如開寶元年南郊祭祀時，和峴爲鼓吹樂曲《導引》、《六州》、《十二時》所填的歌詞，我們來看一首《十二時》：

> 承寶運，馴致隆平。鴻慶被寰瀛。時清俗阜，治定功成。遐邇詠由庚。嚴郊祀，文物聲明。會天正、星拱奏嚴更。布羽儀簪纓。宸心虔潔，明德播惟馨。動蒼冥。神降享精誠。（和聲）　　燔柴半，萬乘移天仗，肅鑾輅旋衡。千官雲擁，群后葵傾。玉帛旅明庭。韶護薦，金奏諧聲。集休亨。皇澤浹黎庶，普率洽恩榮。仰欽元后，睿聖貫三靈。萬邦寧。景眆福千齡。

和峴是後周宰相和凝之子，據《宋史》卷四百三十九載，「建隆初，授太常博士，從祀南郊，贊導乘輿，進退閒雅。」用於祭祀的鼓吹樂曲的填詞工作，應是他的份內職務。此詞上闋無疑是頌揚太祖平定四方的功績和祭祀的虔誠：「宸心虔潔」，下闋則寫出祭祀規模的宏大、莊嚴，也表現出國勢的強盛，最後則寫出希望神靈能護祐大宋江山、帝王及子民。和峴專職從事祭祀工作，他做得相當出色，「贊導乘輿，進退閒雅」，引起太祖的注意：「太祖謂近侍曰：『此誰氏之子，熟於贊相？』左右即以峴門閥對。俄拜刑部員外郎兼博士，

仍判太常寺。」〔註2〕到了開寶年間，和峴得到遷升：「開寶初，遷
司勳員外郎、權知泗州，判吏部南曹，歷夔、晉二州通判。」〔註3〕
做爲太祖身邊的人員，和峴所作的工作更易被太祖看到，所以，和
峴的陞遷和太祖的關係更爲密切。我們從這首詞中，看不出和峴的
個人感情，裏面所表達的，是一種合乎禮儀、普泛化的感情，和峴
的另兩首《導引》及《六州》所寫的內容與《十二時》幾無區別。
我們再看一首無名氏寫於眞宗封禪時的《十二時》之一：

> 聖明代，海縣澄清。惠化洽寰瀛。時康歲足，治定功
> 成。遐邇賀昇平。嘉壇上，昭示神靈。薦明誠。報本禪雲
> 亭。（汾陰云：蠲潔答鴻寧）俎豆列犧牲。宸心蠲潔，明德
> 薦惟馨。紀鴻名。千載播天聲。　　燔柴畢，（汾陰云：親
> 祀畢）雲罕回仙仗，慶鸞輅還京。八神扈蹕，四隩來庭。
> 嘉氣覆重城。殊常禮，曠古難行。遇文明。仁恩蘇品彙，
> 沛澤被簪纓。祥符錫祚，武庫永銷兵。育群生。景運保千
> 齡。

此詞上闋頌揚眞宗時功績和祭祀的虔誠：「宸心蠲潔」與上首和峴的
詞何其相似，下闋也寫祭祀規模的宏大、莊嚴，最後希望神靈保祐：
「景運保千齡」。從太祖到眞宗，時代已不同，但這首詞從內容上來
看，與和峴詞幾出一手。我們再看一首英宗治平二年南郊祭祀時，無
名氏所寫的一首《十二時》：

> 千年運，五葉昇平。法宸坐中楹。天高日潤，雷動風
> 行。三萬里聲明。靈臺偃伯僕邊兵。事農耕。一氣重滋萌。
> 萬寶訖登成。天生嘉穀，博碩又芳馨。罄齊精。謁款謝嘉
> 生。（和聲）　　神明地，當陽定，天位來助見人情。璧珪
> 蒽璨，金石鏗鈜。儀禮盛西京。靈祇喜、福祿來盈。詠夷
> 庚。幔城班上笏，鑾路趣還衡。觚稜雙闕，趨案切三清。
> 動歡聲。恩澤遍寰瀛。

〔註2〕〔元〕脫脫等撰《宋史》，中華書局1977年，卷四百三十九，頁13012。
〔註3〕〔元〕脫脫等撰《宋史》，中華書局1977年，卷四百三十九，頁13014。

－127－

此詞上闋也是寫英宗時承平、富庶的社會景象，還有祭祀的虔誠：「謁款謝嘉生」，下闋也寫的祭祀儀禮之盛大、嚴肅，最後希望能得到神靈降福：「恩澤遍寰瀛」。內容與上幾首詞並無區別。再看一首南宋寧宗郊祀大禮時，無名氏所填的一首《十二時》：

> 宵景霽，河漢清夷。曠典講明時。合祛升侑，孝德爰熙。陳祼闊宮，澹觴太室，來奏天儀。駟蒼螭。玉輅馭蕤綏。觚陞展躬祠。長梢飾玉，翠羽秀金支。華始倡，雅韻出宮垂。　　神來下，雲車風馬，繽晻藹、宴棲遲。畢觴流胙，紫煙竣事，棠梨回謁，宣室受蕃釐。盛德無心專饗，端爲民祈。雲恩有截，雨澤霈無涯。君王愉樂，和氣溢瑤卮。壽天齊。長擁神基。

上闋寫歌頌當時清明的政治氣象，包含對寧宗「孝德爰熙」的頌揚，接著寫祭祀場面的隆重，最後希望上天能降恩：「長擁神基」。

除了南郊祭祀時所作的祝頌之作，還有別的宗廟詞，如明道二年，爲明肅皇后恭謝太廟所作的《導引》歌詞：

> 母儀天下，聖祚保延長。聲教被遐方。嚴恭孝饗來清廟，鸞輅歷康莊。簫韻九奏鳳來翔。褘翟煥祥光。惟馨蕊醴奠瑤觴。萬壽永無疆。　　親承先顧，保祐助吾皇。億載正乾綱。宗文祖武尊邦社，天下錫蕃昌。六宮扈從親重翟，清廟薦蕭薌。禮行樂備神祇饗，四海永來王。

此詞上闋歌頌皇后「孝饗來清廟」及其場面，下闋希望得到祖先的護祐。再看一首，嘉泰二年，寧宗皇帝親耕籍田所作的《六州》歌詞：

> 昭聖武，不戰屈人兵。干戈戢，烽燧息，海宇清寧。民豐業，歌詠昇平。願咸歸畎畝，力穡爲亡。經界正、東作西成。農務軫皇情。躬親耒耜，相勸深耕。人心感悅，擊壤沸歡聲。乘鸞輅，羽旗彩仗鮮明。　　傳清蹕，行黃道，緹騎出重城。仰瞻日表，映朱紘。環佩更鏘鳴。百執公卿。不辭染履意專精。準擬奉粢盛。田多稼，風行遞通，家家給足，胥慶三登。

此詞上闋寫昇平景象，百姓安居樂業，寧宗親耕，「人心感悅」，下闋

寫儀仗隊伍的壯大聲勢，最後描繪出五穀豐登的美景。

　　從以上所舉的這麼多宮廷官員所寫的宗廟祭祀類型的祝頌詞，我們可以看出，這些詞的作者都是宮廷裏的官員，具體的作者不同，但內容基本相同，即都有歌功頌德的特點。再進一步，據《宋史》卷一百四十及卷一百四十一，我們知道，這些詞的作者基本上應是宮廷裏的官員們所寫，比如和峴。

　　我們從另一個方面來看，這些詞之所以有大致相同的內容，蓋因為作者只是描述了帝王活動時的場景，比如南郊祭祀，不管什麼時代，哪個皇帝去祭祀，基本程序是一樣的，所用音樂是一樣的，所以，歌詞也就沒什麼區別。而這些官員，基本上都是與祭祀有關的人員，並不是皇帝身邊的近臣，他們對帝王的瞭解是有限的，當然，這樣特定的場合，所填的歌詞只能一些冠冕堂皇的內容，所以，歌詞內容大同小異也就毫不奇怪了。

　　可以想見，在宗廟祭祀歌詞內容中，因為作者與祝頌對象之間的社會距離，雖然祝頌的程度很高，但詞中的作者的主體意識並不強烈，所表達的只是一些約定俗成的公共情感，比如希望「家家給足，胥慶三登」、「四海永來王」等這樣的普泛化的情感，而祝頌的對象——皇帝，又處於權力金字塔的頂端，更重要的是這樣的詞，是不需要皇帝作出回應的，只要能達到皇帝接受的程度就可以了。所以，由於作者與作為祝頌對象的皇帝之間距離的懸殊，這類詞的交際功能就要弱許多，在交際效果上來看，呈現出隔膜的特點。

　　下來我們看普通文人寫的祝頌皇室詞，柳永有一首中呂宮《送征衣》：

> 過韶陽。璿樞電繞，華渚虹流，運應千載會昌。罄寰宇、薦殊祥。吾皇。誕彌月，瑤圖纘慶，玉葉騰芳。並景貺、三靈眷祐，挺英哲、掩前王。遇年年、嘉節清和，頌率土稱觴。　　無間要荒華夏，盡萬里、走梯航。彤庭舜張大樂，禹會群方。鵷行。望上國，山呼鼇抃，遙爇爐香。

竟就日、瞻雲獻壽，指南山、等無疆。願巍巍、寶曆鴻基，齊天地遐長。

此詞是頌賀新皇子誕生的，柳永摹寫盛世太平的能力很早就被注意，北宋黃裳《書〈樂章集〉後》中如是說：

> 予觀柳氏樂章，喜其能道嘉祐中太平氣象，如觀杜甫詩，典雅文華，無所不有。是時予方爲兒，猶想其風俗，歡聲和氣，洋溢道路之間，動植咸若。〔註4〕

饒是如此，我們看柳永這首詞，先歌詠昇平，再點明題旨：「吾皇。誕彌月」，接著，寫宮廷裏盛大的慶賀儀式，最後表達祝願之意。從內容上來說，這首詞並沒有多少新鮮的意思。我們再看柳永的另一首祝頌詞《醉蓬萊》：

> 漸亭皋葉下，隴首雲飛，素秋新霽。華闕中天，鎖蔥蔥佳氣。嫩菊黃深，拒霜紅淺，近寶階香砌。玉宇無塵，金莖有露，碧天如水。　　正值昇平，萬幾多暇，夜色澄鮮，漏聲迢遞。南極星中，有老人呈瑞。此際宸遊，鳳輦何處，度管絃清脆。太液波翻，披香簾卷，月明風細。

此詞起筆即寫秋景，再寫至秋夜，老人星現，再寫至宮廷，可以說，此詞給祝頌設置了一個自然場景和特殊的天象，就內容而言，要新鮮許多，但這種創新的做法並沒有得到同時代追求中正平和風格的文人的承認，所以筆記野史中，虛構了一個柳永因此「不復進用」的傳奇故事：

> 皇祐中，（柳永）久困選調。入內都知史某愛其才而憐其潦倒。會教坊進新曲《醉蓬萊》，時司天臺奏老人星見，史乘仁宗之悅，以耆卿應制。耆卿方冀進用，欣然走筆，甚自得意，詞名《醉蓬萊慢》。比進呈，上見首有「漸」字，色若不悅。讀至「宸遊鳳輦何處」，乃與御製《真宗挽詞》暗合，上慘然。又讀至「太液波翻」，曰：「何不言『波澄』！」乃擲之於地。永自此不復進用。〔註5〕

〔註4〕〔宋〕黃裳《演山集》卷三五，見文淵閣四庫全書本。
〔註5〕〔宋〕王辟之《澠水燕談錄》卷八，中華書局1981年。

　　王觀的《清平樂·應制》一詞同樣意思新鮮，寫神宗皇帝如寫常人，活潑有趣，少了宮廷官員的刻板，具有明顯的個性化色彩，但此詞的接受者也頗不滿意：

　　　　王觀學士嘗應制撰《清平樂》，詞云：「黃金殿裏。燭影雙龍戲。勸得官家眞個醉。進酒猶呼萬歲。折旋舞徹伊州。君恩與整搔頭。一夜御前宣住，六宮多少人愁。」高太后以爲□瀆神宗，翌日罷職，世遂有逐客之號。〔註6〕

有心祝頌卻遭斥責，文人就會根據情勢調整自己的祝頌詞了，如賀鑄的《天寧樂·銅人捧露盤引》：

　　　　鬥儲祥，虹流祉，兆黃虞。未□□、□聖眞符。千齡葉應，九河清、神物出龜圖。□□□□，□盛時、朝野歡娛。　　靡不覆，旋穹□，□□□，□坤輿。致萬國、一變華胥。霞觴□□，□□□、□□□宸趨。五雲長在，望子□、□□□□。

此詞缺字甚多，但還是能夠看得清全貌，內容無非是歌功頌德，少了前面兩首詞的個性色彩，但顯然要穩妥很多，再看陳郁的一首《寶鼎現》：

　　　　虞弦清暑，佳氣蔥鬱，非煙非霧。人正在、東闈堂上，分瑞祥輝騰翠渚。奉玉罕，總歡呼稱頌，爭羨神光葆聚。慶誕節、彌生二佛，接踵瑤池仙母。最好英慧由天賦。有仁慈寬厚襟宇。　　每留念、修身忱意，博問謙勤親保傅。染寶翰、鎮規隨宸畫，心授家傳有素。更吟詠、形容雅頌，隱隱賡歌風度。恩重漢殿傳觴，宣付祝、恭承天語。對南熏初試，宮院笙簫競舉。但長願，際昇平世，萬載皇基因睹。問寢日，俟雞鳴舞拜，龍樓深處。

此詞從內容上來說，和賀鑄的詞一樣，無甚新意。但顯然，這些應制詞人對於宮中生活的描述更深入，更貼切。汪元量的《鳳鸞雙舞》也是如此：

〔註6〕　〔宋〕吳曾《能改齋漫錄》，上海古籍出版社 1979 年，卷十七。

> 慈元殿、薰風寶鼎，噴香雲飄墜。環立翠羽，雙歌麗
> 調，舞腰新束，舞纓新綴。金蓮步、輕搖彩鳳兒，翩翩作
> 戲。便似月裏仙娥謫來，人間天上，一番遊戲。　聖人
> 樂意。任樂部、簫韶聲沸。眾妃歡也，漸調笑微醉。競奉
> 霞觴，深深願、聖母壽如松桂。迢遞。更萬年千歲。

汪元量精於音律，在古調之外，能自譜新聲，自製新詞，因此，獲得
度宗和謝太后的賞識。儘管如此，此詞描寫宮廷歌舞之歡，最後祝太
后長壽，內容也並無新巧之處。

　　通過上面所舉的一般文人祝頌皇室詞，我們看到，文人在作詞
的過程中，在內容上可能會加入一些新鮮的內容，如前面所舉的王
觀的《清平樂》，但這樣一來，因為內容的獨特，無可依傍，就有
可能不被帝王喜歡，給自己造成麻煩，所以，普通文人在為皇室寫
詞時，越來越趨向保守，內容也就平淡。這些祝頌詞的交際功能相
對也比較弱。

　　我們再看宮廷近臣的祝頌詞，這些文人是距離皇室比較近的文
人群體，他們的祝頌詞與官吏和一般文人相比有所不同，晁端禮是
徽宗時期的詞臣，他有一首《金人捧露盤》：

> 天錫禹圭堯瑞，君王受釐，未央宮殿。三五慶元宵，
> 掃春寒、花外蕙風輕扇。龍闕前瞻，鳳樓背聳，中有鰲峰
> 見。漸紫宙、星河晚。放桂華浮動，金蓮開遍。御簾卷。
> 須臾萬樂喧天，群仙扶輦。　雲間，都人望天表，正仙
> 葩競插，異香飄散。春宵苦長短。指花陰，愁聽漏傳銀箭。
> 京國繁華，太平盛事，野老何因見。但時效華封祝，願歲
> 歲聞道，金輿遊宴。暗魂斷。天涯望極長安遠。

這首詞上闋敘寫元宵節宮廷裏的繁華景象，下闋先寫宮廷歡樂的夜
宴，接著表達作者自己目睹盛事的榮耀之感：「京國繁華，太平盛
事，野老何因見」，還表達出希望加入其中的強烈願望：「但時效華
封祝，願歲歲聞道，金輿遊宴」，最後則透露出自己希望的渺茫：「天
涯望極長安遠」，這首詞的藝術性我們就且不論，單是內容，明顯

可看出，要比一般文人所寫的祝頌詞要內容豐富得多，有了作者自己的個人意識，此類詞的交際效果要明顯好一點，前面所舉過晁端禮所寫的《並蒂芙蓉》（太液波澄）一詞，描摹禁中芙蓉，受到徽宗的稱賞，「上覽之稱善，除大晟府協律郎」〔註7〕。這些詞儘管受到皇帝的喜愛，御用文人也可能因此得到提拔，其中所寫的內容還是歌功頌德，所加的個人意識，也無非是希望得到帝王重用之類的意思，所以，從人際交往的深度上來說，還是有些疏離之感。

　　次膺作一詞曰：「晴景初升風細細，雲疏天淡如洗。檻外鳳凰雙闕，匆匆佳氣。朝罷香煙滿袖，近臣報，天顏有喜。夜來連得封章，奏大河徹底清泚。　　君王壽與天齊，馨香動上穹，頻降嘉瑞。《大晟》奏功，六樂初調清徵：合殿春風乍轉，萬花覆、千官盡醉。內家傳敕，重開宴、未央宮裏。」時天下無問邇遐小大，雖偉男髫女，皆爭氣唱之。是時海宇晏清，四夷向風，屈膝請命：天氣亦氳氳異常，朝野無事，日惟講禮樂慶祥瑞，可謂昇平極盛之際。其後上心弗戒，群璫用事，自建儲後，君臣多間，伯氏因背弛而大生異，吾遂得罪幾死，於是魯公束手有明哲之歎矣。蓋自七十歲至八十，徒旦夜流涕不已。相繼開邊，小人爲政，以致顛覆，惜哉，可爲痛心！吾猶記歌次膺之詞時政太平，追歎爲好時節也。故書其始末以示後世云。〔註8〕

　　南渡以後，高宗末年到孝宗朝初年的詞壇，活躍著大量的詞臣，如曹勳、史浩、張掄等人，前面已有所論，茲不述。看一首曹勳《大椿・太母慶七十》：

　　梅擁繁枝，香飄翠簾，鈞奏嚴陳華宴。誠孝感南極，老人星垂眷。東朝功崇慶遠，享五福、長樂金殿。茲時壽協七旬，慶古今來稀見。慈顏綠髮看更新，玉色粹溫，體

〔註7〕　〔宋〕吳曾《能改齋漫錄》，上海古籍出版社1960年，卷十六。

〔註8〕　〔宋〕蔡絛《鐵圍山叢談》，李夢生校點，《宋元筆記小說大觀》，上海古籍出版社2001年，卷二，頁3056。

力加健。導引沖和氣，覺春生酒面。龍章親獻龜臺祝，與
中宮、同誠歡忭。億萬斯年，當蓬萊、海波清淺。

此詞祝太母七十壽辰，除了一般慶賀內容而外，還多了一些貼近的描
述，如「慈顏綠髮看更新，玉色粹溫，體力加健」，這種表述，則顯
示出了作者與祝頌對象之間較爲密切的關係。再看一首張掄進獻的詞
《壺中天慢》：

> 洞天深處賞嬌紅，輕玉高張雲幕。國豔天香相競秀，
> 瓊苑風光如昨。露洗妖妍，風傳馥鬱，雲雨巫山約。春濃
> 如酒，五雲臺榭樓閣。　　聖代道洽功成，一塵不動，四
> 境無鳴柝。屢有豐年天助順，基業增隆山嶽。兩世明君，
> 千秋萬歲，永享昇平樂。東皇呈瑞，更無一片花落。

淳熙六年三月十五，皇宮遊園時，張掄作此詞在詠寫牡丹時歌詠帝
王，獲「賜金碗盤、法錦等物」〔註9〕，此詞主旨在歌頌皇室，但
在描寫的過程中，將「風傳馥郁，雲雨巫山約」的典故溶入其中，
又寫到「春濃如酒」，帶有作者自己的主體感受，因而這也是孝宗
能夠喜歡此詞的原因之一。當然，作爲御用文人，必須以迎合帝王
的旨意爲主，所以，從交際的角度來看，此詞在交流方面還是有些
疏離。

　　從以上所列舉的祝頌皇室詞中，我們可以看出，官吏、普通文
人及近臣所寫的祝頌皇室的詞作中，內容主要以歌功頌德爲主，標
新立異者則有可能起到相反的效果，所以很多普通文人的祝頌詞內
容空泛，既不能表現個人追求，也不能描述客觀世界，明顯與文學
的基本要求存在隔膜；另一方面，因爲他們距離皇室成員較近，這
些近臣的祝頌詞往往能寫得比較細膩、比較切近，因而在實際功用
方面，其效果要明顯好於普通文人所作的祝頌之作，但因爲近臣與
皇室之間的地位不平等，這些寫給皇室的作品，在內容上有限定，
所以，其藝術性大大折扣，交流功能也非常受限制。

〔註9〕〔宋〕周密《武林舊事》，西湖書社 1981 年，卷第七。

第二節　祝頌朋僚詞：應酬與互慰

在宋代祝頌詞中，數量最多的是祝頌朋僚的詞作，本節主要分析祝頌朋僚詞的主要內容，同時，展示其交際功能。文人、官僚、學者三種身份合而爲一，是宋代士大夫的特點，這就導致了文人之間的交往容易與政治捆在一起，作爲官僚，他們免不了要互相應酬，有著各種實際的利益需求；作爲文人，他們在互相的祝頌中，表現出人生相知、相許的情感，在推許別人時，也在安慰著自己的心靈。

隨著宋詞的發展，到了眞宗、仁宗時期，官員之間的祝頌詞也就漸漸多起來了，祝頌詞作爲交際工具的特點更明顯地表現出來了，歐陽修曾爲王尚書寫詞祝賀：

> 范文正公守邊日，作《漁家傲》樂歌數閱，皆以「塞下秋來」爲首句，頗述邊鎮之勞苦，歐陽公嘗呼爲窮塞主之詞。及王尚書素出守平涼，文忠亦作《漁家傲》一詞以送之，其斷章曰：「戰勝歸來飛捷奏，傾賀酒，玉階遙獻南山壽。」顧謂王曰：「此眞元帥之事也。」〔註10〕

這首詞現在僅存殘句，但從中可以看出，歐陽修祝願王素能得勝歸朝，屆時，再「傾賀酒，玉階遙獻南山壽」，這樣寫來，這裏所表達的祝頌之意，有勉勵的意味，也有同僚之間應酬交往的作用。

在更多時候，祝頌詞在人際交往中還扮演著實際功利的目的，熙寧七年（1074），蘇軾知密州，作有一首《減字木蘭花》贈潤守許仲塗：

> 鄭莊好客。容我尊前先墮幘。落筆生風。籍籍聲名不負公。　高山白早。瑩骨冰膚那解老。從此南徐。良夜清風月滿湖。

此詞並不是一般意義上的贈詞，而是另有深意。據載：

> 東坡集中有《減字木蘭花》詞云：（詞如上略）人多不曉其意。或云：坡昔過京口，官妓鄭容、高瑩二人嘗侍宴，坡喜之。二妓間請於坡，欲爲脫籍，坡許之而終不爲言。

〔註10〕〔宋〕魏泰《東軒筆錄》卷十一，文淵閣四庫全書本。

> 及臨別，二妓復之船所懇之，坡曰：「爾當持我之詞以往，
> 太守一見，便知其意。」蓋是「鄭容落籍，高瑩從良」八
> 字也。此老真爾狡獪耶！〔註11〕

此詞表面頌揚許仲塗的好客大方、文采和聲望，但實際還有別的要
求，即在每句的第一個字中嵌入他對許仲塗的希望：「鄭容落籍，
高瑩從良」，這樣一來，在祝頌的意思之外，又多了些實際的功利
因素。

蘇軾是通過寫祝頌詞，將自己的功利需求蘊含其中。但有的祝
頌詞，整篇都充滿祝頌之意，對官僚進行頌揚，其中的功利目的也
很明顯：

> 政和初，有江漢朝宗者，亦有聲，獻魯公詞曰：「昇平
> 無際，慶八載相業，君臣魚水。鎮撫風棱，調燮精神，合
> 是聖朝房魏。鳳山政好，還被畫轂朱輪催起。按錦幪，映
> 玉帶金魚，都人爭指。　　丹陛，常注意，追念裕陵，元
> 佐今無幾。繡袞香濃，鼎槐風細，榮耀滿門朱紫。四方具
> 瞻師表，盡道一夔足矣。運化筆，又管領年年，烘春桃李。」
> 時兩學盛謳，播諸海內。魯公喜，為將上進呈，命之以官，
> 為大晟府製撰使，遇祥瑞時作為歌曲焉。〔註12〕

此詞詞牌名為《喜遷鶯》，通過這首詞，對蔡京極盡頌美之能事，魯
公喜兒進呈，最後，江漢獲得了大晟府製撰使的職位。這是以祝頌詞
作為交際工具，取得進用的例子。

張元幹因為抗金事業無由實現，在福州期間，有首《水調歌頭·
陪福帥燕集口占以授官奴》：

> 縹緲九仙閣，壯觀在人間。涼飆乍起，四圍晴黛入闌
> 干。已過中秋時候。便是菊花重九。為壽一尊歡。今古登
> 高意，玉帳正清閒。　　引三巴，連五嶺，控百蠻。元戎
> 小隊，舊遊曾記並龍山。閩嶠尤寬南顧。聞道天邊玉露。

〔註11〕　〔宋〕陳善撰，《捫虱新話》下集卷九，上海書店影印涵芬樓本。
〔註12〕　〔宋〕蔡絛《鐵圍山叢談》，李夢生校點，《宋元筆記小說大觀》，上
　　　　　海古籍出版社 2001 年，卷二，頁 3056。

持橐詔新頒。且擁笙歌醉，廊廟更徐還。

福帥即指程邁，程邁是張浚的繼任者，張浚大致於紹興十二年離開福州，程邁即於當年接此職位，可以想見，張元幹與新任福建安撫大使之間，認識時間還不長，元幹居於福州，「引三巴，連五嶺，控百蠻」是對程邁功勳的頌揚，而「持橐詔新頒。且擁笙歌醉，廊廟更徐還」，則表現出禮儀性的祝願，使此詞體現出更多的是一種人際應酬。

　　張孝祥一生主要致力於抗金大業，這是我們對他瞭解的主要方面。在他的詞作中，除了反映他的恢復之志的作品以外，還有一些祝頌之作，我們可以從中看出他處世的另一面，有首《凱歌上劉恭父》：

猩鬼嘯篁竹，玉帳夜分弓。少年荊楚劍客，突騎錦襜紅。千里風飛雷厲，四校星流慧掃，蕭斧鉏春蔥。談笑青油幕，日奏捷書同。　　詩書帥，黃閣老，黑頭公。家傳鴻寶秘略，小試不言功。聞道璽書頻下，看即沙堤歸去，帷幄且從容。君王自神武，一舉朔庭空。

據《仰山廟記》：「乾道元年，張某來守桂林，時李金方寇郴陽，羽書交弛於道。……其七月，某至郡。九月，寇平。蓋嘗以萬人闖吾境，知其備也引去。」〔註13〕據《續通鑑》卷一百三十九，五月，「李金復作亂，詔以劉珙爲湖南安撫使，兼知潭洲」。八月，「獲李金」。孝祥因有此作頌劉珙功德。從當時的情況來看，張孝祥作爲朝廷任命的地方官，得知同僚劉珙平復了李金的叛亂，寫詞表示祝賀，官員之間相互應酬來往的色彩更明顯些。《續通鑑》卷一百四十載：乾道三年閏七月（丙寅朔）癸巳，「劉珙自湖南召還」。據朱熹《劉樞密墓記》：「三年正月召赴行在，八月到闕」，《送野堂老人序》：「乾道丁亥六月，余來長沙」〔註14〕兩年之後，張孝祥成了劉珙的繼任，孝祥於六月抵潭州，劉珙於閏七月二十八日回到臨安，這段時間裏有些交接手續，免不了互相應酬，如《水調歌頭·送劉恭父趨朝》：

螯禁輟頒牧，熊拭賴龍黃。一時林莽千險，蜂午要驅

〔註13〕〔宋〕張孝祥《于湖集》卷十四，文淵閣四庫全書本。
〔註14〕〔宋〕張孝祥《于湖集》卷十五，文淵閣四庫全書本。

攘。金版六韜初拭，煙斂山空野迥，低草見牛羊。旄纛釋
南顧，戈甲濯銀潢。　　玉書下，褒懿績，促曹裝。帝宸
天近，紅旆東去帶朝陽。歸輔五雲丹陛，回首楚樓千里，
遺愛滿瀟湘。應記依劉客，曾此奉離觴。

這首詞寫得冠冕堂皇，「旄纛釋南顧，戈甲濯銀潢。玉書下，褒懿
績，促曹裝」，對其治績表達了很高的評價，「帝宸天近，紅旆東去
帶朝陽。歸輔五雲丹陛」，又表達了對劉珙回朝後前程的祝願，「遺
愛滿瀟湘」，從側面寫劉珙的政績，「應記依劉客，曾此奉離觴」，
寫個人對劉珙的留戀，作爲一個繼任者，張孝祥此詞寫得大方、得
體，個人感情色彩很淡，顯示出朝廷官員之間合乎規範又有分寸的
交往。除了此詞，還有《鷓鴣天·餞劉恭父》（浴殿西頭白玉堂），
還有一首《蒼梧謠·餞劉恭父》，現在只存殘句：「歸。十萬人家兒
樣啼。公歸去，何日是來時」，與上面所舉詞義大致相同。乾道五
年，張孝祥獲准辭官，至江州，與劉珙見面，作有《劉樞密》一文：
「開大幕府，寬北顧憂，會以萬世功業，帝意可以卜見也。某不勝
宗廟朝廷之慶。」〔註15〕看得出對劉珙的頌揚，《西江月·爲劉樞
密太夫人壽》就作於此情境中：

疇昔通家事契，只今兩鎮交承。起居樞密太夫人。綠
鬢斑衣相映。　　乞得神仙九醞，祝教福祿千春。臺星直
上壽星明。長見門闌鼎盛。

此詞在頌揚的同時，又致祝福之意，頌揚和祝福之情都恰到好處，是
張孝祥與劉珙之間應酬交際的體現。

作爲南宋中期的抗金英雄辛棄疾，我們更多地去關注他詩詞中
有關恢復大計的作品，他給其他官員所寫的祝頌詞，亦值得注意，
如《滿江紅》：

笳鼓歸來，舉鞭問、何如諸葛。人道是、匆匆五月，
渡瀘深入。白羽風生貔虎噪，青溪路斷猩鼯泣。早紅塵、
一騎落平岡，捷書急。　　三萬卷，龍韜客。渾未得，文

〔註15〕〔宋〕張孝祥《于湖集》卷四十，文淵閣四庫全書本。

章力。把詩書馬上，笑驅鋒鏑。金印明年如斗大，貂蟬卻
自兜鍪出。待刻公、勳業到□雲，浯溪石。

《渭南文集》卷三十四、《尙書王公墓誌銘》中都有王佐平湖南寇的
記載，王佐在平復湖南叛亂時，功績卓著，回朝以後，受到嘉獎，辛
棄疾寫詞祝賀。關於此詞的本事，周密有記載：

> 宣子乃以湛功聞於朝，於是湛以勞復元官，宣子增
> 秩。辛幼安以詞賀之，有云：「三萬卷，龍頭客，渾未得
> 文章力。把詩書馬上，笑驅鋒鏑。金印明年如斗大，貂蟬
> 元自兜鍪出。」宣子得之，疑爲諷己，意頗銜之。殊不知
> 陳後山亦嘗用此語送蘇尚書知定州云：「枉讀平生三萬
> 卷，貂蟬當復坐兜鍪。」幼安正用此。然宣子尹京之時，
> 嘗有書與執政云：「佐本書生，歷官處自有本末，未嘗得
> 罪於清議。今乃蒙置諸士大夫所不可爲之地，而與數君子
> 接踵而進，除目一傳，天下士人視佐爲何等類？終身之
> 累，孰大於此！」是亦宣子之本心耳。〔註16〕

從這則材料可以看出，辛棄疾在寫給友朋的詩詞中，時常幽默，甚至
略有調侃，雙方一般都能接受並互相理解，性格豪爽，不拘小節，在
頌揚王佐功勳時略有幽默，然王佐「疑爲諷己，意頗銜之」，並且專
門著語申明，可見，辛、王之間相知的程度並不深，辛棄疾所寫的這
首詞也是官僚間應酬之作而已，只不過，寫得稍新奇了些，對方不大
能夠理解。

劉克莊是南宋後期的詞人，他晚年歸隱之後寫有一首《鵲橋仙‧
鄉守趙丞相生日》：

> 去年無麥，今年多稼，盡是君侯心地。向來寺寺總拘
> 椿，今有不拘椿底寺。　　省倉展日，米場鐫價，萬落千
> 村蒙惠。更將補納放寬些，便是個、西京循史。

鄉守指本州太守，此詞爲地方官賀壽，基本上沒有諛頌之詞。劉永濟
云：「此種直接反映社會之詞，頗不易見。由此詞可知宋時官吏常拘

守封樁庫規例，不肯用以救民之急，以可知「補納」制度，如嚴限期日，大足病民，故作者勸其「放寬些，便更是好官也。」〔註17〕全詞最後歸於勸鄉守對民「放寬些」，這首詞就內容而言，較爲特殊，不是爲了個人的功利目的來寫壽詞，而是在爲鄉守祝壽時將自己的爲民的想法蘊於其中。

文人之間除了用祝頌詞作爲一種官僚間應酬交際的工具以外，在更多寫給朋僚的祝頌詞中，我們還能看到他們在相互祝頌的時候，在頌揚祝願對方的過程中，其實也表達自己的願望，給自己以力量，這些祝頌之作中，就內容而言，有文人之間相知、相許的眞情，所以，就人際交流的角度來說，這樣的作品，交流的程度顯然要深入得多。

宋初，文人們用祝頌詞來應酬交際的時候，就不乏眞情之作，如歐陽修的《漁家傲・與趙康靖公》：

> 四紀才名天下重。三朝構廈爲梁棟。定冊功成身退勇。辭榮寵。歸來白首笙歌擁。　　顧我薄才無可用。君恩近許歸田壟。今日一觴難得共。聊對捧。官奴爲我高歌送。

開頭幾句頌揚趙普的功德，最終達到功成身退的圓滿結局，而「顧我薄才無可用」，則將自己才能無法施展的心境寫出來了，「君恩近許歸田壟」和上句聯繫起來，有些怨尤，但又不過度。此詞已不僅僅是官僚之間浮泛的應酬工具了，因有眞情，有了心靈的交流。

紹聖、元符年間，黃庭堅貶居黔戎，在瀘守王補之生日時，作有《洞仙歌》一詞：

> 月中丹桂，自風霜難老。閱盡人間盛衰草。望中秋、才有幾日，十分圓，霾風雨，雲表常如永晝。不得文章力，白首防秋，誰念雲中上功守。　　正注意，得人雄，靜掃河山，應難縱、五湖歸棹。問持節馮唐幾時來，看再策勳名，印窠如斗。

〔註17〕劉永濟選釋《唐五代兩宋詞簡析》，上海古籍出版社 1981 年，頁 112。

此詞起筆蘊含人世滄桑的情緒，沒有一般壽詞的客套祝語。「不得文章力，白首防秋，誰念雲中上功守」，這三句寫得情真意切，能夠體諒到邊地太守的苦楚，但若再深思一步，作者自己因文字所累，謫居於此地，內心的苦衷，亦隱於其中。於此可見，黃庭堅與王補之之間，感情甚篤，通過《答王補之書》中黃庭堅的表白，我們便可明白：

> 今者不肖得罪簡牘，棄絕明時。萬死投荒，一身弔影，不復齒於士大夫矣。所以雖聞閣下近在瀘南，而不敢通書。忽蒙賜教，禮盛而使勤，詞恭而意篤，所以奉王公大人者，投之禦魑魅，苟活人之前，恐懼而不敢當，讀之赧然。……〔註18〕

黃庭堅居瀘期間，孤苦不振，眾人遠避，而王補之待之「禮盛而使勤，詞恭而意篤」，且致書簡。黃、王二人相知甚深，所以，黃庭堅為王補之所寫的壽詞，真情畢現，體現文人之間心靈的契合。

北宋覆亡之後，山河破碎，家國之感進入詞體，在祝頌詞中，文人的內心情志亦有所表露，最典型的就是心懷恢復之志的文人所寫的一些祝頌詞了。辛棄疾和韓元吉之間以壽詞表達抗金大志的名篇，此處就不列舉了，我們來看楊炎正的《滿江紅·壽稼軒》：

> 壽酒如澠，拼一醉、勸君休惜。君不記、濟河津畔，當年今夕。萬丈文章光焰裏，一星飛墮從南極。便禦風、乘興入京華，班鄉棘。　　君不是，長庚白。又不是，嚴陵客。只應是，明主夢中良弼。好把袖間經濟手，如今去補天西北。等瑤池、侍宴夜歸時，騎箕翼。

楊炎正也是一位有恢復大志的詞人，也為壽詞，也將個人情懷寫入其中，但與上首所舉黃庭堅所寫的壽詞不同，「好把袖間經濟手，如今去補天西北」，這首詞在內容上多了實現「補天」願望的志向，楊炎正將這樣願望寫入給辛棄疾的壽詞，用共同的理想來勉勵辛棄疾，又何嘗不是在自我鼓勵呢？劉過還有首《水調歌頭·壽王汝良》：

〔註18〕〔宋〕黃庭堅《山谷集》卷十九，文淵閣四庫全書本。

> 文採漢機軸，人物晉風流。丈夫有此，便可談笑覓封
> 侯。試問湘南水石，今古閒人多矣，曾見此公不。名姓出
> 天上，聲譽塞南州。　　斬樓蘭，擒頡利，志須酬。青衫
> 何事，猶在楚尾與吳頭。聞道長安灞水，盡是三槐風月，
> 好奉板輿遊。此曲爲君壽，爲我喚歌喉。

此詞上闋稱頌王汝良的文採、性情、膽識及聲望，這和一般的頌詞似
無區別，但讀了下闋，便能覺出上闋稱頌的用意來，爲了勉勵王汝良
去「酬」其「志」：「斬樓蘭，擒頡利」。劉過也是志在恢復的豪俠之
士，此詞稱頌雖多，但沒有虛與委蛇的應酬，而是在其中蘊含勉勵之
意。

　　南宋後期，恢復無望，但是，文人所寫的祝頌詞，表達恢復之志
的內容已不多，但在祝頌過程中，表達自己的眞情實感，實現心靈深
層次地溝通，如劉克莊《滿江紅‧送宋惠父入江西幕》：

> 滿腹詩書，餘事到、穰苴兵法。新受了、鳥公書幣，
> 著鞭垂發。黃紙紅旗喧道路，黑風青草空巢穴。向幼安、
> 宣子頂頭行，方奇特。　　溪峒事，聽儂說。龔遂外，無
> 長策。便獻俘非勇，納降非怯。帳下健兒休盡銳，草間赤
> 子俱求活。到崆峒、快寄凱歌來，寬離別。

宋惠父名普，建陽人。曾率兵鎮壓峒民起義，官至廣東經略安撫使。
此詞作於嘉定十七年 1224 年。劉克莊《宋經略墓誌銘》：「余爲建陽
令，獲友其邑中豪傑，而尤所敬愛者曰宋公惠父。時江右峒寇張甚，
公奉辟書，慷慨就道，余置酒賦詩祖餞，期之以辛公幼安、王公宣子
之事。」可知，劉克莊與宋惠父感情深厚，此詞上闋祝賀出征者，下
闋闡述自己的觀點，情感眞摯動人，正如清馮煦說：

> 其宅心忠厚，亦往往於詞得之。《滿江紅‧送宋惠父入
> 江西幕》云：「帳下健兒休盡銳，草間赤子俱未活。」……
> 胸次如此，豈剪紅刻翠者比耶？〔註19〕

江西峒民起事，政府派鄭性之率兵平息，劉克莊的好友宋普在鄭的

〔註19〕〔清〕馮煦《宋六十一家詞選例言》，《蒿庵詞話》，詞話叢編本。

幕府，按照常理，應該表達願其功勳卓著之類的祝語，劉克莊在此詞中建議宋普讓其部下不要殺人太多，還稱他們爲草間赤子，其中的性情之眞，讓人歎服。

劉辰翁在宋亡後，作有一首《金縷曲‧寄番總管周耐軒生日》：

> 春入番江雨。滿湖山、鶯啼燕雨，前歌後舞。聞道行
> 驄行且止，卻聽譙樓更鼓。正未卜、陰晴同否。老子胸中
> 高小範，這精神、堪更開封府。新治足，舊民苦。　　扁
> 舟浩蕩乘風去。看萊衣、思賢堂上，壽觴朝舉。六十二三
> 前度者，敢望香山老傅。又過了、午年端午。采采菖蒲三
> 三節，寄我公、矯矯扶天路。重歸哀，到相圍。

上面所舉的這首詞，從表面上來看，感情平淡，似乎是一般祝壽之作。但若考察此詞的創作背景，便可發現一些問題，據《元史》載：「至元十三年，國兵攻宋，……至吉州，宋主將管忠節、路分鄒超悉眾出戰，宏偉敗之，追北二十餘里薄其城，示以禍福，知州周天驥以城降。」〔註 20〕又據《江西通志》卷四六《秩官》「吉州路總管」條有周天驥之名。周天驥入元後曾任番民總管。劉辰翁有壽耐軒詞四首，寄耐軒詞二首，多有稱頌之詞，劉辰翁是宋朝遺民，入元後隱居不仕，而周天驥則入元爲仕，劉辰翁並不與周斷絕來往，還有多首詞來稱頌他，所以，此詞儘管感情平淡，但反映出遺民和入元爲仕者之間的交往，別有作者隱微的心曲和眞實的感情在其中。

通過以上的分析我們可以看出，在祝頌朋僚詞中，一部分詞作的創作原因和目的，是爲實現各種官場來往和賓朋交際，這種情況下人與人之間的交往程度較淺，詞僅作爲一種應酬工具，與書法、繪畫以及其他禮品的作用大致相同；而在另外一些情況下，爲了互相激勵，詞作充當了盟誓的介質，成爲勉勵彼此建功立業的見證，這種祝頌表達了詞人眞實的情感，能達到較深入的心靈交流。

〔註20〕〔明〕宋濂、王禕等著《元史》,《趙宏偉傳》,卷一百六十六,中華書局 1977 年,頁 3912。

第三節　祝頌親人詞：愛意與祝願

　　我們已經習慣將宋人放在當時社會的各種關係中去研究，的確，社會生活構成宋人生活的很大一部分，所以，宋代祝頌詞中很多是以宋人社會生活爲主要內容的；仔細考察，我們發現，在宋代祝頌詞中，爲親人而寫的祝頌詞並不在少數，這一部分詞作，反映了宋人的家庭生活，展示出宋人與家人交往的情況。

　　我們先看寫給父親的祝詞，方岳《酹江月・壽老父》：

> 幅巾雲麓。笑人生寶等，何時是足。莫道年來無好處，第一秋田新熟。孫息乘鸞，大兒薦鶚，翁已恩袍綠。笑譚戎幕，盡教岳也碌碌。　　是則江南江北，月明飛夢，認得溪橋屋。多少睡鄉閒日月，不老柯山棋局。唱個曲兒，吃些酒子，檢點茅簷竹。問梅開未，一枝初破寒玉。

「秋田新熟」、「孫息乘鸞」、「大兒薦鶚」都是值得老父安慰的事情，「唱個曲兒，吃些酒子，檢點茅簷竹」，希望老父能快樂無憂地安度晚年，情感眞摯，孝心可見。

　　有寫給父親的祝詞，也就有寫給母親的祝詞，楊無咎《迎春樂》：

> 新來特特更門地。都收拾、山和水。看明年、事事都如意。　　迎福祿、俱來至。莫管明朝添一歲。盡同向、尊前沉醉。且唱迎春樂，祝慈母、千秋歲。

願「事事都如意」，希望福祿俱來，至於「明朝添一歲」，則不要去想，子女的孝心，於此可見。

　　在寫給家人的祝頌詞中，爲妻子所寫的祝頌詞，較爲醒目，基本上都爲其祝壽，如周紫芝《點絳唇・內子生日》：

> 人道長生，算來世上何曾有。玉尊長倒。早是人間少。　　四十年來，歷盡閒煩惱。如今老。大家開口。贏得花前笑。

「人道長生，算來世上何曾有」，起筆就樸素而深刻，「四十年來，歷盡閒煩惱」，別有一番體貼在其中，此詞情眞意切。呂勝己的《西江月・爲內子壽》則又是另一番情景：

> 日日齊眉舉案，年年勸酒持觥。今年著意壽卿卿。幼
> 稚綿綿可慶。　　官冷未嘗貧賤，家肥勝似功名。所爲方
> 便合人情。管取前途更永。

「日日齊眉舉案」，可見感情深厚。因爲「官冷未嘗貧賤」，所以，詞人才深切感覺到「家肥勝似功名」，認爲家庭和諧美滿勝於功名，可見對其妻的感情。再看向子諲《驀山溪・老妻生日作。十一月初七日》：

> 一陽才動，萬物生春意。試與問宮梅，到東閣、花枝
> 第幾。疏疏淡淡，冷豔雪中明，無俗調，有眞香，正與人
> 相倚。　　非煙非霧，瑞色門闌喜。再拜引杯長，看兩頰、
> 紅潮欲起。天教難老，風鬟綠如雲，對玉笥，與蘚林，歲
> 歲花前醉。

這首爲妻子祝壽的詞，和上面所舉兩首詞不一樣，「看兩頰、紅潮欲起」，描畫出妻子飲酒後嬌羞的神態，「天教難老，風鬟綠如雲」，也是寫妻子之美，在妻子生日時，讚美其美，這是此詞的內容方面的特點。再看辛棄疾《浣溪沙・壽內子》：

> 壽酒同斟喜有餘。朱顏卻對白髭鬚。兩人百歲恰乘除。
> 婚嫁剩添兒女拜，平安頻拆外家書。年年堂上壽星圖。

「朱顏卻對白髭鬚。兩人百歲恰乘除」，寫妻子之年輕；「婚嫁剩添兒女拜，平安頻拆外家書」，寫家庭和睦幸福，親切。再看曹彥約的《滿庭芳・壽妻》：

> 老子今年，年登七十，阿婆年亦相當。幾年辛苦，今
> 日小風光。遇好景，何妨笑飲，依前是、未放心腸。人都
> 道，明明了了，強似個兒郎。　　幸償。婚嫁了，雙雛藍
> 袖，拜舞稱觴。女隨夫上任，孫漸成行。慚愧十分圓滿，
> 無以報、辦取爐香。頻頻祝，百年相守，老子更清強。

開篇寫二人年紀相仿，接著寫艱難的日子都已過去了，現在景況不錯，心境也很好，接著敘述兒女生活都很如意，最後再寫百年相守的願望，幾十年的婚姻家庭歷程，在這首詞裏娓娓敘來，其中戲謔的成

分充分表達了感情的親近。

有丈夫寫給妻子的祝詞，也就有妻子寫給丈夫的祝詞，如劉鼎臣妻所作的《鷓鴣天·剪綵花送夫省試》：

> 金屋無人夜剪綵。寶釵翻作齒痕輕。臨行執手殷勤送，襯取蕭郎兩鬢青。　聽囑付，好看承。千金不抵此時情。明年宴罷瓊林晚，酒面微紅相映明。

丈夫赴試前夜，妻子親手剪綵花，其意殷切；臨行執手，囑付叮嚀：「千金不抵此時情」；還憧憬「明年宴罷瓊林晚，酒面微紅相映明」，單純動人。

上面所舉的幾首夫婦互祝詞，情深意切，充滿愛意，從夫妻感情交流的角度上來說，這些詞的交際功能還是很強的。除了夫妻間互寫的祝詞，還有寫給兒子的詞，如丘崈《感皇恩·庚申爲大兒壽》：

> 時節近中秋，桂花天氣。憶得熊羆夢呈瑞。向來三度，恨被一官縈繫。今朝稱壽，也休辭醉。　斑衣戲彩，薄羅初試。華髮雙親剩歡喜。功名榮貴，未要匆匆深計。一杯先要祝，千百歲。

「向來三度，恨被一官縈繫」有些對兒子歉意，「斑衣戲彩，薄羅初試」，寫出兒子的孝心和功名，所以「華髮雙親剩歡喜」，最後，又勸其不要太看重功名榮貴，全詞真情畢現。再看辛棄疾寫給兒子的《清平樂·爲兒鐵柱作》：

> 靈皇醮罷。福祿都來也。試引鵝雛花樹下。斷了驚驚怕怕。　從今日日聰明。更宜潭妹嵩兄。看取辛家鐵柱，無災無難公卿。

此詞看不出是辛棄疾的手筆，全詞只見父親對兒子最基本的祝願，「斷了驚驚怕怕」，感人涕下，「看取辛家鐵柱，無災無難公卿」，可謂古今父親最真實的心願。再看劉辰翁寫給兒子的《臨江仙·將孫生日賦》：

> 二十年前此日，女兄慶我生兒。籌萱弄彩聽孫啼。典衣沽美酒，數待冠昏時。　亂後飄零獨在，紫荊墓棘風

吹。尊前萬事莫尋思。兒童看有子，白髮故應衰。

將孫二十歲了，想起二十年前初生時的情景。「簪萱弄彩聽孫啼。典
衣沽美酒」，寫出家人對將孫降臨的喜悅。「數待冠昏時」，家人期待
將孫長大成人的心願。最後幾句，寫世易時變，包蘊著人事滄桑之
感。

　　看來，寫給兒子的祝詞寄寓著父親最基本的心願，很具感染力。
再看寫給女兒的祝詞，朱敦儒有首《柳梢青‧季女生日》：

　　　　秋光正潔。仙家瑞草，黃花初發。物外高情，天然雅
　　致，清標偏別。　　仙翁笑酌金杯，慶兒女、團圓喜悅。
　　嫁與蕭郎，鳳凰臺上，長生風月。

「天然雅致，清標偏別」，則是對季女容貌的描述，「慶兒女、團圓喜
悅」，則是父母最感幸福的時候。「嫁與蕭郎，鳳凰臺上，長生風月」，
則是對女兒美好婚姻的祝願，這也是古今父母對女兒最主要的期望。

　　我們再看寫給兄長的祝詞，如吳儆《虞美人‧送兄益章赴會
試》：

　　　　銀屏一夜金風細。便作中秋意。碧天如水月如眉。已
　　有徵鴻摩月、向南飛。　　金尊滿酌蟾宮客。莫促陽關拍。
　　須知丹桂擅秋天。千里嬋娟指日、十分圓。

讀書做官，是宋人最高的人生理想，在中秋之際送兄赴會試，惜別之
情是免不了的，但有「折桂」的理想作支撐，便有了「千里嬋娟指日、
十分圓」的開闊之感，此詞祝意含蓄，情感較隱蔽。再看無名氏《鷓
鴣天‧弟壽兄又赴省》：

　　　　冬至陽生才兩日，欣逢伯氏綵麟辰。鵪鴒原上歡聲沸，
　　棣萼堂前喜氣新。　　斟九醞，勸千巡。華途從此問雲津。
　　樽前未把耆年祝，且願青雲早致身。

相比上首而言，這首詞情感稍外露些，家庭氣氛歡快喜悅，「且願青
雲早致身」，自然眞切。再看廖行之《水調歌頭‧壽長兄》：

　　　　天下偉人物，荊楚號名流。幅員千里，英氣磅礡嶽南
　　州。雁嶠高參翼軫，石鼓下盤朱府，袞袞應公侯。常記生

> 　　申旦，明日是中秋。　　　挈明月，翳翔鳳，駟飛勛。東南
> 一尉，何事三載漫淹留。談笑洞庭青草，從此閶風閶闔，
> 高處看鼇頭。更種階庭玉，慈母念方稠。

此詞顯然有些誇飾，而「常記生申旦，明日是中秋」，則真情畢現；結尾處「更種階庭玉，慈母念方稠」，則又將親情落到實處。古代男子主要的人生目標就是讀書入仕，所以，在寫給弟兄的祝詞裏仕途經濟方面的內容多些，也是可以理解的。當然，也有些詞並不如此，如郭應祥《鷓鴣天·戊辰正月十一日壽八兄》：

> 　　瓶裏梅花香正濃。階前更著錦熏籠。且留幡勝明朝戴，
> 共慶桑蓬此日逢。　　　眉正綠，臉常紅。後堂無日不春風。
> 明年定又強今歲，會有明珠入掌中。

這首詞也是寫給兄長的，但生活氣息濃鬱，「眉正綠，臉常紅」，如見其人，寫得親切自然，親密而又隨意。「明年定又強今歲」，感情淳厚，也表達了當時的享樂之風。

　　還有祝嫂之詞，廖行之《鳳棲梧·壽長嫂》：

> 　　吾母慈祥膺上壽。福庇吾家，近世真希有。丘嫂今年
> 逾六九。康寧可嗣吾慈母。　　　我願慈闈多福厚。更祝遐
> 齡，與母齊長久。鶯誥聯翩雙命婦。華堂千歲長生酒。

此詞先言母親慈祥，再言丘嫂慈可比母：「康寧可嗣吾慈母」，言辭真摯，感人良深。最後，祝其長壽：「與母齊長久」，其情深可見。

　　還有祝女兄的詞，不妨來看李處全《西江月·二月旦侍女兄遊高齋》：

> 　　南國一分春色，東窗八面光風。女兄歡笑酒尊同。滿
> 眼兒孫群從。　　　但願年逾百歲，何妨時醉千鍾。朱顏綠
> 髮照青銅。要看如龍如鳳。

「女兄歡笑酒尊同。滿眼兒孫群從」，洋溢著家庭的歡樂幸福的氣息，「但願年逾百歲」，這是對女兄最高的期望，「朱顏綠髮照青銅。要看如龍如鳳」，感情熱烈真摯。

　　再看祝弟之作，如張孝祥《鵲橋仙·平國弟生日》：

> 湘江東畔，去年今日，堂上簪纓羅綺。弟兄同拜壽尊
> 前，共一笑、歡歡喜喜。　　渚宮風月，邊城鼓角，更好
> 親庭一醉。醉時同唱去年詞，願來歲、強如今歲。

先憶起去年二人同拜老人面前，再抒「渚宮風月，邊城鼓角，更好親
庭一醉」，張孝祥一生壯心不已，這樣寫來，頗有些真摯動人之處，
最後表達「願來歲、強如今歲」的願望。程節齋《沁園春·慶舍弟生
子》：

> 自古人言，慶在子孫，端有由來。看長庚孕李，昴星
> 佐漢，福從人召，瑞自天開。曾憶當年，乃翁熊夢，豈在
> 區區春祀禖。祗憑個、仁心積累，厚德栽培。　　天工信
> 巧安排。試說與君當一笑哉。記年時此際，嗷嗷萬口，俾
> 之粒食，活及嬰孩。歲始星周，事還好在，故遣麒麟出此
> 胎。何須問，是興宗必矣，業廣基恢。

弟得子，寫詞以賀，「祗憑個、仁心積累，厚德栽培」，虔誠；「天工
信巧安排。試說與君當一笑哉」，親切有致。「何須問，是興宗必矣，
業廣基恢」，則見出家族的榮耀感來。

還有祝伯父詞，如王紹的《菩薩蠻·侄壽伯》：

> 天正朔旦開新曆。吾家伯父長生日。蘭玉傍庭階。稱
> 觴特地來。　　後年逢七十。今歲瞻南極。南極壽星宮。
> 分明矍鑠翁。

全詞只是敘來，「吾家伯父長生日」及「後年逢七十」，不見一點疏
遠，「分明矍鑠翁」，愛戴之情甚深，又含祝願。

還有祝伯母詞，如無名氏《壺中天·壽伯母十二月初六》：

> 嘉平時候，算堯階蓂葉，才方開六。婺女當年曾降瑞，
> 產作仙姿清淑。金玉滿堂，兒孫滿目，心事今都足，嘻嘻
> 嗃嗃，一門和氣可掬。　　何幸誕節稱觴，湖山堂上，燕
> 集皆親族。猶子不能歌盛美，但借湖山為祝。福比湖深，
> 壽齊山聳，歲歲顏如玉。好陪王母，共看幾度桃熟。

「金玉滿堂，兒孫滿目，心事今都足」，真實地描寫出伯母之福，「嘻
嘻嗃嗃，一門和氣可掬」，寫出家庭和樂之氣，感情親昵。「福比湖

深，壽齊山聳，歲歲顏如玉」，則爲良好祝願。

還有祝叔父詞，如張紹文《沁園春・爲叔父雲溪主人壽》：

> 數遍時賢，誰似雲溪，未老得閒。自抽身州縣，歸休
> 舊隱，灰心名利，跳出塵寰。卸卻朝衣，笑拈拄杖，日在
> 花陰竹徑間。身輕健，任高眠晏起，渴飲饑餐。　垂弧
> 猛省當年。且約住春風開壽筵。況園亭池館，新奇佳麗，
> 弟兄子侄，歌笑團欒。綠鬢朱顏，綸巾羽扇，做個人間長
> 壽仙。霞觴舉，願年年今日，長對南山。

開頭讚美叔父「灰心名利，跳出塵寰」的情懷，接著寫其自然優游的
生活方式，再接著寫家境殷實、人丁和睦，最後祝願其「做個人間長
壽仙」，寫得不過分親昵，但感情眞摯。再看一首祝叔之作，如無名
氏《虞美人・侄賀叔生女》：

> 春風吹到深深院。添個人針線。莫言生女不妒兒。□
> □二郎不做、有門楣。　一家姊妹盈盈地。兄弟同歡喜。
> 彩絲從此不須添。看取碧紗帳內、有人牽。

「添個人針線。莫言生女不妒兒」，寫出生女兒的好處：「彩絲從此不
須添。看取碧紗帳內、有人牽」，誠懇、入情入理。

還有祝叔母之詞，如魏了翁《水調歌頭・叔母生日》：

> 人道三十九，歲暮日斜時。兒今如許，才覺三十九年
> 非。昨被玉山攑取，今仗牛山挽住，役役不知疲。自己未
> 能信，漫仕亦何爲。　亦何爲，應自歎，不如歸。問歸
> 亦有何好，堂上彩成圍。上下東岡南陌，來往北鄰西舍，
> 逐地看兒啼。富貴適然耳，此樂幾人知。

「亦何爲，應自歎，不如歸」，言宦海勞頓、欲歸之情，「問歸亦有何
好，堂上彩成圍」，寫出家庭天倫之樂，眞摯動人，後幾句，寫田園
之樂，暗含對叔母生活狀態的讚美。

還有祝甥之詞，如無名氏《水調歌頭・壽劉樞甥十月廿九》：

> 今日小春月，後日是周正。瑞藹抱仙堂上，嵩嶽喜生
> 申。文物師垣宅相，詩禮樞庭世冑，冰骨玉精神。浩氣凌

牛斗，胸次夐凡塵。　　郭中書，廣成子，李長庚。勳業
詞章福壽，直上等三人。松菊亭前詩酒，梅竹園中翰墨，
時復萃嘉賓。人指屏山下，雙桂一靈椿。

「文物師垣宅相，詩禮樞庭世冑，冰骨玉精神」，讚美外甥的家世和
個人氣質，含喜愛之情，「勳業詞章福壽，直上等三人」，勉勵其有
所作爲，表現出長輩的良好願望。再看葛立方《夜行船・章甥婚席
間作》：

百尺雕堂懸蜀繡。珠簾外、玉闌瓊砌。調鼎名家，吹
簫賢冑，新卜鳳皇佳緣。　　銀葉添香香滿袖。滿金杯、
壽君芳酒。喜動蟾宮，祥生熊帳，應在細君歸後。

「調鼎名家，吹簫賢冑，新卜鳳皇佳緣」，也是讚美二人的家世般
配、協調，字裏行間有喜愛之意，「喜動蟾宮，祥生熊帳，應在細
君歸後」，祝願二人有美好的家庭生活。

還有祝姑詞，如無名氏《杏花天・侄壽姑三月廿七》：

婺星呈瑞，對春餘幾許，日臨三九。正屬我姑初度旦，
帨設當年門右。綠鬢猶新，紅顏未改，眞月宮仙友。柏舟
節義，富而榮貴長守。　　況有說桂青春，潛心黃卷，指
日功名就。女郎乘龍全四德，未老得閒仁壽。天命方知，
歲饑常賑，陰德還多有。麻姑王母，年年同宴春酒。

「女郎乘龍全四德，未老得閒仁壽」，讚美姑母家庭美滿，「天命方
知，歲饑常賑，陰德還多有」，讚美姑母德行，眞實感人，最後表
達祝願。

如辛棄疾《品令・族姑慶八十，來索俳語》

更休說。便是個、住世觀音菩薩。甚今年、容貌八十
歲，見底道、才十八。　　莫獻壽星香燭。莫祝靈龜椿鶴。
只消得、把筆輕輕去，十字上、添一撇。

「甚今年、容貌八十歲，見底道、才十八」，雖爲戲謔說法，但親切
有趣，見出感情深厚。

辛棄疾還有一首爲嬸母所作之詞《感皇恩・爲嬸母王氏慶七

十》：

> 七十古來稀，未爲稀有。須是榮華更長久。滿床靴笏，羅列兒孫新婦。精神渾是個，西王母。　遙想畫堂，兩行紅袖。妙舞清歌擁前後。大男小女，逐個出來爲壽。一個一百歲，一杯酒。

「滿床靴笏，羅列兒孫新婦」，人到七十，兒孫滿堂，「大男小女，逐個出來爲壽」，將孀母最幸福的事情描摹出。最後表達祝願。

還有祝外公詞，如無名氏《減字木蘭花‧壽外公》：

> 祥呈香褓。嘗記翁生當己卯。福祿俱添。綠鬢紅顏七十三。　芝蘭滿砌。爭著彩衣堂下戲。祝壽無涯。王母襟期醉九霞。

「芝蘭滿砌。爭著彩衣堂下戲」，寫出孝慈之情，「祝壽無涯」，表達祝願。再看曾布的《江南好》：

> 江南客，家有寧馨兒。三世文章稱大手，一門兄弟獨良眉。藉甚眾多推。　千里足，來自渥窪池。莫倚善題鸚鵡賦，青山須待健時歸。不似傲當時。

曾布，曾鞏之弟。據載：

> 曾文甫十子，最鍾愛外祖空青公，有壽詞云：『江南客……』其後外祖果以詞翰名世，可謂父子爲知己也。〔註21〕

「可謂父子爲知己也」，此詞之情深意切可見。

無名氏《百字謠‧叔慶侄生子》：

> 金秋行令，恰清晨、白露初交中節。勿怪西窗傳好事，生個他年英傑。吉夢既符，知如徐子，冰玉爲神骨。吾家有慶，階蘭喜又新發。　如今早已生男，清樽華宴，且好延佳客。更自承師勤問道，門外不妨立雪。抗志雲霄，留心簡冊，聽我叮嚀說。駁駁月殿，桂枝取次高折。

「吾家有慶，階蘭喜又新發」，喜悅之情可見，「抗志雲霄，留心簡冊，聽我叮嚀說」，情深意長，感人肺腑，「桂枝取次高折」，表達

〔註21〕〔宋〕王明清《揮塵餘話》，上海書店出版社 2001 年，卷一。

良好祝願。

　　通過以上大量的祝頌詞，我們可以看出，在祝頌親人詞中，雖然要根據場合不同，有些應景性的語言，但詞裏充滿了愛意與祝願，感情眞摯，沒有隔膜與疏離，從人與人之間交際的角度來看，這類詞交流最直接，交際效果最好。

第四節　祝頌其他人：補充與調適

　　除了前面所論析的祝頌皇室詞、祝頌同僚詞、祝頌親人詞，還有一類詞，其祝頌對象，既不是皇室成員，也不是詞人的同僚，更不是詞人的親人，他們是詞人人際交往圈子的一個延伸，這部分祝頌詞作，是祝頌詞內容一個值得注意的方面，它所體現的交際功能富有彈性，不可一概而論。

　　有一些祝頌方外人士的詞作，如蘇軾的《滿庭芳》：

　　　　三十三年，今誰存者，算只君與長江。凜然蒼檜，霜幹苦難雙。聞道司州古縣，雲溪上、竹塢松窗。江南岸，不因送子，寧肯過吾邦。　　　　擬擬。疏雨過，風林舞破，煙蓋雲幢。願持此邀君，一飲空缸。居士先生老矣，眞夢裏、相對殘釭。歌舞斷，行人未起，船鼓已逢逢。

此詞序云：「有王長官者，棄官三十三年，黃人謂之王先生。因送陳慥來過余，因賦此。」從此詞序中可以看出，這位王先生，和蘇軾此前並不認識，也不是同僚，他們是偶然相逢，但蘇軾對他一見傾心，「三十三年，今誰存者，算只君與長江」，我們知道，北宋中後期，士大夫具有強烈的參與政治的熱情，在一般士人眼裏，王先生棄官三十三年，並不是一個值得稱頌的舉動，但蘇軾覺得此舉頗有意義，可與長江並立，「凜然蒼檜，霜幹苦難雙」，表面在寫蒼檜經受自然界的風霜而凜然矗立，實際在寫王先生的氣節，經受社會的種種磨難，而獨立於世。「聞道司州古縣，雲溪上、竹塢松窗」，寫出王先生潔身自好、清逸脫俗的生活方式。「江南岸，不因送子，寧

肯過吾邦」，寫出對王先生高標風致的敬仰。「願持此邀君，一飲空缸」，表達出酒逢知己的動人情景。蘇軾何以對一個偶然相逢的人懷有如此深厚的情誼呢？據王文誥（註22）:「元豐六年癸亥五月，陳慥報荊南莊田，同王長官來，作《滿庭芳》。」由此可知此詞作於元豐六年（1083 年），我們知道，蘇軾於無豐二年因烏臺詩案被貶黃州，遭此變故，身心受到重大的創傷，如前所論，蘇軾在此期間有很多清曠超逸的詩詞產生，如《念奴嬌·赤壁懷古》等，表達自己不屈的理想和追求。在這首詞裏，王先生所代表的就是蘇軾心目中的理想形象：歷經磨難、傲世獨立而清逸脫俗，頌揚王先生也就是在表達自己的理想。

蘇軾還有首《水龍吟》：

> 古來雲海茫茫，道山絳闕知何處。人間自有，赤城居士，龍蟠鳳舉。清淨無為，坐忘遺照，八篇奇語。向玉霄東望，蓬萊暗靄，有云駕、驂風馭。　　行盡九州島四海，笑紛紛、落花飛絮。臨江一見，謫仙風采，無言心許。八表神遊，浩然相對，酒酣箕踞。待垂天賦就，騎鯨路穩，約相將去。

詞前小序云：「元豐七年冬，余過臨淮，而湛然先生梁公在焉。」與上面所舉的詞一樣，時蘇軾已遭遇過黃州之貶。蘇軾具有儒、道、釋多種性格要素，被貶黃州之前，蘇軾身處變法的政治漩渦，胸懷兼濟天下的儒家功業之心，烏臺詩案，給汲汲進取的蘇軾以沉重的打擊，在黃州，蘇軾思想中道、釋部分佔了上風，產生了很多清曠超逸之作，所以，才有了此詞中對湛然先生梁公的高度評價：「清淨無為，坐忘遺照，八篇奇語」，寫其心之靜；「有云駕、驂風馭」，寫其超脫塵世；「行盡九州島四海，笑紛紛、落花飛絮」，寫其與自然融為一體；最後寫自己的傾慕之情，「無言心許」、「浩然相對」、「約相將去」，寫出二人之投機，此詞在對湛然先生梁公的頌揚中，將蘇

〔註22〕〔清〕王文誥《蘇文忠公詩編注集成總案》卷二十二，巴蜀書社 1985年。

軾人際交往的圈子擴大了，所以，這首詞的交際功能是比較強的，它反映了蘇軾社會性的另外一面。

蘇軾還有首《臨江仙》：

> 細馬遠馱雙侍女，青巾玉帶紅靴。溪山好處便為家。誰知巴峽路，卻見洛城花。　面旋落英飛玉蕊，人間春日初斜。十年不見紫雲車。龍丘新洞府，鉛鼎養丹砂。

此詞有序云：「龍丘子自洛之蜀，載二侍女，戎裝駿馬。至溪山佳處，輒留，見者以為異人。後十年，築室黃崗之北，號靜安居士。作此記之。」此詞也寫於黃州。龍丘子「戎裝駿馬」，何等英武，「馱二侍女」，「溪山好處便為家」，何等瀟灑不拘。十年後，則「鉛鼎養丹砂」，號靜安居士，不純粹是一個道士，而是一個游俠騎士回歸道家的過程，蘇軾在此詞又進一步擴充了他的人際交往的範圍。

黃庭堅有首《鷓鴣天》：

> 湯泛冰瓷一坐春。長松林下得靈根。吉祥老子親拈出，個個教成百歲人。　燈焰焰，酒醺醺。壑源曾未醒醒魂。與君更把長生碗，聊為清歌駐白雲。

此詞序云：「吉祥長老設長松湯，為作。有僧病痂癩，嘗死金剛窟。有人見者，教服長松湯，遂復為完人。」作為蘇門文人，黃庭堅亦為汲汲於功業之人，他的交際圈子主要由文人官僚及家人構成，同蘇軾一樣，黃庭堅的思想中也有莊佛思想，他曾說：「老莊書，前儒者未能渙然頓解者，僧中時有人得其要旨。」〔註23〕正因有此認識，偶然遇到的方外之人，也能觸動了他精神世界裏一些潛藏的莊佛思想，「壑源曾未醒醒魂」，表面寫病酒的清醒與癡迷，「聊為清歌駐白雲」，實際上也不妨可以理解為對世俗人生的執著與超脫。這首詞是黃庭堅人際交往的補充，同時，也對他的心靈世界起著調適作用。

蔡伸《踏莎行·贈光嚴道人》：

> 玉質孤高，天姿明慧。了無一點塵凡氣。白蓮空殿鎖幽芳，亭亭獨佔秋光裏。　一切見聞，不可思議。我今

〔註23〕〔宋〕黃庭堅《山谷外集》卷九，文淵閣四庫全書本。

有分親瞻禮。願垂方便濟眾生，他時同赴龍華會。

蔡伸為政和五年（1115 年）進士，一直為官，為仕途中人，其詞中有不少慨歎時事之思，如「慨念平生豪放」（《水調歌頭·時居莆田》），「男兒此志，肯向死前休」（《驀山溪》），充滿了憂生傷世的情懷。而這首贈光嚴道人的詞作，則表達了詞人對世外之人的讚美：「玉質孤高，天姿明慧。了無一點塵凡氣」，「願垂方便濟眾生」，將詞人與仕途之外人的交際功能表現出來。

關注《水調歌頭》：

> 鳳舞龍蟠處，玉室與金堂。平生想望真境，依約在何方。誰信許君丹竈，便與吳君遺劍，只在洞天傍。若要安心地，便是遠名場。　　幾年來，開林麓，建山房。安眠飽館清坐，無事可思量。洗盡人間憂患，看盡仙家風月，和氣滿清揚。一笑塵埃外，雲水遠相忘。

此詞序云：「吾鄉陸永仲，博學高才。自其少時，有聲場屋，今棲白鹿洞下，絕葷酒，屏世事，自放塵埃之外。行將六十，而有嬰兒之色，非得道者能如是乎。」陸永仲年輕時曾進取功名，「有聲場屋」，如今，則「洗盡人間憂患」，故能「得道」。關注此詞描繪了一個塵外之人，也是他本人交際圈子的擴充，也在調適著自己的內心世界。

葛長庚《摸魚兒·壽覺非居士》：

> 雨肥梅、亭臺初夏。雲花開向前夜。純陽鶴會先三日，何處神仙降駕。知得也。□□是、西山彭抗來胎化。平生性野。自倒指今年，七旬有六，使節半天下。　　焚金獸，毋惜滿斟玉斝。兒孫況又瀟灑。公今骨相如松在，一掬精神堪畫。於今且。□□煉、金丹成了為憑藉。歸心蓮社。便做得乃翁，年登八百，未是壽長者。

此詞頌揚覺非居士，「骨相如松在」，言其氣質，「一掬精神堪畫」，言其風神；「便做得乃翁，年登八百，未是壽長者」，則表祝賀。葛長庚一生，先奔走塵世，後入山為道，但並未忘懷世事，如「功名何處，年年惟見春絮。」（《酹江月·武昌懷古》）此詞因頌揚居士，

故能無拘無束、純任自然，所以，能夠看出這首詞是葛長庚延伸並調適了其精神世界。葛長庚還有一首《賀新郎‧贈林紫元》，也因是寫給世外之人，故也能超塵清逸。

方岳《醉江月‧壽松山主人七月十九日》：

> 楚天秋早，過中元拈指，蓂飛四莢。怪得千門佳氣滿，恰值生申時節。蓬矢當年，椒盤今夕，瑞木金爐爇。主人情重，酒紅潮上雙頰。　　且看戲彩□□，鼎分丹桂，蘭玉同班列。更喜萱庭南極老，親授長生秘訣。養浩頤然，後昌青紫，天報公陰德。年年盛會，祝延椿算千百。

方岳，理宗時進士，淳祐、寶祐年間，在仕途上沉沉浮浮，其詞集《秋崖先生詞》，多抒懷之作，承稼軒之風。此詞是寫給松山主人的壽詞，「更喜萱庭南極老，親授長生秘訣」，賀其長生，「養浩頤然，後昌青紫，天報公陰德」，寫其長壽原因，最後表達祝願。在方岳眾多的詞作中，此詞不涉時事，亦無關功名，是方岳交往圈子的補充，也調適著他的心理。

梁大年《水調歌頭‧壽隱者十一月初七》：

> 南極壽星現，佳氣藹庭除。誰為絳人甲子，為我一軒渠。恰喜亥成二首，還慶陽來七日，和氣漸舒徐。敬為圖南祝，一瓣問興居。　　傲松筠，撫龜鶴，樂蓬壺。斑衣戲舞，春滿蘭玉正森如。卻憶杜陵老子，因羨碧山學士，茅屋換銀魚。何似溫柔地，絲竹伴琴書。

梁大年，不詳。這首詞為隱者祝壽，讚美其閒雅的生活：「撫龜鶴」、「樂蓬壺」、「斑衣戲舞」，隱士的生活總是超功利，與隱士交往，心目中潛藏的「絲竹伴琴書」的念想才能被調動起來。

無名氏《沁園春‧壽長齋友人》：

> 眼底高年，如老曾仙，斗南一人。能持齋守戒，香山居士，樂天知命，康節先生。滿眼兒孫，滿堂金玉，多寶如來現後身。真堪羨，有許多福力，越見精神。　　慶公今日生申。喜漸近中秋對月明。這平生積善，三千功行，前程享福，八百椿齡。見說壽筵，大開佛事，煮鶴炮龍烙

鳳麟。從今後，願年年長健，事事如心。

這首寫給香山居士的詞，先是讚美：「樂天知命」的胸懷，「滿眼兒孫，滿堂金玉」讚家庭美滿，「平生積善，三千功行」，贊其德行，最後表達祝願。這裡沒有功名事業心，只有人生最簡單、最基本的願望，雖不知此詞是何人所作，但展示詞人與方外之人的交往。

再看張繼先《沁園春》：

> 真一長存，太虛同體，妙門自開。既混元初判，兩儀布景，復還根本，全籍靈臺。浩氣衝開，谷神滋化，漸覺神光空際來。幽絕處，聽龍吟虎嘯，驀地風雷。　　奇哉。妙道難猜。鮮點化、愚迷成大材。試與君說破，分明狀似，蚌含淵月，秋兔懷胎。壯志男兒，當年高士，莫把身心惹世埃。功成後，任身居紫府，名列仙階。

張繼先是道家之人，此詞上闋皆在頌揚道家妙義，下闋「壯志男兒，當年高士，莫把身心惹世埃」，顯然有些入世的意味，而「功成後，任身居紫府，名列仙階」，似與一般文人士大夫「功成身退」的理想無甚區別，仔細探究起來，張繼先並不是一個單純的道士，他與現實生活有著密切的聯繫，據《宋史》卷二十，宋徽宗崇寧四年五月戊申，「賜張繼先號虛靜先生。」又據《大宋宣和遺事》元集載：

> 崇寧五年，夏，解州有蛟在鹽池作祟，布祟十餘里，人畜在祟中者，輒皆嚼醬，傷人甚眾。詔命嗣漢三十代天師張繼先治之。不旬日間，蛟祟已平。繼先入見，帝撫勞再三，……帝遂褒加封贈，仍賜張繼先為視秩大夫虛靖真人。

如此可知，張繼先受到徽宗皇帝的禮遇，作為方外之人，而此詞裏呈現的是他與現實世界聯繫，反映的是他與自身圈子外人的交往，是出入塵世的種種作為，但詞中也表現了最終要達到「名列仙階」的人生追求。

除了祝頌方外人之作，還有祝頌鄉老之詞，如史浩的《滿庭芳·勸鄉老眾賓酒》：

十載江湖，一朝簪組，寵榮曷稱衰容。聖恩不許，歸臥舊廬中。慨念東山伴侶，煙霞外、久闊仙蹤。今何幸，相逢故里，談笑一尊同。　　吾州，眞幸會，湖邊賀監，海上黄公。勝渭川遺老，絳縣仙翁。縱飲何辭爛醉，臉霞轉、一笑生紅。從今後，婆娑化國，千歲樂皇風。

「今何幸，相逢故里，談笑一尊同」，寫出遇到鄉老的喜悅之情。「湖邊賀監，海上黃公。勝渭川遺老，絳縣仙翁」，讚美鄉老優游自在的生活方式，最後表達祝願。史浩一生位居高官，來往多爲官場中人，通過此詞，我們則能看見他交際圈子的擴充，遇到鄉老，看到另一種迥異的生活方式，對自己的精神世界也是一種調節。

還有給富人寫的祝頌詞，如卓田的《滿庭芳·壽富者三月十八》：

柳暗千株，蓂翻三莢，當年神嶽生申。畫堂慶會，今日賀生辰。寶鴨檀煙熏馥，頌椒觴、醽醁頻斟。殷勤勸，歌喉宛轉，恣樂醉紅裙。　　榮華兼富貴，如君素享，勝似簪纓。雖田彭倚頓，未足多稱。好是錢流地上，倉箱積、賑濟饑貧。多陰德，子孫昌盛，指日綠袍新。

「榮華兼富貴，如君素享，勝似簪纓」，如此讚美，可謂準確到位，「好是錢流地上，倉箱積、賑濟饑貧」，鼓勵其救濟饑貧，「多陰德，子孫昌盛，指日綠袍新」，則表達祝願，爲一位富人寫壽詞，的確新穎，在人際交往中屬於偶一爲之，豐富了詞人的交際生活。

還有頌書法家的詞，如趙福元《減字木蘭花·贈草書顏》：

吮煤弄筆。草聖寰中君第一。電腳搖光。驟雨旋風聲滿堂。　　豪釐巧辨。喚起羲之當北面。醉眼摩娑。錯認書顛作酒顛。

「電腳搖光。驟雨旋風聲滿堂」，頌其寫字氣勢；「豪釐巧辨。喚起羲之當北面」，頌其技藝高超；「醉眼摩娑」，頌其風神。這是頌人書法技藝的詞作，還有頌人畫藝的，如無名氏的《西江月·贈畫士》：

三級掀騰波浪，一堂慶會風雲。快乘霹靂化龍門。頭

角人中有分。　　誰狀個中佳致，須還筆掃千軍。是他畫
手亦通神。同向來春奪迅。

此詞頌畫士技藝高超：「誰壯個中佳致，須還筆掃千軍」。還有頌人其
它才藝的，如劉省齋的《沁園春・贈較弓會諸友》：

男子才生，桑弧蓬矢，志期古同。況平生慷慨，胸襟
磊落，弛張洞曉，經藝該通。筆掃雲煙，腹儲兵甲，志氣
天邊萬丈虹。行藏事，笑不侯李廣，射石誇雄。　　仰天
一，問窮通。歎風虎雲龍時未逢。羨傳岩版築，終符求象，
渭濱漁釣，果兆非熊。白額未除，長鯨未膾，臂健何嫌二
石弓。天山定，任扶桑高掛，凌閣圖功。

「平生慷慨，胸襟磊落」，讚其性情；「筆掃雲煙，腹儲兵甲」，讚其
文韜武略，最後表達「天山定，任扶桑高掛，凌閣圖功」的祝願。由
此看來，較弓會諸友，才能不凡，詞作中的遊戲成分較濃，多用玩笑、
誇張之語，表現了與主人親密的關係。詞中一方面讚美，另一方面也
希望他們有施展才能的機會。還有頌民間藝人的詞作，如劉仁父《踏
莎行・贈傀儡人劉師父》：

不假牽絲，何勞刻木。天然容貌施妝束。把頭全仗姓
劉人，就中學寫秦城築。　　伎倆優長，恢諧軟熟。當場
喝綵醒群目。贈行無以表殷勤，特將謝意標芳軸。

此詞描摹並讚揚民間藝人劉師父的精湛技藝，展示了作者與民間藝人
的交往。又如還有無名氏《鷓鴣天・壽擺鋪》：

鶴算遺芳續世傳。武夷來作散神仙。柳營隱隱兵戎整，
蘭砌詵詵子舍賢。　　傾柏酒，爇沉煙。殷勤起舞祝長年。
行須一箚飛鴉詔，促綴銀班侍九天。

這首詞為一個手工藝者祝壽，描述其技藝，並表達其祝願。展示了作
者與手工藝人的交往。

還有無名氏《水仙子・販米運舟人四月廿三》：

浮家泛宅生涯好。聚米堆鹽多積寶。煙波得趣樂江湖，
宜乘興，尋安道。不負軒轅當日造。　　初度喜逢維夏早。
孔釋昔曾親送抱。下弦良日是生朝，稱觴獻，金樽倒。惟

　　願壽筵長不老。

此詞是寫給販米運舟人的祝詞，「煙波得趣樂江湖，宜乘興，尋安道」，表達對其生活方式的讚美，最後幾句則表達祝願之意。

　　還有給商人寫的祝頌詞，如無名氏的《望遠行·壽商人五月廿一》：

　　　　青錢流地，更積滿籯金玉。幹運營謀，無過是、老郎慣熟。利收萬倍，歸來喜色津津，家道從茲，十分富足。好慶生辰，正屬蕤賓月半餘。六飛莫莢庭除。舉盞祝壽，何如子孫，榮貴須臾。長是賴你，作個陸地仙客，行樂蓬壺。

此詞開頭表達對商人經商才能的讚頌，最後表達祝願，反映了作者與商人之間的交往。

　　還有為酒店藥鋪開張所寫的祝詞，如無名氏的《滿江紅·賀人開酒店藥鋪》：

　　　　舊日皆春，氣象、又重妝束。做得新豐酒肆，濟康堂局。老杜誤傳人醞釀，許公手種時科目。自兩公、一去已經年，君今續。　　商家醴，須君曲。懷英籠，須君蓄。且饒人大賣，呼麼喝六。佶伻家人三兩輩，藥王菩薩丹青軸。更於中、添得個當爐，十分足。

新豐酒肆、濟康藥店一起開張，寫詞頌其開店的意義，並祝其生意興隆，亦展示了作者與這類商人的交往。

　　通過上面所舉大量的祝頌其他人的詞作，我們可以看出，這些祝頌對象，均與宋代文人士大夫的主流生活有一定偏差。事實上，宋代文人、士大夫與僧道、方外人士歷來就有非常密切的往來，如蘇軾與佛印的交往。這種文人談禪、僧人作文的風氣非常濃厚。不同的宗教信仰、人生觀不斷交叉、碰撞，也擴充了文人的視野、加深了他們對於客觀世界的認識。而作為祝頌詞，則在這種往來中，吸取了更多的神話、宗教形象作為比興的意象；在國家衰亡、士民多災的年代裏，宗教的虛無和隱忍也為文人提供了必要的精神食

糧，使得祝頌的觀念一定程度上超出了出將入相的傳統觀念，與萬物、天地等更爲寥廓的意向結合起來。

　　而市井各階層手工業者並非只是偶然進入了文人士大夫的交際圈子，這在一定程度上反映了文人豐富而多樣的社會交往。宋代社會的行業分工精細而發達，文人交往因此更爲廣泛，以詞作反映與手工業藝人的交往是唐及五代所不曾有的事情。文人士大夫在與他們交往的過程中，擴充了自己的交際範圍，並在一定程度上對自己的精神世界進行調適。詞作中即反映了各種行業的從業情況，也反映了一些民風民俗，使詞作在一定程度上反映了較廣闊的社會生活。

第四章　祝頌詞的表現形式

　　上章根據祝頌對象的不同，在分析祝頌詞內容的同時，展示了祝頌詞的交際功能。這章，主要根據祝頌內容的不同，探討祝頌詞在表現形式方面的特點。通過上章的分析，我們知道，祝頌詞在宋代是一種實用的文體，並不是純審美的文體，很多作品藝術性不強，欣賞價值並不高，就《全宋詞》所收的祝頌詞來看，有宋一代，祝頌詞就詞藝而言，並沒有與整個詞體一樣，隨著時代的變化呈明顯地發展。所以，本章主要探討其形式上的特點，而不強行分析其藝術性。

第一節　歌功頌德詞的表現形式

　　祝頌詞中，為統治者歌功頌德的作品，數量不小，這些詞作，除了內容上的共同之處，形式上，也有一些特點，本節旨在探析其表現形式。

　　我們分析歌功頌德詞在語言使用上的特點，經過考察大量的作品，我們發現，首先，這類詞在描寫自然現象時，多使用美好、吉祥的意象，講究使用豐富的裝飾性詞語來修飾，以表達富麗堂皇、雍容華貴的皇家氣派。丁謂的《鳳棲梧》，「春色」、「風光好」、「堤柳」、「岸花」、「鶯囀」、「喬林」、「魚」、「藻」、「綠」，全是春天生機盎然的意象。如柳永的仙呂宮《傾杯樂》，「花深」、「蕙風布暖」、「韶

景」、「銀蟾光滿」、「嘉氣瑞煙蔥蒨」從花、風、月色等角度描寫元
宵時美好的自然景色。再如他的另一首中呂宮《送征衣》，「韶陽」，
寫出陽光普照，「璿樞電繞」及「華渚虹流」，並不是常見的自然現
象，但都是吉兆，「玉葉騰芳」，有蔥綠蓬勃之氣，「嘉節清和」，總
寫感受。張先的般涉調《慶同天》，「風入南熏」，寫出和暖之氣，「堯
雲」，寫天空高遠。晁端禮的《玉女搖仙珮》，「宮梅」、「御柳」皆是
早春植物，生機盎然。他的《並蒂芙蓉》，「太液」可見其清，同蒂
「芙蓉」、「千柄綠荷」、「萼綠」，言芙蓉之美，「雙雙新蓮子」、「鴛
鴦」，言美滿之結果。他的另一首《壽星明》，「晴花」、「紅香」、「清
影」，寫花之動人，「銀河雲斂」，寫天空清朗，「老人星」，則言吉兆。
他的《黃河清》，「晴景」、「風細」、「雲收」、「天淡」，言天氣清和，
「蔥蔥佳氣」、「春風乍轉」、「萬花覆」，寫自然春意盎然。再看葛勝
仲的《醉蓬萊》，「蔥蔥佳氣」、「虹渚祥開」、「斗樞光繞」、「靈暉騰
照」、「紅雲」，皆是吉祥之天象，「鳧藻」、「歷草」、「蟠桃」，亦為吉
祥之物。曹勛的《玉蓮環》，「慶雲開霽」、「清華明晝」、「翠靄」，寫
天明氣清，「電虹敷瑞」、「南山」，則言吉祥。他的《綠頭鴨》，「喜
雨」、「翠雲」、「低柳」，言涼爽的夏日天氣，「彩虹」、「驚電」、「三
辰」、「祥煙」、「霽色」則寫出自然界吉祥的徵候。

　　歌功頌德詞除了使用美好、吉祥的意象描寫自然現象外，還使
用與皇室有關的各種意象，顯示出富麗堂皇的氣勢。丁謂的《鳳棲
梧》，「十二層樓」、「三殿」、「九陌」，為皇宮的代名詞，他的另一首
《鳳棲梧》，「朱闕」、「玉城」，都指的是皇宮，「閬苑」、「蓬萊」、「瑤
池」，本都指仙境，這裏也指皇宮。「雕輦」，玉飾的車子，這裏指帝
王所乘的車子，「羽扇」，指帝王的儀仗，這首詞裏多次提到皇宮，
可以使人想見皇室的氣勢。柳永的仙呂宮《傾杯樂》，「禁漏」寫皇
宮之莊嚴，「都門十二」、「連雲複道凌飛觀」、「聳皇居麗」、「層城閬
苑」、言皇宮之壯麗，「鳳輦」，指皇帝的車駕，可以想見其豪華。晁
端禮《金人捧露盤》，「受釐」，是皇帝特有的活動，「未央宮殿」、「龍

闕」、「鳳樓」，指皇宮，「鼇峰」，指翰林院，「御簾」，也是禁苑中所用的簾子，「輦」、「金輿」，則是皇帝的車駕。他的《壽星明》，「建章宮殿」、「仗衛」、「龍墀」，寫的都是皇宮，「檢玉」、「泥金」、「封禪」則是以皇帝爲主角的活動，此詞又用到「雕輦」。曹勳的《安平樂》，「宸扆」，帝王座後的屏風，此借指帝位，「彤闈」，朱漆宮門，借指宮廷。「天威」，指帝王的威嚴，「東朝」，指宮殿，「坤儀」，則指帝后，「寶曆」，指國祚和皇位。「垂衣」，謂定衣服之制，示天下以禮，後用以稱頌帝王無爲而治。無名氏的《滿庭芳》，「鳳閣」、「龍城」，均借指帝京，「鑾」、「輦」，指帝王的車駕，「萬乘」、「天顏」均指天子。無名氏的《金盞子慢》，「神京」、「九重天」、「五雲」，爲帝王處所，「丹樓」、「碧閣」也是皇宮建築，「蓬萊宮殿」、「王城」，又指皇宮，顯其壯麗。

　　歌功頌德詞除了使用與皇室有關的各種意象之外，還使用別的人工意象，表達富貴、吉祥的意義。丁謂的《鳳棲梧》，「玉梯」，亦表現富麗堂皇之象，他的另一首《鳳棲梧》，「仙客宴」，指豪華的宴會，「壺中」，則指歡樂的氣氛，柳永的中呂宮《送征衣》，「爐香」，顯示出祥和之象，他的仙呂宮《傾杯樂》，「龍鳳燭」，吉祥之物，他的歇指調《永遇樂》，「琛贐」，獻貢的財物。晁端禮的《金人捧露盤》，「遊宴」，言豪華宴會。晁端禮的《玉女搖仙珮》，「車馬喧」，言熱鬧，「鳴佩腰金」、「玉函」、「金篆」言富貴，「千鍾」、「彩衣」、「爐煙」、「珠簾」、「元圭」，言歡樂。他的《壽星明》，有「鳳髓」、「翡翠」、「高宴」等言富貴的意象。他的《黃河清》，「香煙」、「馨香」，表祥和之氣。趙仲御的《瑤臺第一層》，「鳳燈」、「鸞炬」、「廉箔」、「尊罍」，皆爲吉祥之物。葛勝仲的《醉蓬萊》，「瑞爐煙嫋」，言祥和之氣。劉一止的《望海潮》，「華燈」，言繁華之景。曹組的《聲聲慢》，「重簷」、「閣道」、「麗彩」，言華麗，「瑞煙」、「金翠」、「羅綺」，言富貴。万俟詠的《雪明鳷鵲夜慢》，「鳳帳」、「龍簾」、「翠金」、「百寶」、「錦繡」、「金錢」，均言富貴，他的《醉蓬萊》，「銅壺」、「絳燭」、「銀燈」、「羅綺」、

「珠翠」、「鳳爐」,亦皆言豪奢。曹勛的《玉連環》,「芳筵」、「絳屐」、「壽煙」,言富貴生活,他的《夏雲峰》,「金獸」、「祥煙」、「寶觸」,亦言此,他的《綠頭鴨》,「祥煙」、「金獸」、「玉觸」,與前詞意象同。

　　歌功頌德詞還使用與歌舞有關的意象,顯示出歌舞昇平的盛世局面。丁謂的《鳳棲梧》中的「笙歌」,另一首《鳳棲梧》中的「瀟瑟篌笙」。柳永仙呂宮《傾杯樂》中的「樂府兩籍神仙」、「梨園四部絃管」,言歌舞場面,他的大石調《迎新春》,「嶰管」,管樂器的美稱,「青律」,春天的律管,「喧天瀟鼓」,亦言音樂場面,他的中呂宮《送征衣》,「大樂」亦言音樂。柳永的歇指調《永遇樂》,「韶護」、「鏘金」、「競歌」,均寫歌舞場面。張先的般涉調《慶同天》,「鈞廣樂」,即「鈞天廣樂」,神話傳說指天上的音樂,「仙聲」,亦言音樂美聽。晁端禮的《金人捧露盤》,「萬樂喧天」,言音樂盛大,他的《壽星明》,「徵招」,古樂章名,「初遍」,借指樂曲。他的《黃河清》,「大晟」,音樂機關,「六樂」,泛指音樂。趙仲御的《瑤臺第一層》,「嶰管」、「仙歌韶吹」,皆指音樂。葛勝仲的《醉蓬萊》,「舞獸鏘洋」、「管絃聲杳」,均指歌舞盛大的場面。王安中的《徵招調中腔》,「九韶」,本指舜時樂曲名,此指宮廷雅樂。劉一止的《望海潮》,「舜韶聲舉」、「是處歌謠」,寫歌舞歡樂情景。万俟詠的《雪明鵁鶄夜慢》,「簫鼓」,他的《醉蓬萊》,「沸天歌吹」、「六曲」,皆言盛大的音樂場景。曹勛的《玉連環》,「鈞韶」、「歌舞」,他的《夏雲峰》,「笙簫」、「歌舞」,皆言音樂,他的《綠頭鴨》,「鳳韶」,相傳為禹舜時的樂曲,後泛指帝王宮殿上的音樂。

　　歌功頌德詞還使用對皇室膜拜的語詞,來顯示皇權的威嚴。丁謂的《鳳棲梧》,「萬人瞻羽葆」,寫出都城百姓的景仰之態。柳永的中呂宮《送征衣》,「山呼鼇抃」,言臣民歡欣鼓舞,他的仙呂宮《傾杯樂》,「向曉色、都人未散。盈萬井、山呼鼇抃」,亦寫都城百姓,他的歇指調《永遇樂》,「藩侯瞻望彤庭」,寫朝臣的擁戴。晁端禮的《金人捧露盤》,「都人望天表」,他的《玉女搖仙珮》,「四海瞻儀表」,

寫子民的景仰，他的《壽星明》，「山呼鼇抃」之詞再次出現。葛勝仲的《醉蓬萊》，「抃鼇欣戴」、「萬宇均歡」，亦寫民眾擁戴。劉一止的《望海潮》，「爭待鳳輿回」，寫朝臣的擁護。曹組的《聲聲慢》，「陸海人山輻輳，萬國歡聲」，言民眾歡愉。万俟詠的《醉蓬萊》，「望舜顏瞻禮」，寫民眾膜拜。曹勛的《綠頭鴨》，「寰宇歌元首」，他的《十六賢》，「四方感格臻上瑞」，寫出百姓頂禮之態。

　　歌功頌德詞還有直接表白擁護皇權的語詞。丁謂的《鳳棲梧》，「後天」，祝壽之詞，「祝聖天難老」，亦爲祝語。柳永的中呂宮《送征衣》，「願巍巍、寶曆鴻基，齊天地遙長」，他的仙呂宮《傾杯樂》，「願歲歲，天仗裏、長瞻鳳輦」，他的歇指調《永遇樂》，「祝堯齡、北極齊尊，南山共久」，均直接表示祝願之意。張先的般涉調《慶同天》，「祝華封」、「與天同」，直接祝頌。晁端禮的《金人捧露盤》，「願歲歲聞道」，表示擁護之意。葛勝仲的《醉蓬萊》，「與天難老」，直接祝頌。曹勛的《玉連環》，「祝無疆御曆萬萬年」，他的《夏雲峰》，「都是祝、南山聖壽，億萬斯年」，他的《綠頭鴨》，「祝聖壽。聖壽無疆，兩儀並久」，他的《水龍吟》，「願青宮布政，龍樓問寢，同千萬歲」，他的《十六賢》，「千萬歲」，均有直抒祝頌之意。陳郁的《寶鼎現》，「但長願，際昇平世，萬載皇基因睹」，亦爲直接祝頌之語。

　　經過以上對歌功頌德詞語言運用上的分析，我們發現，從北宋到南宋，大量詞作裏出現的意象都很單調，皆爲表達富貴、吉祥之義，那些描寫臣民對皇室膜拜以及直接對皇室表示祝頌的語詞，基本上重複、老套。意象的單調，語詞的重複，使得歌功頌德詞在語言上，並沒有很高的藝術性。

　　分析了歌功頌德詞在語言運用上的特點，我們試著對此類詞的結構作些分析。我們先來看宋初丁謂所做的《鳳棲梧》：

　　　　朱闕玉城通閬苑。月桂星楡，春色無深淺。瀟瑟篔笙
　　仙客宴。蟠桃花滿蓬萊殿。　　九色明霞裁羽扇。雲霧爲
　　車，鸞鶴驂雕輦。路指瑤池歸去晚。壺中日月如天遠。

此詞上闋先寫景，再寫到皇宮。下闋讚美帝王的威儀，最後表達祝願之意，即「寫景—頌美—祝願」的結構模式。再看柳永的仙呂宮《傾杯樂》：

> 禁漏花深，繡工日永，蕙風布暖。變韶景、都門十二，元宵三五，銀蟾光滿。連雲複道凌飛觀。聳皇居麗，嘉氣瑞煙蔥蒨。翠華宵幸，是處層城閬苑。　龍鳳燭、交光星漢。對咫尺鰲山開羽扇。會樂府兩籍神仙，梨園四部絃管。向曉色、都人未散。盈萬井、山呼鼇抃。願歲歲，天仗裏、長瞻鳳輦。

此詞也是上闋先寫景，再寫皇宮氣勢。下闋先寫皇宮裏的歡樂場景，再寫到都人，最後表達祝願。此詞比上首詞鋪敘得多，尤其在下闋，通過皇宮裏的歌舞盛大的場面和都人的景仰之態，從側面來寫帝王的威儀，也是「寫景—頌美—祝願」的結構模式。再看柳永的一首歇指調《永遇樂》：

> 熏風解慍，晝景清和，新霽時候。火德流光，蘿圖薦祉，累慶金枝秀。璿樞繞電，華渚流虹，是日挺生元后。纘唐虞垂拱，千載應期，萬靈敷祐。　殊方異域，爭貢琛賮，架黿航波奔湊。三殿稱觴，九儀就列，韶護鏘金奏。藩侯瞻望彤庭，親攜僚吏，競歌元首。祝堯齡、北極齊尊，南山共久。

此詞上闋亦是先寫景，接著寫帝王的聖明，下闋先寫臣民景仰，也是側面描寫，最後表達祝願，也是如上結構模式。

　　歌功頌德詞的這種結構模式，並沒有隨著詞體本身的發展而有所發展，到了北宋後期徽宗朝，出現大量歌功頌德詞，但這種結構模式並沒有發生多大的變化。先來看晁端禮的一首《壽星明》：

> 露濕晴花，散紅香清影，建章宮殿。玉宇風來，銀河雲斂，天外老人星現。向曉千官入，稱慶山呼鼇抃。鳳髓香飄，龍墀翡翠，簾櫳高卷。　朝罷仗衛再整，肅鳴鞘，又向瑤池高宴。海寓承平，君臣相悅，樂奏徵招初遍。治極將何報，檢玉泥金封禪。見說山中居民，待看雕輦。

上闋先寫景，接著寫民眾的歡呼擁戴，其中穿插了寫景。下闋歌頌帝王威儀，最後表達個人的心願。與前面所舉的詞作相比，這首詞在總體結構上沒多大變化，但開始將寫景穿插到寫人、事之中。再看晁端禮的《金人捧露盤》：

> 天錫禹圭堯瑞，君王受釐，未央宮殿。三五慶元宵，掃春寒、花外蕙風輕扇。龍闕前瞻，鳳樓背聳，中有鼇峰見。漸紫宙、星河晚。放桂華浮動，金蓮開遍。御簾卷。須臾萬樂喧天，群仙扶輦。　　雲間，都人望天表，正仙葩競插，異香飄散。春宵苦長短。指花陰，愁聽漏傳銀箭。京國繁華，太平盛事，野老何因見。但時效華封祝，願歲歲聞道，金輿遊宴。暗魂斷。天涯望極長安遠。

上闋先寫景，與柳詞對照，發現其寫景的技巧相比宋初沒多大變化，還是一味得鋪寫渲染，接著是帝王出場。下闋先寫都人觀望，中間穿插寫景，還將作者自己的心理描寫加進去，最後表達祝願之意，這樣一來，這首詞就結構而言，還是「寫景─頌美─祝願」的模式，但顯然要複雜一些，能將寫景穿插到對皇室的描寫中去，寫景和寫人、事有了一定程度的交融，同時，有了心理描寫，這些都是表現形式的變化。

　　南渡以後，高宗朝後期至孝宗朝初期，也有一些歌功頌德詞作，我們先來看曹勛的一首《鳳凰臺上憶吹簫》：

> 碧玉煙塘，絳羅豔卉，朱清炎馭升暘。正應運、真人誕節，寶緒靈光。海宇均頌湛露，環佩拱、北極稱觴。歡聲決，三十六宮，齊奉披香。　　芬芳。寶熏如靄，仙仗捧椒扆，秀繞嬪嬙。上萬壽、雙鬟妙舞，一部絲簧。花滿蓬萊殿裏，光照坐、尊俎生涼。南山祝，常對化日舒長。

此詞上闋先寫景，接著寫皇室歡樂場面。下闋接著寫宮內歌舞盛況，中間也穿插寫景，最後表達祝意。此詞和北宋歌功頌德詞的寫法大致相同，技藝上沒有明顯的發展。再看曹勛的另一首《綠頭鴨》：

> 喜雨薰泛景，翠雲低柳。正涼生殿閣，梅潤曉天，暑

風時候。應乘幹、彩虹流渚，驚電繞、璿霄樞斗。大業輝
光，益建火德，梯航四海盡奔走。六府煥修，多方平定，
寰宇歌元首。凝九有。三辰拱北，萬邦孚祐。　對祥煙、
霽色清和，鳳韶九成儀畫。聽山聲、響傳呼舞，騰紫府、
香濃金獸。禁籞昇平，慈闈燕適，褅衣共上玉觴酒。齊奉
舜圖，南山同永，合殿備金奏。祝聖壽。聖壽無疆，兩儀
並久。

此詞篇幅較長，但結構並無多大變化，上闋先寫景，接著頌政。下闋
先寫景，次寫臣民歡呼，再寫景，再寫宮內的歡樂場景，寫景與寫人、
事交叉進行，筆法有了跌宕之感，形成了舒緩的節奏，最後表達祝賀。
可以看出，此此詞仍然是「寫景—頌美—祝願」的結構模式，但在寫
景與寫人、事的安排上，有了提高。再看曹勛的一首《水龍吟》：

嫩涼微嫋，秋容乍肅，迥覺涼如水。重陽已近，岩葦
增秀，一鉤天際。香動前星，氣橫文圃，榮光呈瑞。仰宸
心密眷，行都正牧，兵民奉、神明治。　金殿朝回燕適。
肆武功、文德咸備。蕭閒翰墨，惟親書史，不尋羅綺。歡
動宸嚴，宴開鶴禁，生朝和氣。願青宮布政，龍樓問寢，
同千萬歲。

此詞上闋先寫景，接著寫頌政。下闋接著頌政，最後表達祝願。這首
詞的寫法就沒有特別之處，還是沿用固有的結構套路。可以看出，曹
勛並不是每一首詞都在寫法上超越前人，而是有些詞在寫法上有所突
破，有些詞與北宋的歌功頌德詞並無多大區別。我們再看汪元量寫於
南宋末的一首《鳳鸞雙舞》：

慈元殿、熏風寶鼎，噴香雲飄墜。環立翠羽，雙歌麗
調，舞腰新束，舞纓新綴。金蓮步、輕搖彩鳳兒，翩翻作
戲。便似月裏仙娥謫來，人間天上，一番遊戲。　聖人
樂意。任樂部、簫韶聲沸。眾妃歡也，漸調笑微醉。競奉
霞觴，深深願、聖母壽如松桂。迢遞。更萬年千歲。

此詞上闋仍是先寫景，接著讚美宮中歌舞之盛。下闋仍然頌美宮中歡
樂情景，最後表達祝願。由此，我們可以看出，到宋末，歌功頌德詞

「寫景─頌美─祝願」的結構模式並沒有什麼變化。

　　經過以上分析，可以發現，歌功頌德詞在寫法上，基本遵循「寫景─頌美─祝願」的結構模式，其間雖然在寫景與寫人、事的安排技藝上，有些發展，但終宋之世，並未突破這個固定的寫作套路，而這一套路，就詞體整體的寫作技藝而言，並未達到較高的水平，因而，這類詞的結構也並未具有很高的藝術性。

第二節　壽詞的表現形式

　　宋代壽詞數量很大，近年來，很多學者已經注意到這一現象，研究成果比較多，較突出的有劉尊明的《宋代壽詞的文化內蘊與生命主題》〔註1〕，吳永江《宋代壽詞初論》〔註2〕，李紅霞《從文化學角度解讀南宋壽詞的勃興》〔註3〕，等等，很明顯，這些論文多從外圍文化環境來研究壽詞，有鑒於此，本節試圖從結構來分析壽詞的表現形式。

　　松、椿、龜、鶴、蟠桃等象徵長生的語詞，喜慶場面的描寫，還有關於功名、富貴、長生的讚語或祝語，這些就是一般壽詞的要素，這些要素單獨或聯合使用，構成了壽詞常見的結構模式。

　　宋初，晏殊寫的壽詞比較多，我們先來看《木蘭花·壽詞》：

> 　　紫薇朱槿繁開後。枕簟微涼生玉漏。玳筵初啓日穿簾，
> 檀板欲開香滿袖。　　紅衫侍女頻傾酒。龜鶴仙人來獻壽。
> 歡聲喜氣逐時新，青鬢玉顏長似舊。

這首詞以慶壽場面的描寫貫穿始終，使用「龜」、「鶴」的意象，最後表達「青鬢玉顏長似舊」的祝願。再看晏殊的《拂霓裳》：

> 　　慶生辰。慶生辰是百千春。開雅宴，畫堂高會有諸親。

〔註1〕劉尊明《唐宋詞綜論》，中國社會科學出版社，頁135～162。

〔註2〕吳永江《宋代壽詞初論》，中國韻文學刊，1996年第2期，頁46～51。

〔註3〕李紅霞《從文化學角度解讀南宋壽詞的勃興》，江淮論壇，2004年第3期，頁127～130。

　　鈿函封大國，玉色受絲綸。感皇恩。望九重、天上拜堯雲。
今朝祝壽，祝壽數，比松椿。斟美酒，至心如對月中人。
　　一聲檀板動，一炷蕙香焚。禱仙眞。願年年今日、喜長新。

此詞也是以壽宴場面的描寫作爲主要框架，中間使用「松」、「椿」意象，最後表達「願年年今日、喜長新」的祝語，與上詞的結構基本相同。

　　到了北宋中後期，壽詞的這一結構模式仍被延用，如李之儀的《萬年歡》：

　　暖律才中，正鶯喉競巧，燕語新成。萬綠陰濃，全無一點芳塵。門巷朝來報喜，慶佳期、此日光榮。開華宴、交酌瓊酥，共祝鶴算椿齡。須知最難得處，雙雙鳳翼，一對和鳴。　　造化無私，誰教特地多情。惟願疏封大國，彩箋上、頻易佳名。從此去、賢子才孫，歲歲長捧瑤觥。

開頭寫景，接著寫慶壽場景，也使用「鶴」、「椿」意象，最後表達祝願。就結構而言，與上詞並無多少區別。再看毛滂的《小重山·家人生日》：

　　鶴舞青青雪裏松。冰開龜在藻，綠蒙茸。一成不記蕊珠宮。蟠桃熟，應待幾東風。玉酒紫金鍾。非煙羅幕暖，寶熏穠。贈君春色臘寒中。君留取，長伴臉邊紅。

此詞出現「鶴」、「龜」、「蟠桃」意象，將這些意象貫穿於慶壽場面的描寫中，最後表達祝願，與以上詞作的結構相同。

　　南渡時期，這一結構仍然被沿用，如廖剛的《望江南》：

　　蓬山曉，龜鶴倚芝庭。雲覆寶薰迷舞鳳，玉扶瓊液薦文星。棠陰署風清。　　人盡道，天遣瑞昇平。九萬鵬程才振翼，八千椿壽恰逢春。貂袞曜公榮。

此詞也是描寫慶壽場景，並使用「龜」、「鶴」、「椿」的意象，還有對祝壽對象前程及功名的祝語。再看張元幹的《青玉案》：

　　花王獨佔春風遠。看百卉、芳菲遍。五福長隨今日宴。粉光生豔，寶香飄霧，方響流蘇顫。　　壽祺堂上修篁畔。乳燕雙雙賀新院。玉斝明年何處勸。旌幢滿路，貂蟬宜面，

歸覲黃金殿。

饒是張元幹志存高遠，這首壽詞也沿用舊的路數，在描寫慶壽場面的同時，表達對功名、富貴的祝願，寫法並無新穎之處。

南宋中後期，壽詞數量更多，但固定模式仍在襲用，我們先來看李處全的《滿江紅・鎮安女兒生日》：

> 清曉高堂，春晚處、舊紅新綠。聳纍昔、蟠桃初種，更並潭菊。強健老人松下鶴，森榮孫子霜中竹。看共持、壽斝祝期頤，傾醽醁。　　烘晴畫，爐煙馥。連永夜，笙歌簇。喜一時歡意，何人兼足。早願諸甥成宅相，便從明歲開湯沐。向年年、今日度新腔，調仙曲。

「壽斝祝期頤」、「爐煙馥」、「笙歌簇」，皆是對慶壽場面的描寫，洋溢著歡樂的氣氛，在描寫慶壽場面的過程中，使用「蟠桃」、「菊」、「松」、「鶴」這些表示長壽的意象，最後再表達祝願。再看盧炳的《多麗》：

> 慶佳辰。熊羆協夢生申。記當年、曾遊月殿，笑談高躍龍津。德彌高、源流孔孟，才迥出、黼黻卿雲。亞步華塗，蜚英騰茂，姓名端的簡楓宸。最好是、雍容蘭省，直道事吾君。　　還知否，承明倦直，來撫斯民。算人生、五馬最貴，朱旛畫戟行春。訟庭清、祥風和暢，鈴齋靜、佳氣氤氳。壽宴香濃，梅繁柳嫩，年年今日勸芳尊。須信道、朱顏不老，眉壽等松椿。從茲去，袞衣特立，廊廟經綸。

此詞篇幅較長，對祝壽對象的讚頌較多，但主體結構仍然是對壽宴的描寫，亦使用「松」、「椿」意象，最後表達功名祝願。

最後我們看南宋晚期姚勉的一首《沁園春・壽張府判夫人》：

> 梅笑東風，只兩日間，又新歲華。有玉龜阿母，獻三蟠實，蕊宮仙子，飛七香車。春滿蝦簾，雪晴鴛瓦，窗戶非煙籠翠紗。萱堂上，看衣翻戲彩，觴捧流霞。　　君家。元是仙家。幾度看菖蒲九節花。來劍池丹井，平分風月，一溪流水，猶泛胡麻。壽慶千秋，榮封兩國，綠鬢猶深楊

柳鴉。長生藥，在蓬萊頂上，不必丹砂。

同前面所舉詞作的結構一樣，主體結構也是由喜慶的壽宴場面構成的，頗多讚美，並使用「玉龜」、「蟠實」的意象，還有「千秋」、「長生」的祝語。

　　從上面所舉各個階段的壽詞作品來看，兩宋的壽詞自始至終都有一個結構模式，即圍繞著喜慶的壽宴場面，將「松」、「椿」、「龜」、「鶴」等象徵長壽的意象嵌入詞中，又使用功名、富貴、長生等讚語或祝語。因為祝壽時一個較為狹窄的目的，壽詞在內容上自然受到限制，而兩宋壽詞這種結構模式的襲用，使得宋代數量眾多的壽詞套路明顯，藝術成就普遍不高，所以，學者歷來對這類詞並無多少喜歡：「（生日獻詞）以諛佞之筆，攔入風雅，不幸而傳，豈不倒卻文章架子。」〔註4〕朱彝尊在《詞綜‧發凡》中也說：「宣政而後，士大夫爭為獻壽之詞，聯篇累牘，殊無意味。」唐圭璋在編輯《全宋詞》時，面對數量巨大而藝術成就普遍較低的情況，也說認為壽詞整體上藝術性普遍較低，但是，我們若仔細考察起來，就表現形式而言，壽詞的結構形式並不是一成不變的，很多詞人都在不斷地探索。

　　首先，套路的省略。有些壽詞，只保留了普通壽詞的一些要素，從而淡化了壽詞的結構模式。我們看趙鼎的《醉蓬萊‧慶壽》：

　　　　破新正春到，五葉堯蓂，弄芳初秀。翦彩然膏，燦華
　　筵如畫。家慶圖中，老萊堂上，競祝翁遐壽。喜氣歡容，
　　光生玉斝，香霏金獸。　　誰會高情，淡然聲利，一笑塵
　　寰，萬緣何有。解組歸來，訪漁樵朋友。華髮蒼顏，任從
　　老去，但此情依舊。歲歲年年，花前月下，一尊芳酒。

此詞上闋是喜氣洋洋的壽宴場面，沿用了普通壽詞的寫法。下闋卻將自己的志向納入其中，「淡然聲利，一笑塵寰，萬緣何有」，在塵世間苦苦掙扎了很多年，到老才看透名利，因此，「解組歸來，訪漁樵朋

〔註4〕〔清〕吳衡照《蓮子居詞話》，唐圭璋編《詞話叢編》，中華書局1996年，卷二。

友」成爲他向往的生活方式，也才有了「華髮蒼顏，任從老去」的從
容心態。結尾處「歲歲年年，花前月下，一尊芳酒」，保留了普通壽
詞祝語的形式。可以看出，此詞的上闋是對壽詞結構模式的承襲，下
闋因要表達個人情懷，從而省略了一些「松」、「鶴」、「龜」等壽詞常
用的意象，從而造成了套路部分省略的變革。我們再看南宋中期劉光
祖的《沁園春‧壽晁帥七十》：

> 畫戟如霜，綺疏如水，篆香漸微。向鶯花多處，青山
> 袞袞，鷺鳧散後，落屑霏霏。曾是鸞臺金馬客，一場夢覺
> 來人事非。多少話，付無心雲葉，自在閒飛。　　想看燕
> 鴻易感，□幾度春往秋又歸。見黃餘露點，東坡菊賦，清
> 傳雪片，處士梅詩。向此年年開壽斝，算今古人生七十稀。
> 歌嘯外，作皇朝遺老，名字輝輝。

與所舉的上首詞相同，壽詞常用的意象也被省略掉了。結尾處「作皇
朝遺老，名字輝輝」，表達的祝願與一般壽詞不同，但仍然採用祝語
的形式。另外，由「篆香漸微」、「向此年年開壽斝」，我們可以看出，
此詞也是以壽宴場面來貫穿全詞的，但在閱讀的過程中，基本上感覺
不到壽宴場面的存在，所以，這首詞不但取消了常用意象，而且弱化
了壽宴場面及其喜慶色彩。我們再看魏了翁的《賀新郎‧許遂寧奕生
日》：

> 多少龍頭客。數從前、何官不做，清名難得。萬里將
> 壇歸報漢，青鎖還應催當夕。又一葉、扁舟去國。許史廬
> 前車成霧，未如公、正怕雲霄逼。留不盡，二三策。　　一
> 聲千里樓前笛。過天涯、浮雲不斷，鎮長秋色。試上層樓
> 分明看，無數水遠山碧。問此意、有誰曾識。獨抱孤衷蒼
> 茫外，滿闌干，都是長安日。終有待，佐皇極。

如果沒有題目，我們看不出這首詞是爲祝壽而作，此詞不但沒有常用
意象，連一般貫穿壽詞的壽宴場面也絕然看不見，更沒有讚語與祝
語，將壽詞常用的套路全部省略。如此看來，對構成壽詞的要素部分
省略或全部省略，是造成壽詞表現形式變化的途徑之一。

其次，將普通壽詞裏的並無多少實指意義的頌贊套語取消，在詞面上不顯示套語，將頌贊之意化入詞中，也是壽詞表現形式變化的途徑。我們看陳亮爲朱熹所寫的一首《水調歌頭‧癸卯九月十五日壽朱元晦》：

> 人物從來少，籬菊爲誰黃。去年今日，倚樓還是聽行藏。未覺霜風無賴，好在月華如水，心事楚天長。講論參洙泗，杯酒到虞唐。　　人未醉，歌宛轉，興悠揚。太平胸次，笑他磊魄欲成狂。且向武夷深處，坐對雲煙開斂，逸思如微茫。我欲爲君壽，何許得新腔。

通讀此詞，可知此詞沒有常用的祝壽意象，卻有壽宴場面的描寫，此詞在寫法上值得注意的是，將常用的讚語或祝願取消，將頌意化入詞句之中，「洙泗」，代指儒家學說，「虞唐」，指上古人民康樂、政治清明的理想時代，「講論參洙泗，杯酒到虞唐」，道出了朱熹一生的追求及理想，這裏面所蘊含的頌贊之意頗爲深切。「太平胸次，笑他磊魄欲成狂」，雖說是「笑」，對於朱熹心中鬱結的不平之氣，實爲悲慨，而同時，又在這複雜的悲慨之中包含著讚美之意，所以，這首詞是將壽詞裏流於形式化的祝語取消，而將充滿眞情實感的祝頌之意融入詞作之中，造成了對壽詞形式的變化。我們再看陳允平的《三犯渡江雲》：

> 風流三徑遠，此君淡薄，誰與伴清足。歲寒人自得，傍石鋤雲，閒裏種蒼玉。琅玕翠立，愛細雨、疏煙初沐。春晝長，秋聲不斷，洗紅塵凡俗。　　高獨。虛心共許，淡節相期，幾人閒棋局。堪愛處，月明琴院，雪晴書屋。心盟更許青松結，笑四時、梅礬蘭菊。庭砌曉，東風旋添新綠。

此詞序云：「舊平聲，今改入聲，爲竹友謝少保壽」，沒有寫祝壽場面，但有「青松」的意象。此詞的值得注意的地方也是將祝頌之意融入字裏行間，「傍石鋤雲，閒裏種蒼玉」，寫出謝少保的閒適，暗含讚美之意。「月明琴院，雪晴書屋」，則寫其人優雅的生活方式。

沈義父說：「壽曲最難作，切宜戒『壽酒』、『壽香』、『老人星』、『千壽萬歲』之類。須打破舊曲規模，只形容當人事才能，隱然有祝頌意方好。」〔註5〕此詞可以說是對壽詞結構模式改革的典範之作，避免了常用的讚語與祝語的模式，隱然含有祝頌之意。

　　再次，詞人追求新奇的創作追求，在客觀上，也可以使壽詞對原有的模式呈現一定程度的突破。張炎《詞源》（下）：「松椿龜鶴，有所不免，卻要融化字面，語意新奇。〔註6〕」就張炎的觀點來看，使用「松」、「椿」、「龜」、「鶴」這些意象也未嘗不可，只要能「融化字面，語意新奇」，也是可以接受的。我們來看毛滂《點絳唇・家人生日》：

　　　　何處君家，蟠桃花下瑤池畔。日遲煙暖。占得春長遠。
　　　幾見花開，一任年光換。今年見。明年重見。春色如人面。

這首小令一開頭就沿襲使用了「蟠桃」意象，中間幾句亦平淡，但後三句「今年見。明年重見。春色如人面」，花每年都開，今年見了，明年還能見到，容顏也像春色一樣，一年一年地美麗依舊，一般將人面比作花，此詞卻將人面比作春色，寫出了不會凋零的美麗，有祝願之意，亦有一些喜氣在其中。再看管鑒的《浣溪沙・壽程將》：

　　　　小小梅花巧耐寒。曛曛晴日醉醒間。茶甌金縷鷓鴣斑。
　　　三壽作朋須共醉，一杯留客未應慳。酒腸如海壽如山。

這首壽詞小令，前幾句寫得頗有閒散之氣，語句間也比一般的壽詞來得疏放，而「酒腸如海壽如山」，語意更奇，一般在祝壽時，會用「海」來比「福氣」，而此詞則翻用舊意，將本體換爲「酒腸」，新鮮、有趣，給人印象深刻，另外，與前幾句的閒散之氣連起來看，不僅情緒上顯出遞進，而且，就表現形式而言，明顯地突破了壽詞的結構模式。

　　又次，詞人追求工雅的寫作態度，也可以使壽詞在一定程度上

〔註5〕〔宋〕沈義父《樂府指迷》，唐圭璋編《詞話叢編》，中華書局 1996年。
〔註6〕〔宋〕張炎《詞源》，唐圭璋編《詞話叢編》，中華書局 1996 年。

突破結構模式，顯示出表現形式上的變化。近人況周頤則在《蕙風詞話》說得更爲具體：「壽詞難得佳句，尤易入俗，古山（張埜夫）《太常引》（壽高承相部省回）云：『報國與憂時，怎瞞得星星鬢絲。』《水龍吟》（爲何相壽）云『要年年霖雨，變爲醇酎，共蒼生醉。』渾雅而近古樸，雖壽詞亦可存。」況周頤所舉雖非宋代詞人，但他提出了壽詞應寫得工雅的要求，可以這樣說，一般的壽詞大多因遵循套路，即使用語典雅，也不免落入俗套，而若眞正追求工雅，所作之詞，則必定對固有的結構模式有所突破。我們來看張炎的《南樓令‧壽同溪》：

> 天淨雨初晴。秋清人更清。滿吟窗、柳思周情。一片香來松桂下，長聽得、讀書聲。　閒處卷黃庭。年年兩鬢青。佩芳蘭、不繫塵纓。傍取溪邊端正月，對玉兔、話長生。

我們知道，張炎論詞主張「清空」，他的創作也在實踐這一主張，壽宴雖歡樂，但洋溢著俗世的生活氣息，故張炎沒寫；常用的意象，雖爲物象，但已被用濫，故亦不用；讚語與祝語，亦成俗套，故亦不取。此詞選取的景象優美，「天淨」、「雨晴」、「秋清」、「人清」，再加上讀書聲、溪邊月，純然一幅清新動人的秋景圖，如此寫作壽詞，則固有的模式不攻自破了。我們再看姜夔的《阮郎歸》：

> 紅雲低壓碧玻璃。惺憁花上啼。靜看樓角拂長枝。朝寒吹翠眉。　休涉筆，且裁詩。年年風絮時。繡衣夜半草符移。月中雙槳歸。

此詞爲張平甫而作的壽詞。此詞用字工整，「紅雲」、「碧玻璃」，色彩搭配得當；「靜看」、「拂長枝」，動靜交織，「夜半」、「月中」顯示其清。詞人下筆愼重，字字妥貼工穩，自是套路中縛不住者。

最後，「言志」方式滲入壽詞中，也會在客觀上打破壽詞一般的結構模式。這一現象最明顯地在自壽詞中體現出來。祝壽只是一個契機，詞人借著生日這一特殊日子，思考人生，表達自己的人生情懷。我們來看蘇轍《漁家傲‧和門人祝壽》：

> 七十餘年眞一夢。朝來壽斝兒孫奉。憂患已空無復痛。
> 心不動。此間自有千鈞重。　　早歲文章供世用。中年禪
> 味疑天縱。石塔成時無一縫。誰與共。人間天上隨他送。

此詞爲蘇轍對自己七十年人生歷程的反思與回顧，「七十餘年眞一夢」，一起筆就脫卻祝壽時的喜慶氣氛，表達出「人生如夢」的心理，「憂患已空無復痛」、「心不動」，寫出了歷盡人生苦難後的滄桑心境，全然沒有普通人過生日時的喜悅心情。「早歲文章供世用。中年禪味疑天縱」，經過了青年時期的入世，隨著中年時期出世思想的增長，人生至此，也無復再多想望，「人間天上隨他送」，曠達之中有些無奈與苦澀。這首詞既沒有喜慶的祝壽場面的描寫，也沒有祝壽常用的意象，也沒有功名、富貴、長生的讚語與祝語，在表達自己人生感受的同時，給此詞打上了明顯的「言志」色彩，從而也就突破了壽詞的結構模式。再看南宋後期魏了翁的《賀新郎・生日謝寓公載酒》

> 只記來時節。又三年、朱煒過了，恰如時霎。獨立熏
> 風蒼涼外，笑傍環湖花月。多少事、欲拈還報。扶木之陰
> 三千丈，遠茫茫、無計推華髮。容易過，三十八。　　此
> 身待向清尊說。似江頭、泛乎不繫，扁舟一葉。將我東西
> 南北去，都任長年旋折。風不定、川雲如撒。惟有君恩渾
> 未報，又故山、猿鶴催歸切。將進酒，緩歌闋。

「獨立熏風蒼涼外」，景中含情，亦有人生感慨。「將我東西南北去，都任長年旋折」，寫出自己漂泊挫折之感。而「惟有君恩渾未報，又故山、猿鶴催歸切」，則寫出了自己的志向以及內心的矛盾。作者在寫這首詞時，旨在「言志」，因而便將壽詞常用的結構套路拋棄，造成表現形式上的變化。

綜上所述，兩宋壽詞有自己固定的結構模式，很多名家參與壽詞的創作，使這一模式的不斷地得到突破，從而使壽詞的寫作成爲詞史上一個豐富的現象。

第三節　辛派祝頌詞的藝術成就

　　南宋中期，以辛棄疾爲中心的詞人，他們在群體的力量中，用共同的北伐理想來互相激勵，他們所寫的很多祝頌詞，成爲祝頌詞中藝術成就最高的作品。因此，本節專門對南宋中期辛派祝頌詞的藝術成就予以分析。

　　辛派祝頌詞就整體詞風而言，即基本呈現豪放風格。首先，與一般祝頌詞相比，辛派祝頌詞在表達祝頌時往往將高遠的政治理想寫入其中，雖然這是思想內容方面的特點，但這是他們豪放風格的思想基礎，無疑具有表達形式方面的意義。我們先來看《水調歌頭‧鞏采若壽》：

　　　　泰嶽倚空碧，汶□卷雲寒。萃茲山水奇秀，列宿下人
　　寰。八世家傳素業，一舉手攀丹桂，依約笑談間。賓幕佐
　　儲副，和氣滿長安。　　分虎符，來近甸，自金鑾。政平
　　訟簡無事，酒社與詩壇。會看沙堤歸去，應使神京再復，
　　款曲問家山。玉佩揖空闊，碧霧靄蒼鸞。

「萃茲山水奇秀，列宿下人寰」，讚美鞏採若不凡的天資；「八世家傳素業，一舉手攀丹桂，依約笑談間」，讚美鞏采若的才能出眾，並且氣度不凡；「賓幕佐儲副，和氣滿長安」，則讚美其令譽，單就上闋而言，這與一般的祝頌詞並無多少不同，而下闋，則與一般的祝頌詞顯出不同來，「分虎符，來近甸，自金鑾」，虎符，原指古代帝王授予臣下兵權和調發軍隊的信物，此處用來指稱鞏采若的軍隊生活；「政平訟簡無事」，側面展示鞏采若治績頗好，「酒社與詩壇」，揭示其軍隊生活之餘優游的狀況，可以看出，下闋至此已經與現實生活貼近，而接下來的兩句：「應使神京再復，款曲問家山」，將高遠的政治理想寫入詞中。至此，我們可以體會到詞人的匠心，一般的祝頌詞是以頌揚爲目的和旨歸，而此詞上闋雖有對其才能、氣度、令譽的讚美，但詞人稱頌的目的卻在於以此爲契機，勉勵他爲「神京再復」的政治理想而努力。正如業師趙仁珪先生所言：「辛棄疾對

於志同道合的朋友，只要一有機會，就以北伐恢復相勸勉，在這些贈酬唱和的詞作中，他一反前人只寫彼此相思，爾汝相怨的老路，寫進大量鼓吹北伐，建功立業的內容，使酬唱詞出現了個嶄新的面目。」〔註7〕辛派詞人共同的理想就是恢復中原，所以，他們之間以此理想互相勸勉，確也在情理之中。另外，即使在一些看來似乎與北伐並無直接聯繫的祝頌詞作裏，也能清楚看到他們的政治理想，如張孝祥的《水調歌頭·凱歌上劉恭父》：

> 猩鬼嘯篁竹，玉帳夜分弓。少年荊楚劍客，突騎錦襜紅。千里風飛雷厲，四校星流慧掃，蕭斧鉹春蔥。談笑青油幕，日奏捷書同。　　詩書帥，黃閣老，黑頭公。家傳鴻寶秘略，小試不言功。聞道璽書頻下，看即沙堤歸去，帷幄且從容。君王自神武，一舉朔庭空。

通過前面的分析，我們知道，乾道元年，張孝祥守桂林，值湖南李金作亂，安撫使劉珙大破賊兵，此事件在這首詞中得到充分地反映，「猩鬼嘯篁竹」，指代李金判亂，「談笑青油幕，日奏捷書同」，寫劉珙指揮若定的氣度和戰爭勝利的局面，「聞道璽書頻下，看即沙堤歸去」，寫出朝廷對劉珙的褒獎，最後「君王自神武，一舉朔庭空」，這句在歌頌帝王神武的同時，以「一舉朔庭空」相鼓勵，這也是詞人自己的政治理想。劉珙在平復內亂時功勳卓著，若將這種才能用於抗擊金人的戰爭中，那「一舉朔庭空」豈不指日可待？由此可知，此詞讚美劉珙屬實，但並不為了讚美而讚美，而是要突出自己抗金的政治理想。

其次，與一般祝頌詞相比，辛派祝頌詞往往具有雄壯闊大的意境。如辛棄疾的《滿江紅·建康史致道留守席上賦》，「鵬翼垂空」，化用《莊子·逍遙遊》裏的典故，一起筆就是大鵬振翅高飛、搏擊長空的壯美景象，「笑人世、蒼然無物」，體現出雄視人世的博大胸懷，「九重深處，玉階山立」，也展現出遼闊的氣象，「談笑護長江」，

〔註7〕趙仁珪《論宋六家詞》，北京師範大學出版社1999年，頁170。

又是何等的雄姿英發。又如辛棄疾的《水調歌頭‧壽韓南澗七十》，「看取垂天雲翼」，也是化用《莊子‧逍遙遊》裏的典故，塑造了大鵬遨遊天地的英雄形象，「九萬里風在下，與造物同遊」，背景則是蒼茫天地，意境闊大。趙善括《水調歌頭‧坐間用韻贈朱守》，「看揮毫、萬字掃雲煙」，豪情壯志畢現。我們再看他的《滿江紅‧辛卯生日二首》：

> 海嶽儲祥，符昌運、挺生前哲。天賦與、飄然才氣，凜然忠節。穎脫難藏衝斗劍，誓清行擊中流楫。二十年、麾節遍江湖，恩威浹。　香穗直，雲峰列。觴羽急，鯨川竭。共介公眉壽，贊公賢業。出處已能齊二老，功名豈止超三傑。侍吾皇、千載帶金重，頭方黑。

「天賦與、飄然才氣，凜然忠節」，用語剛硬，爲全詞奠定基調，「穎脫難藏衝斗劍，誓清行擊中流楫」，雄豪之氣撲面而來，「二十年、麾節遍江湖，恩威浹」，塑造了一個滿懷壯心的英雄形象。「雲峰列」、「觴羽急」、「鯨川竭」，全是闊大之景，顯示出詞人胸襟之開闊與高遠，結尾處「千載帶金重，頭方黑」，雖是祝頌語，但英雄之氣頗濃，可以看出，這首詞裏所呈現出來的是雄壯闊大的意境，與一般的祝頌詞判然有別。我們再來看一首陳亮寫的《洞仙歌‧丁未壽朱元晦》：

> 秋容一洗，不受凡塵涴。許大乾坤這回大。向上頭，些子是雕鶚摶空，籬底下，只有黃花幾朵。騎鯨汗漫，那得人同坐。　赤手丹心撲不破。問唐虞、禹湯文武，多少功名，猶自是、一點浮雲鏺過。且燒卻、一瓣海南沉，任拈取、千年陸沉奇貨。

此詞寫於淳熙十四年。自淳熙十一年至十三年，朱熹與陳亮時有函箚往復論學。淳熙十一年，朱熹規同甫「紬去義利雙行，王霸並用之說，從事於懲忿窒欲，遷善改過，陳亮在回信中，曾有是言：「至於堂堂之陣，正正之旗，風雨雲雷，交發而並至，龍蛇虎豹，變見而出沒，推倒一世之智勇，開拓萬古之心胸，如世俗所謂銛塊大㜄，

飽有餘而文不足者，自謂差有一日之長。」〔註8〕可見，陳亮是慷慨激昂的現實事功型文人，朱熹則致力於「研窮義理之精微」，朱、陳二人所追求的目標是有差異的，在這樣一種情景下，陳亮為朱熹生日所寫的祝頌詞就有可尋味之處了，「秋容一洗，不受凡塵浣」，脫離了一般壽詞喜慶場面的描寫，勾勒出清靜闊大的景象來，「許大乾坤這回大」，直接寫出天地遼闊之境，「向上頭，些子是雕鶚搏空」，此句可謂神來之筆，這兩句若當單純寫景來看，頗有些搏擊長空、雄放桀出之勢，形象感非常強，可以明顯感受到雄壯闊大的意境；若從哲學層面上來理解，「向上頭」，便成了形而上的追求，「些子是雕鶚搏空」，則顯然成了追求高遠理想的形象化表述。「騎鯨汗漫」，在奇崛突兀的形象中，蘊含著沉靜。「赤手丹心撲不破」，讚揚其始終不渝的追求，「問唐虞、禹湯文武，多少功名，猶自是、一點浮雲鑢過」，在時間的揀汰下，唐虞、禹湯的功業也僅如浮雲，何況我輩凡人乎？在這種對歷史的慨歎中，卻頗有些開闊之情，對汲汲義利的朱熹，未嘗不是一種切實的安慰。「任拈取、千年陸沉奇貨」，最後這句，則是看透事功結局之後對人生所取的開闊姿態。就全詞來看，前半部分是開闊雄壯之境，貫注著陳亮自己的豪放情懷，後半部分是開闊之情，包含著對朱熹專心探究義利的讚揚與撫慰。

又次，與一般祝頌詞相比，辛派祝頌詞在表達感情時，並不一味地頌美，而是頌美中有勸勉，又有詞人自己的情緒，呈現出豐富的情感維度。如辛棄疾的《滿江紅‧送信守鄭舜舉被召》：

> 湖海平生，算不負、蒼髯如戟。聞道是、君王著意，太平長策。此老自當兵十萬，長安正在天西北。便鳳凰、飛詔下天來，催歸急。　　車馬路，兒童泣。風雨暗，旌旗濕。看野梅官柳，東風消息。莫向蔗庵追語笑，只今松竹無顏色。問人間、誰管別離愁，杯中物。

鄭舜舉也是一位和辛棄疾要好的主戰派人物，此詞寫於皇帝召他去

〔註8〕〔宋〕陳亮《龍川文集》二十《甲辰答元晦書》，文淵閣四庫全書本。

臨安之際。上闋前三句讚美鄭舜舉。「此老自當兵十萬，」則又是舉薦的語氣稱頌。下闋寫鄭舜舉在信州深受百姓愛戴的政績，「看野梅官柳，東風消息」，預祝鄭回京後，朝野氣象為之一新，對朋友的希望迫切之情可見，志同道合的朋友能夠被召回京，他們共同的理想還是有實現的可能性，自然還有一些得到安慰的心理。後句表現別離情緒，而「莫向蔗庵追語笑，只今松竹無顏色」，而詞人自己孤寂的心情也是非常明顯的。這首詞的感情是多重的，除了一般祝頌詞裏常有的讚美和祝願，還有迫切的期望，別離情緒以及孤寂的心情，呈現出多種情感因素，豐富這首詞的內涵，增加了感人的成分。正如業師趙仁珪先生在總結豪放詞的表現手法時說：「用強烈真實的感情來寫詞，決不只一味地故作豪語，而是隨著感情的變化，或在豪放中帶有悲涼，或在豪放中帶有超脫。」〔註9〕再看韓元吉的《水龍吟‧壽辛侍郎》：

> 南風五月江波，使君莫袖平戎手。燕然未勒，渡瀘聲在，宸衷懷舊。臥占湖山，樓橫百尺，詩成千首。正菖蒲葉老，芙蕖香嫩，高門瑞、人知否。　　涼夜光躔牛斗。夢初回、長庚如晝。明年看取，鋒旗南下，六騾西走。功畫淩煙，萬釘寶帶，百壺清酒。便留公剩馥，蟠桃分我，作歸來壽。

「使君莫袖平戎手」，起筆表達出勸勉之情。「燕然未勒，渡瀘聲在」，則有壯志未酬的憾恨和悲憤之情。「臥占湖山，樓橫百尺，詩成千首」，貌似曠達的生活狀態下，掩飾不住淩雲之志無法實現的無奈之情。「正菖蒲葉老，芙蕖香嫩，高門瑞、人知否」，時節在一點一點地變化，深宅裏的人，是否感受到了？此處曲折傳達了孤寂的心情。「牛斗」、「長庚」，其中蘊含著對未來的期待之情。「明年看取，鋒旗南下，六騾西走」，則顯示出奮發昂揚之情。「功畫淩煙，萬釘寶帶，百壺清酒」，則是功成之後的滿足之情。最後三句，則

〔註9〕趙仁珪《論宋六家詞》，北京師範大學出版社1999年，頁149。

是知己之間的祝願之情。這首詞雖是爲辛棄疾祝壽之作，但其中蘊含的感情的確比較豐富，除了對辛棄疾的祝願之情，亦將勸勉、期待之情融入詞中，還將作者自己體會到的、設想到的感情一併寫入詞中，從而呈現了豐富的感情維度。

　　又次，與一般祝頌詞相比，辛派祝頌詞往往使用浪漫主義手法，使人物形象和感情色彩衝破時空的局限，在更廣闊的天地裏馳騁。我們先來看《水調歌頭・壽韓南澗七十》：

> 上古八千歲，才是一春秋。不應此日，剛把七十壽君侯。看取垂天雲翼，九萬里風在下，與造物同遊。君欲計歲月，當試問莊周。　醉淋浪，歌窈窕，舞溫柔。從今杖屨南澗，白日爲君留。聞道鈞天帝所，頻上玉巵春酒，冠佩擁龍樓。快上星辰去，名姓動金甌。

此詞開頭就化用《莊子》裏的故事，給這首詞設置了一個無限的時間長度，這顯然是一種浪漫主義的手法。「看取垂天雲翼，九萬里風在下，與造物同遊」，浩渺宇宙，只見大鵬展翅遨遊，既突出地展現了遼闊無垠的空間範疇，又在這個無限大的空間範疇內塑造了充滿象徵意味的大鵬形象，衝破了時空的局限，給人留下深刻地印象。「君欲計歲月，當試問莊周」，再次將讀者的思維引入了時空無限的境界當中。下闋雖則寫到現實中的醇酒和歌舞，但有了前面的衝破時空的描寫，眼前的歡娛則顯得微不足道，所以，結尾處的「快上星辰去」，既順理成章，又與上闋展現出來衝破時空的色彩一致。

　　最後，與其他祝頌詞相比，辛派祝頌詞具備飽滿的筆力。因爲秉持強烈的用世之心，辛派詞人在與同道中人以詞互相頌祝時，筆力遒勁。我們先來看辛棄疾的《水龍吟・爲韓南澗尚書壽甲辰歲》：

> 渡江天馬南來，幾人眞是經綸手。長安父老，新亭風景，可憐依舊。夷甫諸人，神州沉陸，幾曾回首。算平戎萬里，功名本是，眞儒事、君知否。　況有文章山斗。對桐陰、滿庭清畫。當年墮地，而今試看，風雲奔走。綠野風煙，平泉草木，東山歌酒。待他年，整頓乾坤事了，

爲先生壽。

「渡江天馬南來」，一起筆，筆力萬鈞，擲地有聲。「幾人眞是經綸手？」點檢歷史，似無人可當，實則暗推韓元吉，此處並沒直寫，筆力蓄積起來。接下來六句，全部用典，表面在寫歷史，實則指謫朝廷過失，讀來便覺蒼涼中有不平，憤懣中有力量，第二句中蓄積起來的筆力在這六句中便一一放開來了，接下來，「功名本是，眞儒事、君知否？」通過最後這個問句，又將筆力宕開，不再是一瀉千里式的直述。下闋一開始，「況有文章山斗」，情感的色彩顯然明朗了一些，讚揚其文才，直接敘述，談不上筆力；「對桐陰、滿庭清晝」，說其出身高貴，似可與同姓韓愈相比，筆力平平；「當年墮地，而今試看，風雲奔走」，一出生就與眾不同，在時代的浪潮裏，意氣風發。如此英雄人物，在國家需要的時候，應該大有用武之地才是，可是，等待他的命運是什麼呢？筆力稍稍有點宕開，接下來三句：「綠野風煙，平泉草木，東山歌酒」，連用與裴度、李德裕、謝安有關的三個典故，寓壯志難酬的悲憤，寫到此處，筆力顯然加重。「待他年，整頓乾坤事了，爲先生壽」，最後三句，向來爲人稱道，直接寫到恢復中原的事業，寫到願望的實現，感情一下子高昂起來，筆力則跟著一去了。從這首詞可以明顯看出，辛派祝頌詞在使用筆力時，有起有伏，有收有放，開闔自如。

另外，辛派祝頌詞在一些細節處理上，亦能見出筆力。我們再看劉過的一首《滿江紅》：

> 霜樹啼鴉，梅欲放、小春清曉。慶初度、佩環風外，笑聲雲表。一柱獨擎梁棟重，十年整頓乾坤了。種春風、桃李滿人間，知多少。　　功甚大，心常小。居廊廟，思耕釣。奈華夷休戚，繫王顰笑。盟府山河書帶礪，成周師保須周召。看貂蟬、綠鬢本天人，眞難老。

此詞開頭都是一些早春景色的描寫，筆調輕快，但仔細讀來，便覺不凡，「霜樹」有歷經滄桑之意味；「笑聲雲表」，則見氣勢；「種春

風」，則見氣魄；「功甚大，心常小」，此細節處猶見筆力；「繫王鸞笑」，此處細節描寫，生動中見出功力；「看貂蟬、綠鬢本天人，眞難老」，最後這三句的細節描寫，與前面對照起來，跳脫而靈動，顯示出另一種筆力，以柔寫剛，更增其剛硬。這些小細節，單獨從此詞中抽出來，不覺其特殊，放在以「整頓乾坤」爲主旨的祝頌詞中，這些細節都具有相當的氣勢。正如業師趙仁珪先生所說：「從小處生發聯想，將一些平凡的、在別人看來似乎是不足爲奇的眼中景與耳中聲，同抗戰愛國等重大主題聯繫起來，使這些細節也都染上了豪放色彩。」〔註10〕

通過以上的分析，我們知道，辛派祝頌詞實際上就體現出與辛派整體詞風相一致的豪放詞風。從某種意義上來說，與其它題材類型的詞作相比，祝頌詞容易產生內容空洞的弊病，而南宋中期的祝頌詞，將恢復之志引入詞中，在一定程度上彌補了祝頌詞內容上的缺陷，有了「言志」色彩，突破了個人生活的小圈子，這則與豪放的詞風相合，另一方面，辛派詞人開闊的胸襟也易於打破一般祝頌詞的常規模式，再加上他們的確爲一生心繫恢復大志的英雄豪傑，所以，他們以詞互相祝頌勉勵時，情感眞摯濃烈，寫入詞中，也是感人至深，綜合以上原因，祝頌詞在辛派詞人手中發揚光大，達到了較高的藝術成就，實非偶然。

第四節　賀婚詞及賀生子詞的表現形式

在兩宋祝頌詞中，有一些賀人結婚與賀生子的詞作，數量並不多，藝術成就也不高，但展示了兩宋祝頌詞豐富的內容，本節立足這兩類詞的作品本身，分析其在表現形式方面的特點。

一、賀婚詞的表現形式

賀婚詞中大多數詞作有題目，有些冠以「娶」，通過仔細考察，

〔註10〕趙仁珪《論宋六家詞》，北京師範大學出版社1999年，頁189。

發現這類詞主要以描寫所娶之女的形象為主，幾成定律。先來看一首
邵桂子的《沁園春‧李娶塘東曾》

> 知是今年，一冬較暖，開遍梅花。有一朵妖嬈，塘之
> 東畔，東君愛惜，雲幕低遮。小萼微紅，香腮傅粉，把壽
> 陽妝取自誇。誰知道，忽移來秀水，深處人家。　　清香
> 撲透窗紗。漸仙李穠華無等差。這冰姿一樣，玉顏雙好，
> 月明靜夜，疏影橫斜。傳語曹林，須將止渴，結子今番早
> 早些。梅自笑，嗔賀新郎曲，待拍紅牙。

開頭幾句，表面寫梅，實則暗示女子容貌。「萼微紅，香腮傅粉，把
壽陽妝取自誇」，亦是表面寫梅，實則喻人的妝容。「這冰姿一樣，玉
顏雙好，月明靜夜，疏影橫斜」，這幾句寫人的成分則濃一些，中間
穿插著寫梅，「梅自笑，嗔賀新郎曲，待拍紅牙」，則是寫女子的姿態。
此詞在寫法上較為巧妙，寫梅和寫人穿插交織起來，顯得別具匠心，
但不管是寫梅還是寫人，都是以描寫所娶之女的形象為主。再看一首
彭子翔的《木蘭花慢‧賀第二娶》：

> 仙家春不老，誰說到、牡丹休。算蠻柳樊櫻，怎生了
> 得，白傅風流。枝頭。摽梅實好，奈綠陰、庭戶不禁愁。
> 幸有琴中鳳語，能通鏡裏鸞求。鏘璆。雜佩下瀛洲。　　寶
> 篝紫煙浮。望蘭情紅盼，三生曾識，一見如羞。綢繆。從
> 今偕老，似柳郎、無負碧雲秋。莫倚迴文妙手，放教遠覓
> 封侯。

上面所舉的詞是新娶詞，充滿了少年女子的嬌羞。這首詞是再娶，
但並無二致。開頭也是以花喻人。接著用樊素和小蠻的典故，寫女
子的容貌風流。再用《詩經》裏的摽梅典故，寫出女子待字閨中。
「望蘭情紅盼，三生曾識，一見如羞」，雖說是寫二人一見鍾情，也
主要是從女子這方面來著筆，寫出在閨中深盼，終於見到如意郎君
的羞澀與喜悅之情。「莫倚迴文妙手，放教遠覓封侯」，也主要是寫
女子的心情。再看一首無名氏的《青玉案‧送劉娶寵》：

> 青螺江上梅花暮。有姑射、神仙侶。剩把明珠傾滿斛。

老仙源委，玉妃風韻，眞是欺蠻素。　　彩鸞齊跨山中去。
渾似天台舊時路。試問風流春幾許。芳心嫩葉，如今時候，
好景才三五。

開頭也是以花喻人，「姑射、神仙侶」，讚揚女子，「仙源委，玉妃風韻，眞是欺蠻素」，從側面來寫女子的形象之美，歡快、熱烈，俏皮、幽默，寫出待嫁與出嫁女子的心理。

由此看來，以「娶」爲題目的詞作，主要以描寫女子的形象爲主，並且多集中在對女子容貌的描寫，即使涉及到心理描寫，也是不讓其「遠覓封侯」的普遍心理，而無多少內在精神活動的探索與發現，這主要是中國古代長期對女子形成的思維慣性所致，在男性的眼裏，女子的優點無非是姣好的容顏，賢良的品德而已。

除了「娶」詞裏以描摹女性形象爲主，賀婚詞有些題目標有「入贅」，則以男子作爲主人公，如袁長吉《齊天樂・賀人入贅》：

青鸞海上傳芳信。藍田路入仙境。萬卷書傳，六奇計
運，冰玉炯然清潤。帷裹鳳錦。□鏡啓鸞臺，煙橫鴛枕。
一笑相迎，一雙兩好恰廝稱。　　風流人在仙隱。更一縣、
陶柳春近。夢想金桃，宴分玉果，指日送嘗湯餅。枌榆接
畛。管此去親盟，鎭長交聘。自古朱陳，一村惟兩姓。

「萬卷書傳，六奇計運，冰玉炯然清潤」，則是寫男子的才氣、韜略及氣度風神之不凡。後面則寫男女二人的和諧美滿。「夢想金桃，宴分玉果，指日送嘗湯餅」，則是對男子入贅後生活狀況的推測。男子入贅，畢竟與傳統的婚姻理念不符，所以，既然要賀男子入贅，則要表現男子的優秀，又要表現出夫婦二人情投意合才是，則不必單寫女子了，整個詞作表現了古樸的民風和生活的熱情。再看一首無名氏的《鷓鴣天・送人出贅》：

喜氣乘龍步步春。梅花影裏送君行。君行直到藍橋處，
一見雲英便愛卿。　　鸞鶴舞，鳳凰鳴。群仙簇擁綠衣人。
我嗟有句叮嚀話，千萬時思望白雲。

此詞開頭便寫到出贅的男子，再寫送其上路，「鸞鶴舞，鳳凰鳴」，

寫出二人情投意合，「群仙簇擁綠衣人」，寫出受到女方的厚待。最後兩句也是對男子的叮囑。這首詞以男子作爲主要描寫對象的，但客觀上表現出宋代婚姻觀念比較開明，再現了當時的民風和社會風氣。

　　除了以「娶」、「入贅」爲題目的賀婚詞以外，大多數的賀婚詞作，既不單純以女子形象作爲主要的描寫對象，也不只是以男子形象作爲主要的描寫對象，而是對男女雙方的形象都進行描寫。我們來看一首無名氏的《賀新郎》：

　　　　賀鵲冰簷遶。伴華堂、兩催妝束，音傳青鳥。瑞氣沉
　　煙金鴨嬝。脆管繁弦疊奏。擁出個、仙娥窈窕。秋水芙蓉
　　相映照。算人間、天上眞希少。　　肌玉潤，臂金瘦。仙
　　郎況是青春調。向鴛鴦、彩絲結就，同心巧。料想梅花先
　　得了。昨夜一枝開早。無地著、許多歡笑。準擬計臺魁鶚
　　表。著青衫、躍馬長安道。一百歲，一雙好。

此詞開頭先是婚姻場景，接下來再寫女子的形象，再接下來寫男子的形象：「仙郎況是青春調」，最後寫對男女二人的祝願：「一百歲，一雙好」。這種寫法在賀婚詞裏也比較常見，我們再看一首無名氏的《沁園春》：

　　　　柳眼偷金，梅肌暈玉，春信巳催。正淺寒天氣，嫩晴
　　日色，雨收巫峽，煙捲蓬萊。青鳥銜音，彩鸞迎駕，白晝
　　傳呼王母來。屏幃裏，看合歡杯盡，連理花開。　　笙歌
　　上下樓臺。更羅綺叢中熏麝煤。想雪香酥暖，粉嬌翠軟，
　　風流樂事，慰愜情懷。花帽蘭袍，皂鞋槐簡，誰似何郎年
　　少才。人偕老，類鴛鴦匹偶，鸞鳳和諧。

此詞先寫美好的春景，接著寫迎娶的場面，再接下來寫女子美好形象的描寫，主要是對其美貌與體態的描寫，再接下來是對男子形象的描寫，主要著眼於氣度風神，最後表達對男女二人美好生活的祝願：「人偕老，類鴛鴦匹偶，鸞鳳和諧」。看來，大多數的賀婚詞寫法就是這樣一種套路，主體結構是分別讚美男女二人的美好形象，

最後表達祝願之意。我們再來看一首無名氏的無名氏的《賀新郎》

> 瑞靄籠晴曉。正小春時候，和氣十分繚繞。月姊精神
> 還窈窕。甚似星郎年少。同共入、蓬萊仙島。鸞鳳鏗鏗風
> 縹緲。算一雙、兩好眞奇妙。　天上有，世間少。橋門
> 名姓掀張了。更那堪、榜下新婚，才名表表。便好相成勤
> 夙夜，莫使脫簪遺笑。且早趁、青春才調。向去功名成就
> 後。到恁時節風流好。勝今日，登科小。

此詞先寫春景，接著寫女子形象，再接著寫星郎少年，再寫男女二人
可謂天造地設，在最後的祝願中，隱含著對男子的功名的期待。

通過以上對賀婚詞的分析，可以看出，以「娶」作爲題目的詞作，
主要以描寫女子的美好形象爲主，以「入贅」作爲題目的詞作，主要
以描寫男子的形象爲主，大多數的賀婚詞，既描寫女子的美好形象，
又描寫男子的才貌，節奏歡快，充滿祝願之意。

二、賀生子詞的表現形式

祝頌詞中還有一類祝賀生子生女生孫的詞作，數量也不算多，
但也是較有特色的祝頌詞，本節試圖分析其表現形式，本節所提到
的賀生子詞是廣義的賀生子詞，實則包括賀生男、賀生女的詞作。

中國古代，男子在社會及家庭中顯然處於絕對的權威地位，所
以，生男帶給家庭的無疑是喜悅。考察生男的詞作，我們發現，首
先，絕大多數的生男詞裏洋溢著喜悅之情，頗爲感人。我們先來看
無名氏的《喜遷鶯·賀生雙子》：

> 物中雙美。惟鄴縣雙鳧，禹門雙鯉。太華雙蓮，藍田
> 雙璧，劍豐城而已。爭是一門雙秀，又是一朝雙喜。人總
> 道，機雲雙陸，同年弧矢。　希耳。會見這，雙桂連芳，
> 雙鵠衝霄舉，魚詔雙金，帶橫雙玉，惟道無雙國士。但願
> 雙英雙戲彩，且直與、雙親兒齒。願歲歲，見東風雙燕，
> 滿城桃李。

此詞一開頭就用了「雙鳧」、「雙鯉」、「雙蓮」、「雙璧」四個成雙的美

好意象比喻暗含對生雙子的喜悅之意，接下來又言「雙秀」、「雙喜」，直接寫出喜悅之情，又用雙陸的典故，寫出對雙子的美好未來的期待，可謂貼切。接下來又用了一系列成雙的意象：「雙桂」、「雙鵠」、「雙金」、「雙玉」、「雙英」、「雙戲彩」、「雙親」、「雙燕」，加強了生雙子的喜悅之情。通觀全詞，透過一系列成雙的意象，我們可以明顯感受到其中蘊含的喜悅之情。我們再看一首百蘭的《滿庭芳‧賀晚生子》

> 有分非難，是緣終合，採來還換須臾。少年培植，春意已數腴。畢竟花多駐果，堅牢是、蚌老生珠。君知否，今番定也，顛不破璠璵。　遙知紛瑞靄，十分郎罷，黃溢眉鬚。便何妨燕喜，剩賣歡娛。況侍北堂難老，庭階映、玉樹森如。金荷勸，從教酩酊，扶醉看孫枝。

「有分非難，是緣終合」，生子雖晚了些，但也是注定的。「蚌老生珠」，暗含的喜悅之情非常明顯。「便何妨燕喜，剩賣歡娛」，喜悅之情自然流露，不加掩飾。「從教酩酊，扶醉看孫枝」，喜悅之情傾瀉而出，非常濃烈。

其次，有些生男詞還使用戲謔的方式，更增其喜悅的感情色彩，比如蘇軾的一首《減字木蘭花》：

> 惟熊佳夢。釋氏老君親抱送。壯氣橫秋。未滿三朝已食牛。　犀錢玉果。利市平分沾四坐。多謝無功。此事如何到得儂。

此詞序云：「過吳興，李公擇生子，三日會客，作此詞戲之。」關於此詞，《溫叟詩話》載其本事：

> 東坡最善用事，既顯而易讀，又切當。……賀人洗兒詞云：「深愧無功，此事如何到得儂」。南唐時，宮中賜洗兒果，有追書謝表云：「猥蒙寵數，深愧無功」。李主曰：「此事卿安得有功？」尤為親切。苕溪漁隱曰：「《世說》元帝生子，普賜群臣。殷羨謝曰：『皇子誕育，普天同慶。臣無勳焉，而猥頒賚。』中宗笑曰：『此事豈可使卿有勳邪？』

　　二事相類，聊錄於此。但『深愧無功』之語，東坡乃用南
　　唐事也。」〔註11〕

「多謝無功。此事如何到得儂」，蘇軾在此詞中使用晉元帝和南唐李
主的典故，顯得親切生動，更增喜慶成分。我們再看一首禪峰《百字
謠・賀彭謙仲八月生子》

　　中秋近也，正於門瑞氣，蔥蔥時節。隔歲維熊占吉夢，
　　今夕天生英傑。仙籍流芳，瑞龍毓秀，應是非凡骨。詩書
　　勳業，妙齡行見英發。　　好是日滿三朝，剩陳湯餅，投
　　轄留賓客。玉果犀錢排綺宴，窈窕歌珠舞雪。枕玉涼時，
　　屏山深處，好事權休說。小蠻楊柳，邇來還可攀折。

上闋都是普遍的頌賀之意，未見特殊意味。到了下闋後幾句，「枕玉
涼時，屏山深處，好事權休說」，和前面直接述寫的方式有了區別，
顯示出戲謔靈活的色彩，最後兩句：「小蠻楊柳，邇來還可攀折」，筆
觸輕鬆，還有些調笑的成分，這種寫法更顯出生子的喜悅之情。

　　賀生男詞裏除了表達喜悅之情與戲謔色彩以外，大多數生男詞
裏頗多神話色彩。我們來看程節齋的《沁園春・慶舍弟生子》

　　自古人言，慶在子孫，端有由來。看長庚孕李，昴星
　　佐漢，福從人召，瑞自天開。曾憶當年，乃翁熊夢，豈在
　　區區春祀禖。祇憑個、仁心積累，厚德栽培。　　天工信
　　巧安排。試說與君當一笑哉。記年時此際，嗷嗷萬口，俾
　　之粒食，活及嬰孩。歲始星周，事還好在，故遣麒麟出此
　　胎。何須問，是興宗必矣，業廣基恢。

「長庚孕李」、「昴星佐漢」，運用星象的神話傳說，說明生子是上
天注定的事情，「福從人召，瑞自天開」，也有著神秘的色彩在其中。
「曾憶當年，乃翁熊夢，豈在區區春祀禖」，則是利用民間流傳的
神話傳說，證明生子是上天已有安排的，故則有「天工信巧安排」
之語。「歲始星周，事還好在，故遣麒麟出此胎」，運用神話故事來
印證天降此兒的事實。

〔註11〕〔宋〕胡仔《苕溪漁隱叢話前集》卷三十八，人民文學出版社 1962
　　年。

生男詞裏運用神話色彩故事的現象非常普遍，如石孝友的《鷓鴣天・慶徐元壽生子》：「果符吉夢誕英才。上天與降麒麟種。」郭應祥的《臨江仙・慶謝操生子》：「熊羆符吉兆，鸞鷟產佳兒。」丁幾仲的《賀新郎・賀人妾生子》：「想孔釋、親來抱送。」無名氏《鷓鴣天・秋榜將開得子》：「文星喜趁夢熊回。預傳鯤擬南溟去，親送魁從北斗來。」這些富有神話色彩的語詞進入生子詞中，既起到了慶賀的作用，又給這些詞作增加了生動性。

最後，我們發現，一般的賀生女詞中，都有些對未來婚姻的祝願之情。如無名氏的《柳梢青・賀人生女》

> 玉宇無塵，銀蟾低轉，漸覺繽紛。還是仙娥，厭遊天闕，來降蓬瀛。　　分明秋水精神。好囑取、紅葉殷勤。覓個檀郎，屛開金雀，玉潤冰清。

生了女兒，「還是仙娥，厭遊天闕，來降蓬瀛」，這應是恭維賀贊之語，但「覓個檀郎，屛開金雀，玉潤冰清」，卻是眞誠的祝願。再看無名氏的《清平樂・賀友人生雙女》：

> 梅兄梅弟。桃姊並桃妹。爭似月臨雙女位。吉夢重占蛇虺。　　小喬應嫁周郎。雲英定遇裴航。會有九男事帝，誰誇七子成行。

開頭先讚揚生雙女這喜，接著主要還是希望她們日後能嫁給周瑜、裴航這樣的才子，祝願之意可見。我們再看我們先來看劉克莊的《沁園春・林卿得女》

> 莫信人言，虺不如熊，瓦不如璋。爲孟堅補史，班昭才學，中郎傳業，蔡琰詞章。盡洗鉛華，亦無瓔珞，猶帶檀國裏香。笑貧女，尚寒機軋軋，催嫁衣忙。　　好逑不數潘楊。占夢者曾言大秤量。待銀河浪靜，金針穿了，藍橋路近，玉杵攜將。倩似凝之，媿如道韞，簾卷燕飛王謝堂。恁時節，看孫皆朱紫，翁未旛蒼。

上闋舉出歷代名女爲證，從文武兩方面說明女子也能做事業。下闋賀林女將爲皇宮貴人，將嫁貴族，其子又會爲高官。此詞對生女表達如

此強烈祝賀，實屬少見。此詞見解頗高，雖爲和詞，但基調高昂，頗能動人。體現出了「男女無尊卑」的思想，在當時社會頗爲高明。

　　通過以上的分析可以看出，賀生男詞裏，主要表現表現喜悅之情，歡快中充滿期待，又夾雜著愛憐和對新生兒的祝福，體現了長輩對於下輩的愛護。有的詞作還借用戲謔手法增強喜悅之情，大多數詞作裏都使用典故和神話傳說，使詞作生動、傳神；而賀生女詞中，主要表達對其未來婚姻的美好祝願。

結　語

　　祝頌詞長期以來被學者忽視，但頗具研究價值，祝頌詞的創作貫穿於宋詞創作的始終，廣泛存在於文人生活當中。北宋是祝頌詞的初興時期，在宋初詞壇較爲沉寂的情況下，宋初鼓吹樂，以其雅俗兼有的音樂特色，既受到統治者的青睞，又受到民眾的喜愛，於是，宋代常見的四五個鼓吹樂曲調就轉化爲詞調，也就出現了爲這些詞調所塡的詞作，其內容基本上以歌功頌德爲主，用於宗廟祭祀的各種場合；宋初詩壇唱酬之風盛行，詞風與詩風有一定程度的互融，西崑酬唱詩人丁謂在此影響下，用詞來表現對皇室的祝頌之意。宋眞宗時期，「天書」事件成爲當時政治生活的重要部分，甚至影響到文人的仕進，很多文人都獻賦進文，以期一第，柳永在此事件中也寫有一些祝頌詞，經過仔細考辨，發現柳永的這些祝頌之作並不爲了獲取功名，只是在昇平時代，他個人寫詞才能的自然外延而已，這個結論與吳熊和先生認爲柳永以詞諛聖以期功名的觀點不同，以備一說而已。北宋中後期，大多數文人捲入複雜的黨爭中，經過烏臺詩案、車蓋亭詩案等文字之禍，新舊兩黨文人漸漸對詩文創作產生了畏懼心理，於是，蘇軾、黃庭堅等人因詩文創作不斷受到彈劾，借助在當時被視爲遊戲之具的詞體，互相表達對祝頌之意，一方面，爲了迴避激烈的政治鬥爭，從而保護自己，另一方面，

也是對自己內心的調適，由於個人性情、修養的關係，蘇、黃的祝頌詞對內心的調適作用要顯著些，他們所寫的祝頌詞或戲謔，或莊重，但內心深處的失落仍不難體會。徽宗時期，詞壇受其個人影響比較嚴重，黨爭依然延續，文人志在當世的精神逐漸萎縮，在以詞互相祝頌的過程中，求得內心的安慰，其實這樣的安慰何其微弱；徽宗好大喜功，臣僚曲意逢迎，一些文人也就自然寫作阿諛之詞來進獻，堆砌而成溢美之辭的背後，是一顆顆蒼白無力的靈魂；徽宗時設大晟樂府，大晟府創制了一些新曲，於是就有些詞臣爲之配上歌功頌德之詞，大晟府還改造舊曲，於是也有文人爲舊曲配上逢迎徽宗的歌詞，所以，徽宗時大晟府的設立，既推動了音樂的發展，也促使了祝頌詞的創作。當然，北宋時期，祝頌詞的創作還有別的社會歷史原因，比如生產力的發展，城市商業經濟的繁榮，但這些原因也是詞體創作的外部原因，不能構成祝頌詞創作的獨特原因。

南宋是祝頌詞創作的繁盛時期，南渡初期，抗戰派的志士文人寫作祝頌詞並非偶然，在互相祝頌的同時，抗金壯志自然得到表達，當抗金鬥爭陷入低潮時，內心壯志無由實現，在詞中互相祝頌，同時流露出退隱情緒，也是他們真實心態的反映。紹興和議以後，以秦檜爲首的主和派當權，政壇及文壇上彌漫著諛頌之風，楊無咎、朱敦儒等人也寫祝頌詞，但主要是寫給親人友朋之作，與政治無甚大關係，並且堅持南渡前的隱逸風格，用蕭散沖淡的祝頌詞抵制著當時的諛頌之風，蘊藏其間的力度耐人尋味。高宗末及孝宗朝，張掄、曾覿等近臣，主動以詞來諛頌皇室，他們的身影在宮廷裏頻頻穿梭，祝頌詞成了他們與皇室密切關係的顯著體現。南宋中期，以辛棄疾爲中心的詞人，依靠群體意識，互相以詞來鼓勵彼此的恢復之志，同時讚揚功勳卓著的志士，產生了最優秀的祝頌詞作。南宋後期，恢復無計，國勢飄搖，山河破碎，文人傳統的士大夫意識無由實現，主體參政精神走向萎縮，於是，魏了翁以理學思想來調適自己的內心，在與家人及友人的互相祝頌中尋找中現實的

安慰；劉克莊在淩雲壯志被消解後，在與人互相祝頌的過程中，掙扎在出世與入世的邊緣；吳文英在與形形色色的人交往中，表現出飄搖無依的寂苦靈魂。可以看出，貫穿南宋恢復大業的時代主題，無疑是促使祝頌詞繁盛的總體原因。

祝頌詞內容單一，並不具備深刻的思想性，但祝頌詞有著豐富的交際功能，祝頌皇室詞，由於祝頌對象地位崇高，交往機會有限，因而顯得隔膜而疏遠；祝頌同僚詞，有的有實用目的，交際效果有限，有的表達出真情實感，達到較爲深入的心靈溝通；祝頌家人詞，情真意切，溝通效果最好；祝頌其他人的詞，反映出宋人廣闊的社會生活，以及這些廣闊世界帶給文人的心靈調適。

祝頌詞藝術成就上並不高，但有其特有的表現形式。歌功頌德詞在寫法上基本遵循「寫景—頌美—祝願」的模式，偶有些微地突破，但基本套路並沒多大的改變。壽詞也有固定的模式，也有對這一模式不斷地突破。南宋中期的辛派祝頌詞，感情真摯，雄壯闊大，技巧成熟，成爲祝頌詞裏藝術成就最高的一類詞。賀婚詞主要以男女主人公爲描寫對象，只及表面，未作深刻鸞寫，成就並不突出；賀生子詞，也基本上是表達喜悅之情，大多數詞裏有神話色彩，使詞顯得稍稍生動。

祝頌詞作爲《全宋詞》中數目最多的一類詞，對詞體的發展亦有其獨特的意義，鑒於目前的學力，這將是下一步努力探索的目標。

參考文獻

專　著

1. 〔漢〕班固，《漢書》〔M〕，北京：中華書局，1962。

2. 〔唐〕魏徵等，《隋書》〔M〕，北京：中華書局，1973。

3. 〔元〕脫脫等，《宋史》〔M〕，北京：中華書局，1977。

4. 〔宋〕李燾，《續資治通鑑長編》〔M〕，北京：中華書局，1980。

5. 〔宋〕李心傳，《建炎以來繫年要錄》〔M〕，北京：中華書局，1956。

6. 〔宋〕楊仲良，《皇宋通鑑長編紀事本末》〔M〕，宛委別藏本。

7. 〔元〕馬端臨，《文獻通考》〔M〕，杭州：浙江古籍出版社影印本，1988。

8. 〔清〕畢沅，《續資治通鑑》〔M〕，北京：中華書局，1994。

9. 〔宋〕章如愚，《山堂考索》〔M〕，北京：中華書局，1992

10. 〔宋〕王偁，《東都事略》〔M〕，文淵閣四庫全書本。

11. 〔明〕陳邦瞻，《宋史紀事本末》〔M〕，北京：中華書局，1977。

12. 〔宋〕朋九萬，《東坡烏臺詩案》〔M〕，叢書集成初編本》〔M〕，北京：中華書局，1985。

13. 〔清〕黃以周等，顧吉辰點校，《續資治通鑑長編拾補》〔M〕，北京：中華書局，2004。

14. 〔宋〕羅大經，《鶴林玉露》〔M〕，北京：中華書局1983。

15. 〔宋〕魏泰，《東軒筆錄》〔M〕，文淵閣四庫全書本。

16. 〔宋〕李心傳，《建炎以來朝野雜記》〔M〕，文淵閣四庫全書本。

17. 〔宋〕陳郁,《藏一話腴》〔M〕,文淵閣四庫全書本。

18. 〔宋〕謝采伯,《密齋筆記》〔M〕,文淵閣四庫全書本。

19. 〔宋〕孟元老,《東京夢華錄》〔M〕,北京:中華書局,1985。

20. 〔宋〕葉夢得,徐時儀校點,《避暑錄話》〔M〕,《宋元筆記小說大觀》〔M〕,上海:上海古籍出版社,2001。

21. 〔宋〕王辟之,《澠水燕談錄》〔M〕,北京:中華書局,1981

22. 〔宋〕胡仔,《苕溪漁隱叢話》〔M〕,北京:人民文學出版社,1962。

23. 〔宋〕吳曾,《能改齋漫錄》〔M〕,上海:上海古籍出版社,1960。

24. 〔宋〕周密,《武林舊事》〔M〕,杭州:西湖書社,1981 年。

25. 〔宋〕吳自牧,《夢梁錄》〔M〕,杭州:浙江人民出版社 1980。

26. 〔宋〕莊綽,《雞肋編》〔M〕,《宋元筆記小說大觀》〔M〕,上海:上海古籍出版社,2001。

27. 〔宋〕蔡絛,李夢生校點,《鐵圍山叢談》〔M〕,宋元筆記小說大觀本》〔M〕,上海:上海古籍出版社,2001。

28. 〔宋〕王明清,《揮塵錄》〔M〕,上海:上海書店,2001。

29. 〔宋〕吳垌,《五總志》〔M〕,文淵閣四庫全書本。

30. 〔宋〕岳珂,《桯史》〔M〕,文淵閣四庫全書本。

31. 〔宋〕王灼,岳珍校正,《碧雞漫志》〔M〕,成都:巴蜀書社,2000。

32. 〔宋〕佚名,《大宋宣和遺事》〔M〕,叢書集成初編本。

33. 〔宋〕王明清,《揮塵後錄》〔M〕,四部叢刊續編本。

34. 〔宋〕朱弁,《續骫骳說》〔M〕,中國書店影印涵芬樓《說郛》本,1986。

35. 〔宋〕沈義父,《樂府指迷》〔M〕,《詞話叢編》本。

36. 〔宋〕張炎,《詞源》〔M〕,《詞話叢編》本。

37. 〔宋〕周必大,《二老堂詩話》〔M〕,歷代詩話本。

38. 〔宋〕周密,《齊東野語》〔M〕,北京:中華書局 1983。

39. 〔宋〕張邦基,《墨莊漫錄》〔M〕,文淵閣四庫全書本

40. 〔宋〕張端義,《貴耳集》〔M〕,文淵閣四庫全書本

41. 〔宋〕陳善,《捫虱新話》〔M〕,上海:上海書店影印涵芬樓本,1990。

42. 〔宋〕曾敏行,《獨醒雜志》〔M〕,上海:上海古籍出版社 1986。

43. 〔宋〕陳振孫,《直齋書錄解題》〔M〕,文淵閣四庫全書本。

44. 〔宋〕晁公武等,《郡齋讀書志》〔M〕,四部叢刊本。

45. 《福建通志》〔M〕，文淵閣四庫全書本。

46. 《江陰縣志》〔M〕，文淵閣四庫全書本。

47. 《景定建康志》〔M〕，文淵閣四庫全書本。

48. 〔明〕范嵩纂修，《嘉靖建寧府志》〔M〕，上海：上海古籍書店影印寧波天一閣藏明嘉靖刻本，1964。

49. 丁傳靖，《宋人軼事彙編》〔M〕，北京：中華書局 1981。

50. 〔清〕王文誥，《蘇文忠公詩編編注集成總案》〔M〕，成都：巴蜀書社，1985。

51. 〔宋〕黃𪾢，《山谷年譜》〔M〕，文淵閣四庫全書本。

52. 〔宋〕蘇轍，《欒城集》〔M〕，上海：上海古籍出版社，1987。

53. 〔宋〕王禹偁著，《小畜集》〔M〕，文淵閣四庫全書本。

54. 〔宋〕魏了翁，《鶴山先生文集大全》〔M〕，文淵閣四庫全書本。

55. 〔宋〕朱熹注，《詩經集傳》〔M〕，北京：中國書店，1994。

56. 〔宋〕黃庭堅著，《山谷外集》〔M〕，文淵閣四庫全書本。

57. 〔宋〕邵浩，《坡門酬唱集》〔M〕，文淵閣四庫全書本。

58. 〔宋〕黃庭堅，《山谷集》〔M〕，文淵閣四庫全書本。

59. 〔宋〕陸游，《渭南文集》〔M〕，文淵閣四庫書本。

60. 〔宋〕韓元吉，《南澗甲乙稿》〔M〕，：文淵閣四庫全書本。

61. 〔清〕厲鶚，《宋詩紀事》〔M〕，文淵閣四庫全書本。

62. 〔宋〕楊億，《武夷新集》〔M〕，文淵閣四庫全書本。

63. 〔宋〕黃裳，《演山集》〔M〕，文淵閣四庫全書本。

64. 〔宋〕毛滂，《東堂集》〔M〕，文淵閣四庫全書本。

65. 〔宋〕汪應辰，《文定集》〔M〕，文淵閣四庫全書本。

66. 〔明〕陳霆，《渚山堂詞話》〔M〕，詞話叢編本。

67. 〔清〕馮煦，《蒿庵詞話》〔M〕，詞話叢編本。

68. 〔清〕馮煦，《蕙風詞話》〔M〕，詞話叢編本。

69. 〔清〕吳衡照，《蓮子居詞話》〔M〕，詞話叢編本。

70. 〔清〕宋翔鳳，《樂府餘論》〔M〕，詞話叢編本。

71. 〔清〕朱彝尊，《詞綜》〔M〕，上海：上海古籍出版社，1998。

72. 唐圭璋編，《全宋詞》〔M〕，北京：中華書局，1999。

73. 曾昭岷、曹濟平、王兆鵬、劉尊明編撰，《全唐五代詞》〔M〕，北京：中華書局，1999。

74. 朱德才等，《增訂注釋全宋詞》〔M〕，北京：文化藝術出版社，1997。

75. 曾棗莊、劉琳主編，《全宋文》〔M〕，成都：巴蜀書社，1994。

76. 《宋元筆記小說大觀》〔M〕，上海：上海古籍出版社，2001。

77. 唐圭璋，《詞話叢編》〔M〕，北京：中華書局，1986。

78. 唐圭璋，《詞學論叢》〔M〕，上海：上海古籍出版社，1986。

79. 曹濟平，《蘆川詞》〔M〕，上海：上海古籍出版社，1991。

80. 韓酉山，《韓南澗年譜》〔M〕，合肥：安徽教育出版社，2005。

81. 羅忼烈，《詞學雜俎》〔M〕，成都：巴蜀書社，1990。

82. 石聲淮、唐玲玲箋注，《東坡樂府編年箋注》〔M〕，武漢：華中師範大學出版社，1990。

83. 蘇軾著，孔凡禮點校，《蘇軾文集》〔M〕，北京：中華書局，1986。

84. 謝桃枋，《柳永》〔M〕，上海：上海古籍出版社，1986。

85. 朱敦儒著，鄧子勉校注，《樵歌》〔M〕，上海：上海古籍出版社，1998。

86. 劉永濟，《微睇室說詞》〔M〕，上海：上海古籍出版社，1987。

87. 韓酉山，《張孝祥年譜》〔M〕，合肥：安徽人民出版社，1993。

88. 胡雲翼，《宋詞研究》〔M〕，成都：巴蜀書社，1989。

89. 劉揚忠，《唐宋詞流派史》〔M〕，福州：福建人民出版社，1999。

90. 方智範等，《中國詞學批評史》〔M〕，北京：中國社會科學出版社，1994。

91. 劉尊明，《唐宋詞綜論》〔M〕，北京：中國社會科學出版社，2004。

92. 逯欽立輯校，《先秦漢魏晉南北朝詩》〔M〕，北京：中華書局，1983。

93. 胡奇光，《中國文禍史》〔M〕，上海：上海人民出版社，1993。

94. 黃拔荊，《中國詞史》〔M〕，福州：福建人民出版社，2003。

95. 苗書梅，《宋代官員選任和管理制度》〔M〕，鄭州：河南大學出版社，1996。

96. 任二北，《敦煌曲初探》〔M〕，上海：上海文藝聯合出版社，1954。

97. 沈松勤，《北宋文人與黨爭》〔M〕，北京：人民出版社，1998。

98. 沈松勤，《唐宋詞社會文化學研究》〔M〕，杭州：浙江大學出版社，2000。

99. 陶爾夫、諸葛憶兵，《北宋詞史》〔M〕，哈爾濱：黑龍江人民出版社，2005。

100. 王水照，《王水照自選集》〔M〕，上海：上海教育出版社，2000。
101. 王兆鵬，《張元幹年譜》〔M〕，南京：南京出版社，1989。
102. 王重民，《敦煌曲子詞集》〔M〕，北京：商務印書館，1956。
103. 吳熊和，《吳熊和詞學論集》〔M〕，杭州：杭州大學出版社，1999。
104. 吳熊和，《唐宋詞通論》〔M〕，杭州：浙江古籍出版社，1985。
105. 蕭慶偉，《北宋新舊黨爭與文學》〔M〕，北京：人民文學出版社，2001。
106. 楊海明，《唐宋詞史》〔M〕，南京：江蘇古籍出版社，1987。
107. 楊乾坤，《中國古代文字獄》〔M〕，西安：陝西人民出版社，1999。
108. 楊蔭瀏，《中國古代音樂史稿》〔M〕，北京：人民音樂出版社，1980。
109. 葉嘉瑩，《唐宋詞名家論稿》〔M〕，石家莊：河北教育出版社，2000。
110. 葉嘉瑩，《迦陵論詞叢稿》〔M〕，石家莊：河北教育出版社，2000。
111. 俞鹿年編著，《中國官制大辭典》〔M〕，哈爾濱：黑龍江人民出版社，1992。
112. 趙仁珪，《論宋六家詞》〔M〕，北京：北京師範大學出版社，1999。
113. 諸葛憶兵，《徽宗詞壇研究》〔M〕，北京：北京出版社，2001。
114. 夏承燾，《唐宋詞人年譜》〔M〕，上海：上海古籍出版社，1979。
115. 謝桃坊，《中國詞學史（修訂本）》〔M〕，成都：巴蜀書社，2002。
116. 張毅，《宋代文學思想史》〔M〕，北京：中華書局，1995。
117. 劉永濟，《唐五代兩宋詞簡析》〔M〕，上海：上海古籍出版社，1981。

學位論文

1. 許伯卿，《宋詞題材論》，南京師範大學博士學位論文，2001年。
2. 童向飛，《宋代唱和詞研究》，南京師範大學博士學位論文，2000年。
3. 廖泓泉，《北宋前期詞研究》華東師範大學博士學位論文，2003年。
4. 葉幫義，《北宋文人詞的雅化歷程》，蘇州大學博士論文，2002年。
5. 孫虹，《詞風嬗變與文學思潮關係研究——以北宋詞為例》，蘇州大學博士論文，2003年。
6. 張幼良，《當代視野下的唐宋詞研究論綱》，蘇州大學博士論文，2004年。
7. 蔣曉城，《流變與審美視域中的唐宋艷情詞》，蘇州大學博士論文，2004年。
8. 陳海娟，《論宋代元夕詞》，蘇州大學碩士論文，2004年。

期刊論文

1. 劉尊明，〈宋代的祝壽風氣與壽詞的創作〉，《文史知識》，1998 年第 3 期。

2. 李紅霞，〈從文化學角度解讀南宋壽詞的勃興〉，《江淮論壇》，2004 年第 3 期。

3. 閆笑非，〈稼軒祝壽詞簡論〉，《北方論叢》，2005 年第 3 期。

4. 李紅霞，〈論南宋壽詞的分型及特徵——兼論祝壽文學的歷史演變〉，《深圳大學學報》，2000 年第 3 期。

5. 劉佳宏、段春楊、李雪蘭，〈文論辛派壽詞中的抗金情緒〉，《江蘇工業學院學報》，2005 年 6 月。

6. 吳永江，〈宋代壽詞初論〉，《中國韻文學刊》，1996 年第 2 期。

7. 張秀成、陳素君，〈辛稼軒壽詞簡論〉，《廣州大學學報》，2000 年第 6 期。

8. 李兵、聶巧平，〈論辛棄疾壽詞中的「三國情結」和「桃園情結」〉，《求索》，2004 年第 9 期。

9. 顧寶林，〈淺論辛棄疾另類祝壽詞〉，《萍鄉高等專科學校學報》，2003 年第 1 期。

10. 明見，〈劉克莊賀貫之作新論〉，《文學遺產》，2003 年第 5 期。

11. 方星移，王兆鵬，〈北宋詞人僧仲殊考〉，《長江學術，2006 年第 3 期。

12. 段熙仲〈張元幹晚年質疑〉，《文史》第十輯。

13. 曹濟平〈張元幹生平事迹考略〉《南京師院學報》，1980 年第 2 期。

致　謝

　　本書是在我博士學位論文的基礎上修改而成。

　　本書自選題、開題、寫作再到最後完成，無不浸透著導師趙仁珪教授的心血。初，彷徨於幾個選題之間，在趙老師幫助下，遂定此題；在寫作過程中，思路屢斷，趙老師幫助我廓清迷霧；草稿完成後，老師又一針見血地指出存在問題，促我不斷完善。以我愚鈍之質，趙老師雖費心力甚多，拙作實有負趙老師的期望，俟將來修正。在北師大三年求學期間，每至趙老師家問學，師母時常提醒並鼓勵我的論文寫作。趙老師及師母的教誨及關懷，終生難忘。

　　本書在寫作過程中，康震老師、張海明老師、劉甯老師、蔣寅老師均為本文提供了很多有益的意見和建議，特此致謝。同門趙曉輝君、靳欣君、金波君、胡建升君、王賀君、杜麗萍君、潘玲君等，師兄陳建農君、同學葉修成君、夏德靠君不斷給以幫助；遠方的師兄潘明福君、許伯卿君亦給以誠摯的幫助，一併致謝。

　　多年來，輾轉南北，得到很多師友的扶掖。在湘潭大學求學期間，古代文學老師楊仲義先生及夫人王淑惠女士經常教我堅定向學之心，楊先生及夫人今已在天國，在此謹致謝意；在貴州大學求學期間，碩士生導師張啓成先生及夫人促我不斷進取，在此亦致謝意；博士後合作導師楊義先生，年近七十，日日不輟著述，其強大的精神力量，

時時教我不怠、不惰。另有王祿洪老師，端嚴勤謹，對我和外子關懷備至，亦在此致謝。

梁葆莉

2013 年 11 月於京北清河小營寓所